10/18

12, AVENUE D'ITALIE. PARIS XIIIe

Sur l'auteur

Née en 1972 en Irlande du Nord, Maggie O'Farrell a grandi au pays de Galles et en Écosse. Depuis le succès de son premier roman, *Quand tu es parti*, elle se consacre à l'écriture. Maggie O'Farrell a également publié *La Maîtresse de mon amant*, *La Distance entre nous*, qui a reçu le prix Somerset Maugham, et *L'Étrange disparition d'Esme Lennox*, qui a connu un immense succès en Angleterre.

MAGGIE O'FARRELL

L'ÉTRANGE DISPARITION D'ESME LENNOX

Traduit de l'anglais
par Michèle VALENCIA

10
18

« Domaine étranger »

créé par Jean-Claude Zylberstein

BELFOND

Du même auteur
aux Éditions 10/18

QUAND TU ES PARTI, n° 3524
LA MAÎTRESSE DE MON AMANT, n° 3805
LA DISTANCE ENTRE NOUS, n° 4122
▶ L'ÉTRANGE DISPARITION D'ESME LENNOX, n° 4282

Tous les personnages de ce roman sont fictifs et toute ressemblance avec des personnes réelles, vivantes ou mortes, serait pure coïncidence.

Cet ouvrage a été traduit avec le concours de l'Ireland Literature Exchange (Translation Fund), Dublin, Irlande.
www.irelandliterature.com
info@irelandliterature.com

Titre original :
The Vanishing Act Of Esme Lennox
publié par Headline Review, an imprint of Headline Publishing, Londres.

ISBN 978-2-264-04856-1

Pour Saul Seamus

Un œil clairvoyant voit dans une grande Folie
Une divine Raison
Trop de Raison – et c'est l'extrême Folie –
Cette Règle prévaut
Dans ce domaine comme en Tout –
Consentez – et vous êtes sain d'esprit –
Contestez – et aussitôt vous êtes dangereux –
Et mis aux fers –

Emily DICKINSON

Je n'aurais pas pu devoir mon bonheur à un tort, à une injustice causés à autrui... Quelle sorte de vie pourrions-nous construire sur de telles fondations ?

Edith WHARTON

COMMENÇONS PAR DEUX JEUNES FILLES À UN BAL.

Elles se tiennent en retrait de la piste. Assise sur une chaise, l'une ouvre et ferme de ses doigts gantés un carnet de bal. À côté d'elle, l'autre observe l'évolution des danseurs : couples qui virevoltent, mains qui s'agrippent, souliers qui martèlent, jupes qui tourbillonnent, parquet qui ploie. Dans une heure, ce sera le nouvel an, et, derrière elles, la nuit noircit les vitres. Celle qui est assise porte quelque chose de pâle – Esme ne sait plus quoi au juste –, l'autre, une robe rouge foncé qui ne lui va pas. Elle a perdu ses gants. C'est là que tout commence.

Ou peut-être pas, d'ailleurs. Le début se situe peut-être plus tôt, avant le bal, avant que les deux jeunes filles aient revêtu leurs nouveaux atours, avant qu'on ait allumé les bougies et parsemé du sable sur le parquet, bien avant l'année dont elles fêtent la fin. Qui sait ? Quoi qu'il en soit, les choses se terminent devant une fenêtre grillagée dont les carrés font deux ongles de pouce de côté, très exactement.

Quand Esme décide de regarder au loin, elle s'aperçoit que ses yeux, au bout d'un moment, ont du mal à accommoder. Les carrés de la grille deviennent flous et disparaîtront bientôt si elle continue à se concentrer.

Esme a toujours besoin d'un certain temps pour que son corps se manifeste, pour que ses yeux s'adaptent à la réalité d'un monde dans lequel il n'y a plus qu'elle, les arbres, la route et le paysage au loin. Sans rien qui les sépare.

En bas, la peinture des barreaux s'écaille et on voit les différentes couches superposées, comme l'écorce d'un arbre. Plus grande que la plupart de ses compagnes, Esme arrive à toucher les endroits où la peinture est neuve et aussi épaisse que du goudron.

Derrière elle, une femme prépare le thé de son défunt mari. Est-il vraiment mort ? Ou a-t-il simplement filé ? Esme ne s'en souvient pas. Une autre cherche de l'eau pour arroser des fleurs qui ont péri depuis longtemps dans une ville côtière, non loin de là. Ce sont toujours les tâches insignifiantes qui perdurent : lessive, cuisine, rangement, ménage. Jamais rien de noble ni d'important, mais les minuscules rituels qui permettent à une vie humaine de ne pas s'effilocher. Obsédée par les cigarettes, une jeune fille a déjà essuyé deux avertissements, et tout le monde se dit qu'elle va avoir droit à un troisième. Pour sa part, Esme se demande où tout a commencé – ici ou là, au bal ou en Inde, bien avant ?

Ces derniers temps, elle ne parle à personne pour mieux se concentrer. Toute conversation risque de l'embrouiller dans ses souvenirs. Les images d'un zootrope[1] défilent dans sa tête et elle n'a pas envie d'être distraite au moment où le mouvement cessera.

Vrrr, vrrr. Stop.

Bon, en Inde, donc. Le jardin. Âgée d'environ quatre ans, la voici sur le pas de la porte de derrière.

---

1. Dispositif cylindrique qui, en faisant défiler rapidement des images fixes, donne une impression de mouvement. *(Toutes les notes sont de la traductrice.)*

Au-dessus de sa tête, des mimosas agitent leurs frondaisons et lâchent une poudre jaune sur la pelouse. Si elle la traversait, elle y laisserait des traces. Elle veut quelque chose. Elle veut quelque chose, mais ne sait pas quoi. Un peu comme si elle éprouvait une démangeaison à un endroit que sa main ne peut atteindre. A-t-elle envie de boire ? D'avoir son *ayah* à son côté ? De manger une tranche de mangue ? Elle gratte une piqûre de moustique sur son bras et, du bout de son pied nu, fourrage dans la poudre jaune. Au loin, elle entend la corde à sauter de sa sœur qui frappe le sol et, entre chaque coup, un raclement de pieds. *Clac, fff, clac, fff.*

D'autres bruits l'obligent à tourner la tête. Le *brr-clop-brr* d'un oiseau dans les branches de mimosa, une binette qui s'enfonce dans la terre du jardin – *scratch, scratch* – et, quelque part, la voix de sa mère. Si elle ne comprend pas ce qu'elle dit, elle sait que c'est sa mère qui parle.

À pieds joints, Esme saute au bas de la marche et tourne le coin du bungalow au pas de course. Près de l'étang aux nénuphars, sa mère se penche sur la table de jardin pour servir une tasse de thé. Son père est allongé dans un hamac. Les contours de leurs vêtements blancs miroitent dans la brume de chaleur. Esme plisse les yeux jusqu'au moment où ses parents ne sont plus que deux formes floues, sa mère un triangle et son père une ligne.

En marchant sur la pelouse, elle sautille tous les dix pas.

« Tiens ! » Sa mère lève les yeux. « Tu ne fais pas la sieste ?

— Je me suis réveillée. » Esme se tient en équilibre sur une jambe, comme les oiseaux qui viennent au bord de l'étang le soir.

« Où est ton *ayah* ? Où est Jamila ?

— Je ne sais pas. Je peux avoir du thé ? »

Sa mère hésite, déplie une serviette sur ses genoux. « Ma chérie, il me semble que…

— Donne-lui-en un peu, si elle en veut », dit son père sans ouvrir les yeux.

Après avoir versé du thé dans une soucoupe, sa mère la lui présente. Esme se glisse sous son bras tendu, grimpe sur ses genoux et sent la dentelle rêche, la chaleur du corps sous le coton blanc. « Tu étais un triangle et papa était une ligne. »

Sa mère remue sur son siège. « Je te demande pardon ?

— Tu étais un triangle…

— Hum. » Les mains de sa mère se referment sur les bras d'Esme. « Aujourd'hui, il fait vraiment trop chaud pour des câlins. » Esme se retrouve sur l'herbe. « Pourquoi n'irais-tu pas chercher Kitty ? Pour voir ce qu'elle fait ?

— Elle saute à la corde.

— Tu ne veux pas jouer avec elle ?

— Non. » Esme touche le sucre glace qui enrobe un petit pain rond. « Elle est trop…

— Esme ! » Sa mère repousse sa main de la table. « Quand on est bien élevé, on ne se sert pas sans y être invité.

— Je voulais juste le toucher pour voir quelle impression ça faisait.

— Non, s'il te plaît. » Sa mère s'appuie au dossier de son fauteuil et ferme les yeux.

Pendant un instant, Esme l'observe. S'est-elle endormie ? Une veine bleue bat sur son cou et, sous les paupières, ses yeux s'agitent. De minuscules perles, pas plus grosses que des têtes d'épingle, se forment au-dessus de sa lèvre. À l'endroit où les lanières de ses sandales découvrent la peau, des marques rouges s'étalent sur ses pieds. Son ventre est tendu, gonflé par un autre bébé. Esme l'a senti, il se débattait comme un poisson au bout d'une ligne. D'après Jamila, celui-ci aura de la chance et vivra.

Esme regarde le ciel, les mouches qui tourbillonnent autour des nénuphars, les vêtements de son père qui passent à travers les mailles du hamac, losanges de tissu lâche. Au loin, elle perçoit encore la corde à sauter de Kitty, le *scratch, scratch* de la binette – ou d'un autre outil. Puis elle entend un insecte. Elle tâche de le voir, mais il a disparu derrière elle, à sa gauche. Lorsqu'elle tourne la tête, le bruit augmente et des pattes se prennent dans ses cheveux.

Elle saute alors en l'air, secoue la tête avec force. Le bourdonnement se fait plus sonore et, soudain, elle sent un battement d'ailes sur son oreille. Elle hurle, se frappe la tête à deux mains. Assourdissant à présent, le bourdonnement couvre tous les autres bruits. L'insecte se faufile dans l'étroit canal de son oreille – va-t-il lui grignoter le tympan pour se frayer un passage jusqu'au cerveau, et deviendra-t-elle sourde comme la petite fille dont parle le livre de Kitty ? Risque-t-elle de mourir ? Ou l'insecte restera-t-il dans sa tête, de sorte qu'elle entendra toute sa vie ce bruit à l'intérieur ?

Secouant toujours ses cheveux, titubant, elle lâche un autre cri perçant qui se termine en sanglots et, juste au moment où le bourdonnement décroît et l'insecte ressort de son oreille, elle entend son père dire : « Qu'est-ce qui arrive donc à cette petite ? » et sa mère appeler Jamila, par-delà la pelouse.

Pourrait-il s'agir de son plus ancien souvenir ? Peut-être. En tout cas, c'est un début possible, le seul qu'elle ait gardé en mémoire.

À moins que ce ne soit la fois où Jamila lui a décoré la paume au henné. Esme a vu sa ligne de vie et sa ligne de cœur interrompue par un motif ornemental. Ou quand Kitty est tombée dans l'étang et qu'il a fallu la repêcher et la ramener à la maison enveloppée d'une serviette. Ou encore les parties d'osselets avec les enfants du cuisinier hors de l'enceinte du jardin, l'observation du sol bouillonnant de fourmis autour du robuste banian. Ça pouvait tout aussi bien avoir commencé là.

Ou peut-être cette scène : pour déjeuner, on l'avait attachée à une chaise avec un lien qui lui enserrait la taille. Parce que, comme sa mère l'expliqua à tous les convives, Esme devait apprendre les bonnes manières. Ce qui, Esme le savait, voulait dire ne pas se lever avant la fin du repas. Car elle adorait se glisser sous la table ; personne ne parvenait à l'empêcher de gagner cet espace privé, interdit, délimité par la nappe. Les pieds des gens avaient quelque chose de singulièrement touchant. Les chaussures étaient usées à des endroits curieux, chacun les laçait à sa façon, on apercevait des ampoules, des callosités, l'un croisait les chevilles, l'autre les jambes, certains avaient des chaussettes trouées, ou dépareillées, d'autres gardaient une main sur leurs genoux – elle savait tout cela. Souple comme un chat, elle glissait au bas de sa chaise, et on ne réussissait pas à l'extraire de son repaire.

Le lien est un foulard qui appartient à sa mère. Esme en aime bien le motif : des tourbillons violets, rouges et bleus. « Ça s'appelle une impression cachemire », explique sa mère, et Esme sait où se trouve le Cachemire.

La pièce est pleine de monde. Il y a là Kitty, sa mère, son père et des invités – plusieurs couples, une fille aux cheveux scandaleusement courts que sa mère a placée en face d'un jeune ingénieur, une femme d'un certain âge et son fils, et un homme seul assis à côté du père d'Esme. Sans en être tout à fait sûre, Esme pense qu'ils mangent de la soupe. Il lui semble se rappeler le mouvement des cuillères, le tintement du métal contre la porcelaine, les bruits discrets de succion avant que le liquide soit avalé.

La conversation n'en finit pas. Que se racontent-ils donc ? Des tas de choses, apparemment. Pour sa part, Esme ne voit vraiment rien qu'elle souhaiterait communiquer à ces gens. Elle pousse sa cuillère contre un bord du bol, puis la ramène en arrière et observe les remous et tourbillons qui se forment autour du couvert en argent. Elle n'écoute pas les gens, du moins ne s'attache pas aux mots qu'ils prononcent, perçoit juste le bruit d'ensemble. On croirait entendre des perroquets juchés sur de grands arbres, ou des grenouilles qui se regroupent au crépuscule. Ça fait le même *crr, crr, crr.*

Soudain, sans avertissement, toute la tablée se lève. Chacun pose sa cuillère, bondit de sa chaise et se précipite hors de la pièce. Perdue dans sa rêverie consacrée aux tourbillons de la soupe et aux grenouilles, Esme vient de manquer quelque chose. En sortant, tout le monde parle d'un ton surexcité, et Kitty bouscule son père pour passer le seuil la première. Dans son empressement, leur mère a oublié qu'Esme était attachée à sa chaise.

La cuillère à la main, la bouche grande ouverte, Esme observe la scène. La porte les engloutit, l'ingénieur en dernier, et le bruit de leurs pas s'éloigne dans le couloir. Stupéfaite, elle se tourne vers la pièce vide. Fiers, impassibles, des lis se dressent dans un vase en verre ; la pendule égrène les secondes, une serviette glisse d'une chaise. Esme se dit qu'elle va hurler, emplir d'air ses poumons et brailler. Mais elle ne le fait pas. Elle regarde la fenêtre ouverte aux rideaux frissonnants, une mouche qui se pose sur une assiette, puis elle tend le bras et ouvre les doigts pour voir ce qui va arriver. La cuillère tombe à la verticale, rebondit sur sa partie bombée, exécute un saut périlleux, puis dégringole sur le tapis et termine sa course sous le buffet.

Des clés dans une main, un café dans l'autre, Iris descend la rue. Le chien marche sur ses talons et ses griffes cliquettent sur le béton. Des pans de soleil se déversent entre les immeubles élevés. La pluie tombée pendant la nuit sèche par plaques sur le trottoir.

Iris traverse, toujours suivie de près par le chien, puis donne un coup de pied dans une canette abandonnée devant le magasin, mais, au lieu de l'envoyer rouler plus loin, son geste répand le reste de bière sur le seuil.

« Connards ! Espèces de connards ! »

Furieuse, elle donne un nouveau coup de pied dans la canette qui, vide à présent, atterrit dans le caniveau. Puis elle regarde par-dessus son épaule. Imperturbables, les bâtiments en pierre arborent des rangées de fenêtres luisantes, immobiles. Elle baisse les yeux sur le chien. Il remue la queue et pousse un faible gémissement.

« Bien sûr, toi, ça ne te dérange pas ! »

Elle tire sur le rideau de fer qui remonte en lâchant un grincement de protestation. Après avoir enjambé la flaque de bière, elle sort de la boîte aux lettres une pile de courrier. Tout en avançant dans la boutique, elle y jette un coup d'œil. Des factures, des factures, un relevé bancaire, une carte postale, des factures et une enveloppe marron au rabat en V.

Les caractères alignés au recto l'obligent à s'immobiliser à mi-chemin du comptoir. Ils sont petits, serrés, chargés d'encre. La boucle du « e » est effacée. Iris approche l'enveloppe et constate que les lettres s'enfoncent dans le grain du papier Kraft. Lorsqu'elle passe le bout des doigts sur les creux, elle comprend que l'adresse a été tapée à la machine.

Un courant d'air froid vient s'enrouler autour de ses chevilles. Elle relève la tête et regarde autour d'elle. Les porte-chapeaux dépourvus de visage la toisent, un manteau en soie pendu au plafond oscille lentement. Iris soulève le rabat, qui se décolle facilement, déplie l'unique feuille blanche et y jette un coup d'œil. Ayant encore à l'esprit la bière renversée, le seuil qu'il lui faudra nettoyer, et se promettant de ne plus envoyer valdinguer les canettes dans la rue, elle ne distingue que les mots « cas », « réunion » et un nom : « Euphemia Lennox ». Au bas de la page, la signature est illisible.

Au moment où elle s'apprête à relire la lettre, elle se rappelle qu'elle a du détergent dans la minuscule cuisine installée dans l'arrière-boutique. Elle fourre tout le courrier dans un tiroir et disparaît derrière un lourd rideau en velours.

Bientôt, elle sort sur le trottoir avec un balai-éponge et un seau d'eau mousseuse. Elle commence par l'extérieur du magasin et fait couler de l'eau en direction du caniveau, puis lève le visage vers le ciel. Une camionnette qui rase le trottoir fait voler les cheveux d'Iris. Quelque part, hors de vue, un enfant pleure. Posté sur le pas de la porte, le chien observe les minuscules silhouettes des gens qui passent sur le pont construit au-dessus de la rue. Parfois, Iris a l'impression que cette rue est une entaille profonde dans la ville et qu'on y mène une existence souterraine. Appuyée sur le manche du balai, elle scrute le seuil. Le nom d'Euphemia Lennox surgit dans son esprit. Il s'agit probablement d'une commande quelconque, se dit-elle. Heureusement que j'ai gardé ce seau, se dit-elle aussi. Il va pleuvoir, se dit-elle enfin.

Iris est assise en face d'Alex dans un bar de New Town. Tout en balançant du bout du pied une chaussure argentée, elle mord dans une olive. Alex fait rouler entre ses doigts le bracelet qu'elle porte, puis consulte sa montre. « D'habitude, elle n'a jamais autant de retard », murmure-t-il. Ses yeux sont cachés par des lunettes noires dans lesquelles Iris voit son reflet déformé et la salle derrière elle.

Elle jette dans une coupelle le noyau proprement nettoyé. En fait, elle avait oublié que Fran, la femme d'Alex, devait se joindre à eux. « Ah bon ? » Prenant une autre olive, elle la presse entre ses dents.

Au lieu de répondre, Alex fait tomber de son paquet une cigarette et la porte à sa bouche. Iris se lèche les doigts, remue le cocktail dans son verre. Pendant qu'il cherche une allumette, elle dit : « Tu ne sais pas ? Aujourd'hui, j'ai reçu une facture et, à côté de mon nom, on avait griffonné "la sorcière" au crayon.

— C'est vrai ?

— Ouais. "La sorcière." Tu te rends compte ? Je ne me rappelle plus qui l'a envoyée. »

En silence, il frotte l'allumette, porte la flamme à sa cigarette et tire une longue bouffée avant de dire : « Visiblement, c'est quelqu'un qui te connaît bien. »

Iris considère un instant son frère, dont les lèvres laissent échapper des volutes de fumée. Puis elle attrape une olive et la glisse dans le col de chemise d'Alex.

Fran se hâte vers le bar. Son rendez-vous chez le coiffeur l'a mise en retard. Toutes les six semaines, elle se fait faire des mèches blondes dans ses cheveux châtains. C'est douloureux. On tire sur ces mèches pour les passer à travers une calotte serrée et on les asperge de produits chimiques qui piquent. Son mal de tête est tel qu'elle a l'impression d'avoir encore cette calotte sur le crâne.

Une fois arrivée, elle scrute les clients. Elle a mis son chemisier en soie, celui qui plaît à Alex. Un jour, il lui a dit que, là-dessous, ses seins ressemblaient à des pêches. Et elle porte sa jupe droite moulante en lin. Ses vêtements bruissent et ses cheveux méchés forment un rideau bien net qui lui encadre le visage.

Elle les aperçoit, à demi dissimulés par une colonne, penchés l'un vers l'autre, très proches, sous les lumières. Ils boivent la même chose – une boisson rouge clair, dans laquelle les glaçons tintent – et leurs têtes se touchent presque. Iris est en pantalon à taille basse. Toujours aussi maigrichonne, elle a les os des hanches qui pointent au-dessus de la ceinture. On dirait qu'elle a coupé le col et les poignets de son corsage.

« Salut ! » Fran agite la main, mais ils ne la voient pas. Ils se tiennent la main. Peut-être pas. La main d'Alex est posée sur le poignet d'Iris.

Serrant son sac sous son bras, Fran se fraie un chemin entre les tables. Quand elle atteint la leur, ils sont en train d'éclater de rire et Alex secoue sa chemise, comme si quelque chose était tombé à l'intérieur.

« Qu'est-ce qu'il y a de si drôle ? demande Fran en se plaçant entre eux, un sourire aux lèvres. Vous venez de raconter une blague ?

— Non, rien, répond Alex, encore secoué d'hilarité.

— Oh ! allez, dis-le-moi ! S'il te plaît ! s'écrie-t-elle.

— Il n'y a rien. Je te raconterai plus tard. Tu veux boire quelque chose ? »

Au bout de la ville, Esme se tient devant une fenêtre. À sa gauche, un escalier monte ; à sa droite, un autre descend. Son souffle s'accumule sur le verre froid. Dehors, la pluie cingle la vitre et le crépuscule commence à teinter les brèches entre les arbres. Esme observe la route, les deux files de voitures qui se croisent et, en arrière-plan, le lac, avec des canards qui strient sa surface ardoise.

En bas, des voitures sont arrivées et reparties toute la journée. Des gens y montent après avoir franchi la porte de derrière, le moteur est lancé, et les automobiles s'éloignent dans l'allée courbe en faisant crisser le gravier. Au revoir, s'écrient des gens sur le pas de la porte en agitant la main, au revoir.

« Hé là ! » La voix crie au-dessus de sa tête.

Esme se retourne. Un homme se trouve en haut de l'escalier. Le connaît-elle ? Il lui semble familier, mais elle n'en est pas sûre.

« Qu'est-ce que vous fabriquez ? » lâche l'homme d'un ton exaspéré, ce qui est curieux pour quelqu'un qu'elle n'a peut-être jamais vu. Esme ne sait pas quoi répondre, alors elle se tait.

« Ne traînez pas devant la fenêtre comme ça. Venez. »

Esme jette un dernier coup d'œil à l'allée et voit une femme qui occupait le lit voisin du sien plantée à côté d'une voiture marron. Un vieil homme range une valise dans le coffre. La femme pleure et ôte ses gants. L'homme ne la regarde pas. Esme pivote et monte l'escalier.

Perchée dans la vitrine de son magasin, Iris retire du mannequin le tailleur en velours, le secoue, replie le pantalon en alignant les coutures et le passe sur un cintre. Puis elle retourne au comptoir et extrait une robe écarlate de ses multiples couches protectrices en mousseline. La prenant avec soin par les épaules, elle la déplie, et la robe s'ouvre devant elle comme une fleur.

Sans la froisser, elle l'emporte vers la vitrine, dans laquelle filtre le jour. On tombe rarement sur une telle pièce. C'est une chance qui ne se présente qu'une fois dans une vie, ou presque. De la *haute couture*[1], en pure soie, une création de maison célèbre. Lorsqu'une femme avait appelé pour dire que, en vidant les placards de sa mère, elle avait trouvé dans une malle des « jolies robes », Iris ne s'attendait à rien d'exceptionnel. Elle était quand même allée voir. Et là, au milieu des habituels chapeaux écrasés et jupes passées, Iris avait vu luire un tissu écarlate, le bas taillé dans du biais, les poignets effilés.

Après avoir posé la robe sur les épaules du mannequin, Iris la met en place en tournant autour, tire sur l'ourlet, ajuste une emmanchure, pique une ou deux épingles dans le dos. Couché dans son panier, le chien l'observe de ses yeux d'ambre.

Une fois qu'elle a fini, Iris sort sur le trottoir pour examiner le résultat. Le chien la suit, s'arrête sur le seuil, légèrement haletant, en se demandant si une promenade est au programme. La robe est impeccable, d'une coupe parfaite. Elle date sûrement d'un demi-siècle, et n'a pas une seule tache – peut-être n'a-t-elle jamais été portée. Quand Iris a demandé à la femme où sa mère avait pu se la procurer, elle a haussé les épaules et répondu qu'elle avait effectué nombre de croisières.

Iris recule d'un pas et s'adresse au chien. « Qu'est-ce que tu en dis ? » L'animal se contente de bâiller en montrant la voûte rose de son palais.

Revenue dans la boutique, Iris tourne la silhouette en robe rouge de quarante-cinq degrés pour donner l'impression qu'elle est sur le point de s'échapper de la vitrine. Après quoi, elle va chercher un sac à main rectangulaire, le dépose aux pieds du mannequin et ressort pour juger de l'effet. Quelque chose la dérange. Est-ce

1. En français dans le texte.

la nouvelle position du mannequin ? Ou les chaussures en serpent ?

Avec un soupir, Iris tourne le dos au magasin. Cette robe la rend nerveuse, et elle ne sait pas pourquoi. Sans doute est-elle trop parfaite, trop belle. Iris n'a pas l'habitude de vendre des vêtements aussi impeccables. À vrai dire, elle aimerait bien la garder. Mais elle chasse aussitôt cette pensée. C'est précisément parce qu'elle n'aurait plus jamais eu envie de s'en séparer qu'elle ne l'a pas essayée. Tu ne peux pas te le permettre, s'admoneste-t-elle. La personne qui l'achètera l'aimera. Vu le prix, c'est forcé. Elle ira chez des gens qui sauront l'apprécier.

Pour faire quelque chose, elle sort son portable et compose le numéro d'Alex tout en jetant un coup d'œil sur la vitrine. Lorsque la sonnerie cesse, Iris inspire, prête à parler. Mais c'est Fran qui répond. « Bonjour, vous avez composé le numéro d'Alex. » Iris éloigne de son oreille l'appareil et l'éteint d'un geste brusque.

Au milieu de l'après-midi, un homme entre. Il passe un long moment à s'essuyer les pieds sur le paillasson en balayant du regard la boutique. Iris lui sourit, puis baisse la tête sur son livre car elle ne veut pas que les clients se sentent harcelés. Elle l'observe néanmoins sous sa frange. L'homme s'avance résolument dans l'allée et, en arrivant devant un présentoir de déshabillés et de caracos, il se cabre comme un cheval effrayé.

Iris abandonne son livre. « Puis-je vous aider ? »

L'homme pose une main sur le comptoir et semble vouloir s'y agripper. « Je cherche quelque chose pour ma femme », dit-il. Son expression est anxieuse, et Iris voit qu'il tient à sa femme, qu'il veut lui faire plaisir. « Son amie m'a dit qu'elle aimait ce magasin. »

Iris lui montre un cardigan en cachemire couleur de bruyère, des chaussons chinois avec des poissons orange brodés dessus, un sac en daim au fermoir doré, une ceinture en crocodile dont le cuir craque, un foulard d'Abyssinie tissé avec des fils d'argent, un petit bouquet de fleurs en cire à épingler sur un corsage, une veste au col garni de plumes d'autruche, une bague dont le chaton est un scarabée pris dans de la résine.

« Vous aimeriez ceci ? demande l'homme en levant la tête.

— Quoi donc ? » Au même moment, Iris entend sonner le téléphone posé sous le comptoir. Elle se penche pour décrocher. « Allô ? »

Silence.

« Allô ? répète-t-elle plus fort en se bouchant l'autre oreille de sa main libre.

— Bonjour, dit une voix masculine distinguée. Est-ce que vous avez un moment ? »

Aussitôt, Iris est sur ses gardes. « Je ne sais pas vraiment.

— Je vous appelle au sujet… » Des parasites couvrent ses paroles pendant quelques secondes. « … pour nous rencontrer.

— Excusez-moi, je n'ai pas entendu.

— C'est au sujet d'Euphemia Lennox », précise l'homme d'un ton légèrement affligé.

Iris fronce les sourcils. Ce nom lui dit vaguement quelque chose. « Je suis désolée, mais je ne la connais pas.

— Euphemia Lennox », répète-t-il.

Décontenancée, Iris secoue la tête. « J'ai bien peur de ne pas…

— Lennox. Euphemia Lennox. Vous ne la connaissez vraiment pas ?

— Non.

— Alors, c'est que j'ai dû me tromper de numéro. Je vous prie de m'excuser.

— Attendez une seconde ! » Mais la ligne est coupée.

Iris fixe un instant le téléphone, puis raccroche.

« Une erreur de numéro », explique-t-elle au client, dont la main hésite entre les chaussons chinois et une pochette en perles au fermoir en écaille. Il la pose sur la pochette.

« Je la prends », dit-il.

Iris l'enveloppe dans du papier de soie doré.

« Vous croyez que ça lui plaira ? » s'enquiert l'acheteur quand elle lui tend le paquet.

Iris se demande à quoi ressemble sa femme, quel genre de personne elle peut bien être, se dit que ça doit être étrange d'être marié, étroitement lié, collé pour ainsi dire à quelqu'un. « Je pense que oui. Mais si ce n'est pas le cas, elle pourra toujours venir l'échanger. »

Le soir, après avoir fermé le magasin, Iris conduit en direction du nord, laisse Old Town derrière elle, traverse la vallée où se nichait autrefois un loch, passe les rues perpendiculaires de New Town et gagne les quais. Sans trop s'en soucier, elle gare sa voiture dans la zone réservée aux résidents et sonne à l'entrée d'un important cabinet juridique. C'est la première fois qu'elle vient ici. Le bâtiment paraît désert, une alarme clignote au-dessus de la porte, toutes les fenêtres sont obscures. Mais elle sait que Luke est encore là. Elle avance la tête vers l'interphone en s'attendant à entendre sa voix. Rien. Elle sonne de nouveau et patiente. Bientôt quelqu'un, de l'intérieur, pousse la porte.

« Madame Lockhart, je suppose que vous avez rendez-vous ? » dit-il.

Iris le regarde de la tête aux pieds. Il est en bras de chemise, les manches retroussées, la cravate desserrée. « J'aurais dû prendre rendez-vous ?

— Non », répond-il et, lui attrapant le poignet, puis le bras et l'épaule, il l'attire dans le hall. Il l'embrasse alors dans le cou, referme la porte d'une main pendant qu'il glisse l'autre sous son manteau, sous son chemisier, tourne autour de la taille, caresse un sein, suit le dessin de la colonne vertébrale. La portant à moitié, la traînant à moitié, il lui fait grimper l'escalier, et elle trébuche à cause de ses chaussures à talons. Luke lui prend le coude et ils franchissent à la hâte une porte en verre.

« Dis-moi, est-ce qu'il y a des caméras de surveillance ici ? » demande Iris lorsqu'il arrache sa cravate et la jette de côté.

Il l'embrasse, il secoue la tête. La fermeture à glissière de sa jupe lui donne du fil à retordre et il jure. D'une main posée sur la sienne, Iris l'ouvre, descend sa jupe sur ses cuisses puis, d'un coup de pied, l'envoie en l'air, ce qui fait rire Luke.

Ils se sont rencontrés deux mois plus tôt à un mariage. Iris a horreur des mariages. Elle les déteste avec passion. Voir les mariés se pavaner dans des vêtements ridicules et se plier au rite consistant à clamer publiquement leur liaison, entendre les discours interminables d'hommes qui parlent au nom des femmes... Mais ce mariage lui a plu. L'une de ses meilleures amies épousait un homme que, pour une fois, Iris aimait bien, et, pour une fois aussi, la mariée était magnifiquement habillée. Aucun plan de table n'avait été établi, il n'y eut pas de discours, et les invités ne furent pas obligés de se rassembler comme du bétail pour qu'on prenne d'horribles photos.

La tenue d'Iris avait été décisive – une robe de cocktail en crêpe de Chine vert, à dos nu, qu'elle avait fait retoucher. Tout en bavardant avec une amie, elle avait remarqué qu'un homme s'était approché d'elles. Avec une tranquille assurance, il scrutait la tente, sirotait son champagne, saluait quelqu'un, se passait une main dans les cheveux. Lorsque son amie s'était exclamée :

« Quelle robe extraordinaire, Iris ! », il avait lâché, sans les regarder, sans même se pencher vers elles : « En fait, c'est plus qu'une simple robe. Est-ce que "robe de soirée" ne serait pas plus approprié ? » C'est alors qu'Iris l'avait réellement regardé.

Comme Iris s'en doutait, il s'était révélé un amant compétent. Attentionné sans être trop consciencieux, passionné, mais pas collant. Ce soir, pourtant, elle se demande si elle ne perçoit pas un soupçon de hâte dans ses gestes. Sous ses paupières plissées, elle l'étudie. Les yeux fermés, il a une expression extatique, concentrée. Il la soulève du bureau, la pose sur le sol et, oui, Iris le surprend à jeter un coup d'œil à la pendule, au-dessus de l'ordinateur.

« Mon Dieu ! tu ne voudrais pas passer ici tous les soirs ? » s'écrie-t-il ensuite, un peu trop tôt au goût d'Iris, alors que leur souffle n'est pas encore revenu à la normale, que leur cœur n'a pas ralenti son rythme dans leur poitrine.

Iris roule sur le ventre et sent les poils rugueux du tapis sur sa peau. Luke lui embrasse le creux des reins, fait un instant courir la main sur sa colonne vertébrale. Puis il se redresse, s'avance vers son bureau et se rhabille. Iris l'observe. Il y a de la précipitation dans la façon dont il remonte son pantalon, enfile sa chemise.

« On t'attend à la maison ? » Toujours allongée par terre, Iris s'assure qu'elle prononce clairement chaque mot.

En attachant sa montre à son poignet, il vérifie l'heure et fait la grimace. « Je l'ai prévenue que j'allais travailler tard. »

Iris attrape un trombone tombé sur le tapis et le déplie. Le fait que cette attache porte, en français, le nom d'un instrument de musique lui traverse soudain l'esprit.

« D'ailleurs, je devrais l'appeler », marmonne Luke. Il s'assied sur son bureau, attrape le téléphone et, en attendant que sa femme décroche, pianote, puis sourit à Iris – un grand sourire prompt qui s'efface lorsqu'il dit : « Gina ? C'est moi… Non. Pas encore. »

Iris jette le trombone déformé et ramasse sa culotte. La femme de Luke ne lui pose pas de problème particulier, mais elle n'a pas envie d'entendre cette conversation. Un par un, elle attrape ses vêtements et se rhabille. Au moment où Luke raccroche, elle s'assied pour remonter la fermeture de ses bottes. Le sol vibre lorsqu'il s'approche.

« Tu ne t'en vas pas ? demande-t-il.

— Si.

— Ne pars pas. Pas encore. » Il s'agenouille et lui entoure la taille. « J'ai dit à Gina que je n'allais pas rentrer tout de suite. Nous pourrions nous faire livrer quelque chose à grignoter. Tu as faim ? »

Elle arrange le col de sa chemise. « Il faut que j'y aille.

— Iris, je veux la quitter. »

Iris se fige. Lorsqu'elle fait mine de se lever, il l'en empêche. « Luke…

— Je veux la quitter pour être avec toi. »

L'espace d'un instant, elle reste sans voix, puis elle repousse les doigts qui lui agrippent la taille. « Pour l'amour du ciel, Luke ! Ne nous lançons surtout pas dans ce genre de conversation. Je dois partir.

— Non. Tu peux bien rester encore un peu. Nous devons parler. Je ne peux pas continuer comme ça. Ça me rend fou de faire comme si tout allait bien avec Gina quand, à chaque minute de la journée, j'ai une envie folle de…

— Luke, je m'en vais. » Elle ôte un de ses cheveux collé à la chemise de Luke. « J'ai dit à Alex que j'irais peut-être au cinéma avec lui et… »

Luke fronce les sourcils et la libère. « Tu vois Alex ce soir ? »

Luke et Alex se sont rencontrés une seule fois. Iris connaissait Luke depuis une semaine environ quand Alex était passé chez elle à l'improviste. Il débarque toujours quand Iris a un nouvel amant. Elle pourrait jurer qu'un sixième sens l'alerte.

« Alex, mon frère, expliqua-t-elle alors à Luke en retournant dans la cuisine, la mâchoire crispée par l'irritation. Alex, je te présente Luke.

— Salut. » Alex se pencha par-dessus la table de la cuisine pour lui tendre la main.

Luke se leva pour la lui serrer. Ses larges jointures couvraient entièrement les doigts d'Alex. Iris fut frappée par le contraste qu'ils offraient : Luke, costaud, le teint mat ; Alex, svelte, la peau claire. « Ravi de faire votre connaissance, Alexander, dit-il avec un signe de tête.

— Alex, corrigea Alex.

— Alexander. »

Iris regarda Luke. Le faisait-il exprès ? Soudain, elle se sentait minuscule à côté de ces deux hommes bien plus grands qu'elle. « Il s'appelle Alex, lâcha-t-elle d'un ton sec. Bon, asseyez-vous, tous les deux, on va boire un coup. »

Luke s'assit. Iris alla chercher un verre pour Alex et renversa un peu de vin en le servant. Luke fit passer son regard de l'un à l'autre, puis sourit.

« Qu'y a-t-il ? » Iris posa la bouteille.

« Vous ne vous ressemblez pas. »

Alex mit son grain de sel.

« Normal. Nous ne sommes pas du même sang, après tout. »

Luke semblait déconcerté. « Mais je croyais…

— Nous sommes seulement parents par alliance. » Alex jeta un coup d'œil à Luke. « Elle est ma sœur d'adoption, expliqua-t-il. Mon père a épousé sa mère.

— Oh ! je vois. » Luke hocha la tête.

« Elle ne vous l'a pas dit ? » Alex attrapa la bouteille de vin.

Quand Luke alla aux toilettes, Alex s'appuya au dossier de sa chaise, alluma une cigarette, inspecta du regard la cuisine, ôta des cendres tombées sur la table, rectifia son col. Iris l'examinait. Comment osait-il s'incruster en contemplant l'éclairage de la pièce ? Elle attrapa sa serviette, la plia en un long ruban et l'abattit violemment sur la manche d'Alex.

Il épousseta un peu de cendre sur sa chemise, cette fois. « Ça fait mal, dit-il.

— Tant mieux.

— Bon. » Alex tira sur sa cigarette.

« "Bon" quoi ?

— Joli, le haut. » Il détournait les yeux.

« Le mien ou le sien ? rétorqua Iris.

— Le tien, bien sûr. » Il tourna la tête vers elle.

« Merci.

— Il est trop grand, ce type.

— Trop grand ? Qu'est-ce que ça veut dire, "trop grand" ? »

Alex haussa les épaules. « Je ne crois pas que je pourrais m'entendre avec quelqu'un qui serait à ce point plus grand que moi.

— Ne sois pas ridicule. »

Alex écrasa sa cigarette dans le cendrier. « Puis-je me permettre de demander quelle est… » Il traça un cercle en l'air. « … la situation ?

— Non, s'empressa-t-elle de dire avant de se mordre la lèvre. Il n'y a pas de situation. »

Alex haussa les sourcils. Iris fit une torsade de sa serviette.

« Parfait, murmura-t-il. Fais donc des cachotteries. » D'un mouvement de tête, il désigna la porte d'où parvenaient des pas sur le parquet. « Voilà le tombeur qui revient. »

Esme est assise à la table de la salle d'études, affalée sur le côté, la tête posée sur son avant-bras. En face d'elle, Kitty conjugue des verbes français dans son cahier d'exercices. Au lieu de s'atteler à son devoir d'arithmétique, Esme regarde la poussière qui tourbillonne dans les pans de lumière, la ligne blanche que forme la raie de Kitty, la manière dont les nœuds et les marques, dans le bois de la table, coulent comme de l'eau, les branches de laurier-rose dehors, dans le jardin, les croissants qu'esquissent les lunules à la base de ses ongles.

La plume de sa sœur gratte le papier et, les sourcils froncés de concentration, Kitty soupire. Du talon, Esme frappe le pied de sa chaise. Kitty ne réagit pas. Esme recommence, plus fort cette fois, et sa sœur lève le menton. Leurs regards se croisent. Les lèvres de Kitty s'entrouvrent, elle tire la langue, juste un peu, pour qu'Esme seule la voie, et pas Mlle Evans, leur gouvernante. Esme se fend d'un grand sourire, puis louche en creusant les joues. Kitty est obligée de se mordre la lèvre et de détourner les yeux.

Campée devant la fenêtre, face au jardin, Mlle Evans susurre : « J'espère que le devoir d'arithmétique tire à sa fin. »

Esme baisse les yeux sur le chapelet de nombres, les signes plus et moins. À côté des deux lignes qui forment le signe égal, il n'y a qu'un grand vide. Soudain, Esme a une inspiration. Poussant son ardoise, elle glisse au bas de sa chaise. « Je peux sortir ?

— Puis-je sortir ?

— Puis-je sortir, s'il vous plaît, mademoiselle Evans ?

— Pour quelle raison ?

— Un... » Esme s'efforce de se rappeler ce qu'elle avait l'intention de dire. « Un... euh...

— Un besoin pressant, suggère Kitty sans lever les yeux de ses verbes.

— T'ai-je demandé ton avis, Kathleen ?

— Non, mademoiselle Evans.

— Je te prie donc de tenir ta langue. »

Après avoir inspiré par le nez, Esme relâche très lentement son souffle par la bouche, et dit à son tour : « Un besoin pressant, mademoiselle Evans. »

Le dos toujours tourné, Mlle Evans acquiesce. « Permission accordée. Tâche d'être de retour dans cinq minutes. »

Esme s'échappe dans la cour, laisse courir une main sur les plantes fleuries dont les pots longent le mur. Des pétales tombent en pluie sur son sillage. C'est le moment le plus chaud de la journée. Bientôt, ce sera l'heure de la sieste, Mlle Evans disparaîtra jusqu'à demain et les deux sœurs pourront s'allonger sous la gaze de leur moustiquaire et observer les lents cercles décrits par le ventilateur fixé au plafond.

Devant la porte de la salle à manger, elle s'arrête. Où aller à présent ? De la cuisine humide lui parvient l'odeur de beurre chaud du *chai*[1]. Sur la véranda, sa mère murmure : « ... il insistait pour prendre la route du lac, et pourtant, je lui avais bien fait comprendre qu'il fallait nous rendre directement au club, mais, tu sais bien... »

Longeant l'autre côté de la cour, Esme s'aventure vers la nursery, en pousse la porte sèche et brûlante

1. Thé aux épices.

sous sa paume. Jamila remue quelque chose dans une marmite posée sur un réchaud bas, et Hugo, debout, s'accroche à un pied de chaise, un cube à la bouche. Quand il aperçoit Esme, il lâche un hurlement, se jette par terre et avance à quatre pattes dans sa direction de façon saccadée, tel un jouet mécanique.

« Coucou, bébé, coucou, Hugo ! » chantonne Esme. Elle adore Hugo, adore ses membres rebondis à la peau nacrée, les fossettes sur ses jointures, l'odeur de lait qu'il dégage. Lorsqu'elle s'agenouille devant lui, Hugo lui agrippe les doigts, puis tend la main vers une de ses nattes. « Je peux le prendre dans mes bras, Jamila ? supplie Esme. S'il te plaît ?

— Il vaut mieux pas. Il est très lourd. Trop lourd pour toi, je pense. »

Rapprochant son visage de celui de Hugo, Esme frotte son nez contre le sien. Ravi, son petit frère éclate de rire et lui attrape les cheveux. Le sari de Jamila bruisse, chuchote lorsqu'elle traverse la pièce, et Esme sent une main fraîche et douce sur son épaule.

« Que fais-tu ici ? murmure Jamila en lui caressant le front. Ce n'est pas l'heure de tes leçons ? »

Esme hausse les épaules. « Je voulais voir comment allait mon frère.

— Ton frère va très bien. » Jamila hisse Hugo sur sa hanche. « Mais tu lui manques. Tu ne sais pas ce qu'il a fait tout à l'heure ?

— Non. Qu'est-ce qu'il a fait ?

— J'étais à l'autre bout de la pièce et il… »

Jamila s'interrompt. De ses yeux noirs grands ouverts, elle fixe Esme. Au loin, toutes deux entendent la voix sèche de Mlle Evans et celle de Kitty, anxieuse, qui la couvre pour donner son point de vue à sa mère. Puis les mots deviennent compréhensibles. Mlle Evans explique qu'Esme s'est une fois de plus sauvée, que cette petite est impossible, désobéissante, menteuse, qu'on ne peut rien lui inculquer…

Soudain, Esme se rend compte qu'elle est assise à une longue table du réfectoire, un couteau dans une main, une fourchette dans l'autre. Une assiette de ragoût est posée devant elle. Des ronds de graisse flottent à la surface et, si elle essaie de les rompre, ils se scindent en d'innombrables petits clones. Des bouts de carotte et d'une viande indéterminée s'amassent sous la sauce.

Pas question qu'elle mange ça. Le pain, oui, mais sans la margarine ; elle va la racler. Et elle boira l'eau qui prend le goût de la timbale métallique. Elle ne mangera pas non plus la gelée à l'orange. Servie dans un petit carton, elle est couverte de poussière.

« Qui viendra vous chercher ? »

Esme se retourne.

Une femme se penche vers elle. Le grand foulard noué sur son front a glissé et lui donne un peu l'air d'un pirate. Elle a des paupières tombantes et une rangée de dents gâtées.

« Je vous demande pardon ?

— Ma fille va venir ici. Dans sa voiture, explique la pirate. Et vous, qui vient vous chercher ? »

Esme baisse les yeux sur son plateau. Le ragoût. Les ronds de graisse. Le pain. Il faut qu'elle réfléchisse. Vite. Il faut qu'elle dise quelque chose. « Mes parents », risque-t-elle.

L'une des femmes de service est en train de prendre du thé au distributeur et elle éclate d'un rire qui rappelle à Esme le croassement de corbeaux juchés dans les arbres.

« Ne dites donc pas de bêtises, assène la femme en rapprochant son visage de celui d'Esme. Vos parents sont morts. »

Esme réfléchit un instant. « Oui, je le savais.

— Ouais, tu parles ! marmonne la femme en posant bruyamment un gobelet de thé sur la table.

— Si, je le savais ! » répète Esme avec indignation, mais la femme s'est éloignée dans l'allée.

Esme ferme les yeux, se concentre, essaie de retourner dans le passé, de s'effacer, de repousser le réfectoire. Elle se revoit sur le lit de sa sœur, très net dans son esprit : acajou du pied, jeté en dentelle, moustiquaire. Mais il y a quelque chose qui cloche.

Son image était à l'envers. Voilà. Esme la fait pivoter dans sa tête. Allongée sur le dos, et non sur le ventre, la tête appuyée sur le bois de lit, elle regardait la chambre. Kitty allait et venait à la périphérie de son champ visuel, de l'armoire à la malle, et attrapait puis lâchait des vêtements. D'un doigt, Esme se bouchait une narine pour inspirer, puis l'autre pour expirer. Le jardinier lui avait dit que c'était le chemin de la sérénité.

« Tu crois que tu vas t'amuser ? » demanda-t-elle.

Kitty leva une camisole vers la fenêtre. « Je ne sais pas. Sans doute. J'aimerais bien que tu m'accompagnes. »

Après avoir éloigné son doigt de ses narines, Esme roula sur le ventre. « Moi aussi, j'aimerais bien y aller. » Elle frappa un orteil contre la tête de lit. « Je ne vois pas pourquoi je dois rester ici. »

Ses parents et sa sœur se rendaient à une réception chez des gens qui habitaient à l'intérieur des terres. Hugo restait à la maison car il était trop petit, et Esme n'avait pas le droit d'y aller car elle était punie. Elle avait marché pieds nus deux jours auparavant parce qu'il faisait tellement chaud qu'elle ne supportait plus ses chaussures. Il ne lui était même pas venu à l'idée que ce n'était pas permis jusqu'au moment où sa mère avait frappé à la vitre du salon et lui avait fait signe de rentrer. Le gravier de l'allée, pointu sous ses plantes de pied, lui avait procuré une agréable sensation d'inconfort.

Kitty se tourna pour la regarder un instant. « Maman va peut-être revenir sur sa décision. »

Esme donna un dernier coup de pied brutal dans la tête de lit. « Sûrement pas. » Une idée lui traversa l'esprit. « Tu pourrais rester ici. Tu pourrais dire que tu ne te sens pas bien, que… »

Kitty se mit à ôter le ruban de la chemise. « Non, il faut que j'y aille. »

Son ton faussement résigné, tendu, piqua la curiosité d'Esme. « Pourquoi ? Pourquoi faut-il que tu y ailles ? »

Kitty haussa les épaules. « Pour rencontrer des gens.

— Des gens ?

— Des garçons. »

Avec effort, Esme s'assit. « Des garçons ? »

Kitty enroulait le ruban autour de ses doigts. « Oui, bien sûr.

— Quel besoin éprouves-tu de rencontrer des garçons ? »

Sans quitter des yeux le ruban, Kitty sourit. « Nous devons toutes les deux trouver un mari. »

Esme était abasourdie. « Ah bon ?

— Naturellement. Nous ne pouvons pas passer le restant de nos jours ici. »

Esme dévisagea sa sœur. Parfois, elle avait l'impression qu'elle était son égale, qu'elles avaient le même âge, mais d'autres fois, les six années qui les séparaient formaient un gouffre infranchissable. « Je ne veux pas me marier », annonça-t-elle en s'affaissant sur le lit.

Au bout de la pièce, Kitty se mit à rire. « C'est vrai ? »

Iris ne s'est pas réveillée assez tôt et, de plus, elle a traîné devant son petit déjeuner et perdu du temps à choisir ses vêtements. Maintenant, bien sûr, elle est en retard pour son rendez-vous avec la personne qui souhaite l'aider à la boutique le samedi. Elle va être obligée d'emmener le chien et espère que ça ne la dérangera pas.

Le manteau sur le bras, le sac sur l'épaule, la laisse du chien dans une main, elle est sur le point de partir quand le téléphone sonne. Après un instant d'hésitation, elle claque la porte d'entrée et se précipite dans la cuisine. Tout excité, le chien croit qu'elle veut s'amuser et lui saute dessus, de sorte qu'elle se prend les pieds dans la laisse et va heurter la porte de la cuisine.

Elle lâche un juron, se frotte l'épaule et fonce sur le téléphone. « Oui, allô ? dit-elle, le combiné et la laisse dans une main, son manteau et son sac dans l'autre.

— Je voudrais parler à Mlle Lockhart.

— C'est moi.

— Je m'appelle Peter Lasdun. Je vous téléphone du… »

Tout ce qu'Iris retient dans le nom qu'il donne, c'est le mot « hôpital ». Les doigts crispés sur l'appareil, elle sent que ses idées se télescopent dans sa tête. Mon frère, ma mère, Luke… « Est-ce que quelqu'un… Est-il arrivé quelque chose ?

— Non, non. » L'homme émet un petit rire agaçant. « Il n'y a aucune raison de vous affoler, mademoiselle Lockhart. Il nous a fallu un certain temps pour vous retrouver. Je vous contacte au sujet d'Euphemia Lennox. »

Une bouffée de soulagement mêlée de colère monte en elle. « Écoutez, lâche-t-elle d'un ton sec, j'ignore complètement qui vous êtes et ce que vous voulez, mais sachez que je n'ai jamais entendu parler d'Euphemia Lennox. Je suis vraiment très occupée et…

— Vous êtes la parente à contacter, affirme tranquillement l'homme.

— Quoi ? » Iris est tellement irritée qu'elle lâche sac, manteau et laisse. « Qu'est-ce que vous racontez ?

— Vous êtes bien apparentée à Mme Kathleen Elizabeth Lockhart, née Lennox, qui habitait autrefois Lauder Road, à Édimbourg ?

— Oui. » Iris baisse les yeux sur le chien. « C'est ma grand-mère.

— Et vous êtes sa curatrice depuis... » Un bruissement de feuilles se fait entendre. « ... depuis qu'elle est placée dans une résidence médicalisée. » Nouveau bruissement. « J'ai ici la copie d'un document remis par son avoué et signé par Mme Lockhart, qui fait de vous la parente à contacter pour tout ce qui concerne une certaine Euphemia Lennox, sa sœur. »

Iris est vraiment furieuse à présent. « Ma grand-mère n'a pas de sœur. »

Dans le silence qui suit, Iris entend l'homme inspirer bruyamment. « Je crains bien de ne devoir vous contredire, lui oppose-t-il enfin.

— Non. Elle n'en a pas, je le sais. Elle est fille unique, comme moi. Voulez-vous me faire croire que je ne connais pas mon arbre généalogique ?

— Les membres du conseil d'administration de Cauldstone essaient de vous joindre...

— Cauldstone ? L'asile de... » Iris s'efforce de trouver un autre mot pour fous. « ... L'asile d'aliénés ? »

L'homme tousse. « Il s'agit d'un centre spécialisé en psychiatrie. Ou plutôt il s'agissait.

— Comment ça, "il s'agissait" ?

— Il ferme. C'est pourquoi je vous appelle. »

Pendant qu'elle descend Cowgate en voiture, son portable sonne. D'un geste brusque, elle le sort de la poche de son manteau. « Allô ?

— Iris, dit Alex à son oreille. Tu savais que deux mille cinq cents gauchers meurent chaque année parce qu'ils utilisent des objets conçus pour les droitiers ?

— Non.

— C'est la vérité. Je suis en train de le lire sur mon écran. Je travaille aujourd'hui sur un site consacré aux accidents domestiques, voilà à quoi je passe ma vie. Je me suis dit que je devais t'appeler pour t'avertir. J'étais loin de me douter que ton existence était aussi précaire. »

Iris jette un coup d'œil à sa main gauche agrippée au volant. « Moi non plus.

— Les grands coupables sont apparemment les ouvre-boîtes. Bien qu'on ne précise pas comment on peut mourir pour en avoir utilisé un. Où étais-tu passée, ce matin ? Ça fait des heures que j'essaie de te joindre pour t'annoncer cette nouvelle. Je pensais que tu avais émigré sans me prévenir.

— Malheureusement, je suis toujours ici. » Elle voit un feu passer à l'orange, appuie sur l'accélérateur. La voiture bondit. « Et, pour l'instant, ma journée ne sort pas de l'ordinaire. J'ai pris mon petit déjeuner, j'ai eu un entretien avec quelqu'un qui veut m'aider à la boutique, et j'ai découvert que j'étais la curatrice d'une vieille folle dont j'ignorais l'existence. »

Derrière lui, dans son bureau, elle entend le chuintement d'une imprimante. « Quoi ?

— Une grand-tante. Elle est à Cauldstone.

— Cauldstone ? L'asile de fous ?

— Ce matin, j'ai eu un appel de... » Sans avertissement, une camionnette déboîte devant elle. Du poing, elle écrase le klaxon et s'écrie : « Connard !

— Tu conduis ? demande Alex.

— Non.

— Alors tu as le syndrome de la Tourette[1] ? Non, tu conduis, je l'entends.

— Arrête un peu ! Il n'y a pas de problème. » Elle se met à rire.

« Tu sais bien que j'ai horreur de ça. J'ai alors l'impression que je vais t'entendre mourir dans un accident. Je vais raccrocher, au revoir.

— Attends, Alex…

— Pas question. Ne téléphone plus en conduisant. Je te rappellerai plus tard. Où est-ce que tu seras ?

— À Cauldstone.

— Tu y vas aujourd'hui ? demande-t-il en recouvrant soudain son sérieux.

— J'y vais tout de suite. »

Elle entend Alex tapoter un stylo sur son bureau, s'agiter sur son siège. « Ne signe rien », finit-il par dire.

Iris l'interrompt. « Mais je ne comprends pas. Si elle est la sœur de ma grand-mère, et donc ma… ma grand-tante, comment ça se fait que je n'aie jamais entendu parler d'elle ? »

Peter Lasdun soupire. L'assistante sociale soupire. Tous deux échangent un regard. Ils ont l'impression d'être assis à ce bureau depuis des heures. Peter Lasdun a pris la peine d'exposer à Iris les grandes lignes de ce qu'il appelle les « procédures habituelles », à savoir programmes d'aide sociale, avis médical des services sociaux municipaux, centres de réinsertion, retour dans les familles. Il semble s'exprimer uniquement en jargon administratif. Iris a déjà réussi à vexer l'assistante sociale – que Lasdun qualifie d'« acteur clé » – en la

1. Affection provoquant des contractions musculaires involontaires et des tics vocaux.

prenant pour une infirmière, de sorte qu'elle s'est sentie obligée de mentionner ses diplômes universitaires et son expérience dans le domaine social. Iris aimerait bien boire un verre d'eau, ouvrir une fenêtre, se trouver ailleurs. N'importe où, sauf ici.

Peter Lasdun passe un temps considérable à aligner un dossier au bord du bureau. « Vous n'avez abordé la situation d'Euphemia avec aucun membre de votre famille depuis notre conversation ? demande-t-il avec une infinie patience.

— Il ne reste plus personne. La maladie d'Alzheimer fait vivre ma grand-mère dans un monde à part. Ma mère est en Australie et n'a jamais entendu parler d'une certaine Euphemia. Mon père aurait pu être au courant, mais il est mort. » Iris tripote sa tasse de café vide. « Toute cette histoire paraît tellement invraisemblable. Pourquoi voulez-vous que je vous croie ?

— Il arrive assez souvent qu'on... oublie, dirons-nous, nos patients. Euphemia se trouve chez nous depuis très longtemps.

— Depuis combien de temps au juste ? »

Lasdun consulte son dossier, parcourt du doigt les paragraphes.

L'assistante sociale tousse et se penche en avant. « Soixante ans, je pense, Peter, à un ou deux ans près...

— Ça fait soixante ans qu'elle est enfermée ? hurle presque Iris. Qu'est-ce qui cloche chez elle ? »

Cette fois, tous deux se réfugient dans leurs documents. Iris tend le cou pour lire à l'envers, elle est très douée pour ça. « Trouble de la personnalité », « état maniaco-dépressif », « réagit par des convulsions aux électrochocs », réussit-elle à déchiffrer. Lasdun la voit faire et referme sèchement le dossier.

« Plusieurs... experts ont établi divers diagnostics au cours de son séjour à Cauldstone. Je me bornerai à vous dire, mademoiselle Lockhart, que ma collègue et moi avons travaillé de près avec Euphemia lors de notre récent programme de réinsertion. Nous sommes pleinement convaincus de sa docilité et avons tout lieu de penser qu'elle réussira à se réinsérer dans la société. » Il lui adresse un sourire qu'il veut bienveillant.

« Et je suppose que votre avis n'a rien à voir avec le fait que cet endroit ferme et sera vendu au prix du terrain ? »

Il tripote son pot à crayons, en sort deux, les pose sur son bureau, les remet en place. « C'est là, bien sûr, une autre question. Ce que nous voudrions savoir, c'est si vous êtes prête à l'emmener. » Nouveau sourire carnassier.

Iris fronce les sourcils. « À l'emmener où ?

— À l'emmener avec vous. À l'héberger.

— Vous voulez dire… chez moi ? » Iris est épouvantée.

Il agite la main d'un geste vague. « Où vous le jugerez bon…

— Je ne peux pas. Écoutez, je ne l'ai jamais vue de ma vie. Je ne la connais pas. Je ne peux pas faire ça. »

L'air las, il hoche la tête. « Je vois. »

En face de lui, l'assistante sociale rassemble ses documents. Peter Lasdun ôte une poussière imaginaire de son dossier.

« Bien, je vous remercie de nous avoir accordé un peu de votre temps, mademoiselle Lockhart. » Lasdun se baisse sous son bureau et attrape quelque chose sur le sol. Lorsqu'il se redresse, Iris s'aperçoit que c'est un autre dossier, avec un autre nom inscrit dessus. « Si, à l'avenir, nous avions besoin de prendre votre avis, nous reviendrions vers vous. Quelqu'un va vous raccompagner. » D'un geste, il désigne la réception.

Iris se penche au bord de sa chaise. « C'est tout ? L'histoire s'arrête là ? »

Lasdun écarte les bras. « Il ne reste plus le moindre point à discuter. En tant que représentant de l'hôpital, il m'appartenait de vous poser une question à laquelle vous avez dûment répondu. »

Iris se lève, triture la fermeture à glissière de son sac, pivote et fait deux pas vers la porte. Soudain, elle s'immobilise. « Est-ce que je peux la voir ? »

L'assistante sociale fronce les sourcils. Lasdun paraît interdit. « Qui ça ? »

Il a déjà à l'esprit le prochain dossier, les prochains parents réticents, Iris le voit bien. « Euphemia. »

Il se pince l'arête du nez, tourne le poignet pour vérifier l'heure à sa montre, consulte l'assistante sociale du regard. Celle-ci finit par hausser les épaules.

« Oui, je suppose, répond-il avec un soupir. Je vais demander à quelqu'un de vous emmener là-bas. »

Esme réfléchit au problème. Un problème ardu. C'est rare, mais, parfois, elle en éprouve le besoin, et aujourd'hui fait partie de ces jours où elle a l'impression de voir Hugo. Du coin de l'œil, elle distingue une petite silhouette qui rampe sur le seuil ombragé, puis sous le lit. Ou bien elle entend sa voix dans le raclement d'une chaise. Elle ne peut jamais prévoir le moment où il va décider de la rejoindre.

Assises à une table, au fond de la pièce, des femmes jouent au *snap*[1], et le bruit des cartes abattues se confond avec celui du ventilateur de la nursery, accroché au plafond, graissé, en bois teinté, totalement inefficace, bien sûr. Il agitait seulement l'air lourd, telle

1. Jeu auquel jouent les enfants, proche de la bataille.

une cuillère dans du thé brûlant. Au-dessus de sa tête, il barattait la chaleur de la pièce. Quant à Esme, elle ballottait un oiseau en papier au-dessus du petit lit.

« Regarde, Hugo. » Elle le faisait descendre vers lui, puis remonter et se poser sur les barreaux. Mais le bambin ne tendait pas la main pour l'attraper. Esme l'agita de nouveau près de son visage. « Hugo, tu ne vois pas l'oiseau ? » Hugo le suivit des yeux, lâcha un sanglot, tourna la tête et se mit à sucer son pouce.

« Il a envie de dormir, dit Jamila du fond de la pièce, occupée à suspendre des couches pour les faire sécher. Et il est un peu fiévreux. C'est peut-être les dents. Pourquoi tu ne sors pas un moment dans le jardin ? »

Esme longea l'étang au pas de course, passa devant le hamac vide qui oscillait et devant le tapis de fleurs orange étalé autour du banian. Elle traversa la pelouse de croquet en évitant les arceaux, descendit le sentier, se fraya un chemin au milieu des buissons. Après avoir sauté par-dessus la clôture, elle s'arrêta, ferma les yeux, retint son souffle et tendit l'oreille.

Oui, on les percevait, ces pleurs, ces lents pleurs de la gomme qui suintait des arbres. On aurait dit le bruissement de feuilles lointaines, ou des créatures minuscules en train de ramper. Esme avait juré à Kitty qu'elle arrivait à les entendre, mais sa sœur avait haussé les sourcils. Les yeux toujours fermés, Esme pencha la tête d'un côté, de l'autre, et écouta le bruit des arbres qui pleuraient.

Après avoir rouvert les yeux, elle regarda les rayons de soleil qui se fractionnaient et se reformaient sur le sol, les saignées circulaires dans les troncs autour d'elle. Rebroussant chemin, elle franchit la clôture, traversa la pelouse, contourna l'étang, emplie de joie à l'idée que ses parents étaient partis et qu'elle pouvait disposer de la maison à sa guise.

Une fois dans le salon, Esme remonta le phonographe, caressa les rideaux en velours, réaligna la rangée d'éléphants en ivoire posés sur le rebord de la fenêtre. Elle ouvrit la boîte à ouvrage de sa mère, en examina les fils de soie multicolores, roula le tapis, passa un long moment à glisser sur le parquet en chaussettes, et s'aperçut qu'elle pouvait se propulser des pieds griffus de la commode au meuble qui renfermait les alcools. Après quoi elle déverrouilla la bibliothèque vitrée, sortit des volumes reliés en cuir, les huma, en tâta la tranche dorée, souleva le couvercle du piano et se livra à de magnifiques *glissandos* du grave à l'aigu, et inversement. Dans la chambre de ses parents, elle fouilla parmi les bijoux de la mère, ouvrit une boîte de poudre et tapota la houppette sur ses joues. Quand elle s'examina dans le miroir ovale, elle avait toujours autant de taches de rousseur et elle était toujours aussi échevelée. Esme se détourna.

Se juchant sur le bois de lit ciré de ses parents, elle écarta les bras et, les vêtements gonflés, les cheveux soulevés, se laissa tomber sur le matelas avec un bruit étouffé. Lorsque le lit cessa de trembler, elle s'allongea un instant dans un grand désordre de jupes, de tablier, de cheveux. Les sourcils froncés, elle grignota un ongle. Elle avait senti quelque chose.

Après s'être redressée, Esme grimpa de nouveau sur le bois de lit, leva les bras, ferma les yeux, s'écroula sur le matelas et… oui. C'était bien ça, un échauffement, une sensibilité en deux endroits de sa poitrine, une étrange, une exquise sorte de douleur. Après avoir roulé sur le dos, elle baissa les yeux. Sous le blanc du tablier, tout était comme d'habitude. Esme appuya une main sur sa poitrine. La douleur irradia vers l'extérieur, comme les rides d'une mare. Elle se redressa alors, croisa son regard une nouvelle fois dans le miroir et vit son visage empourpré par le choc.

Pendant qu'elle errait sur la véranda en tapant du pied dans la poussière qui s'accumulait là tous les jours, elle se dit qu'elle allait en parler à Kitty. La nursery était sombre et froide quand elle y entra. Pourquoi les lampes n'étaient-elles pas allumées ? Il y avait du mouvement dans la pénombre, un bruissement ou un soupir. Esme devina les contours blancs à peine visibles du petit lit, la bosse du canapé. Avançant maladroitement dans l'obscurité, elle arriva plus tôt qu'elle ne le pensait devant le divan. « Jamila », dit-elle en lui touchant le bras. La peau de l'*ayah* était collante de transpiration. « Jamila ! » répéta Esme.

Jamila sursauta, soupira et marmonna des mots parmi lesquels émergeait « Esme », prononcé, comme Jamila le faisait toujours, « Izmi ».

« Qu'est-ce que tu dis ? » Esme se pencha davantage.

Jamila marmotta un chapelet de sons dans sa langue maternelle. Et quelque chose, dans ces syllabes étrangères, effraya Esme.

« Je vais chercher Pran. Je reviens tout de suite », dit-elle en se levant et en se précipitant hors de la pièce pour longer la véranda. « Pran ! appela-t-elle. Pran ! Jamila est malade et... » Sur le seuil de la cuisine, elle s'arrêta. Quelque chose fumait et craquait sur le réchaud bas, un rectangle de lumière filtrait par la porte de derrière.

« Y a quelqu'un ? » demanda-t-elle avant d'entrer dans la pièce, une main posée sur le mur. Elle vit des marmites par terre, de la farine dans une bassine, un couteau planté dans une botte de coriandre, des filets de poisson prêts à cuire. Le dîner était en cours de préparation, mais on aurait dit que tout le monde était sorti une minute, ou s'était infiltré dans le sol en terre, comme des gouttes de *ghee*[1].

1. Beurre clarifié.

Esme tourna les talons et traversa la cour. Soudain, elle se rendit compte qu'elle n'entendait pas une seule voix. Les serviteurs ne s'interpellaient pas, ne couraient pas partout, ne claquaient pas les portes. Rien. Juste le craquement des branches et un volet qui battait quelque part. La maison était vide. Ils étaient tous partis, constata-t-elle.

Les poumons en feu, Esme descendit l'allée à toute vitesse. La nuit était tombée très vite, et les branches noires des arbres s'agitaient dans le ciel. Le portail était cadenassé et, derrière, Esme apercevait des broussailles serrées piquetées de minuscules lumières mouvantes.

« Excusez-moi ! hurla-t-elle. S'il vous plaît ! »

Un groupe d'hommes se tenait au loin, sur le bas-côté de la route, le visage éclairé par une lampe.

« Vous m'entendez ? brailla-t-elle en secouant le portail. J'ai besoin d'aide. Mon *ayah* est malade et… »

Ils s'éloignèrent en parlant tout bas et en se retournant pour la regarder. Esme était sûre et certaine qu'il y avait parmi eux le fils du jardinier, qui l'avait autrefois portée sur son dos.

De retour dans la nursery, elle tâtonna et trouva la lampe et les allumettes. La lueur éclaira tout d'abord le sol à l'endroit où elle se tenait, puis le plafond, les murs, s'attarda sur les illustrations de la Bible, la chaise de bébé, le lit où Jamila était étendue, le réchaud, la table où ils mangeaient, l'étagère de livres.

Quand la lumière fut suffisante, Esme s'approcha du petit lit. Ses jambes lui faisaient aussi mal que si elle était restée assise trop longtemps. Se rendant compte qu'elle n'avait pas lâché les allumettes, elle se dit qu'elle devait s'en débarrasser si elle voulait prendre Hugo dans ses bras et, faute d'un autre endroit, elle se baissa pour les poser par terre. Après quoi elle essaya non sans mal d'attraper le bébé. Il lui fallut se pencher par-dessus les barreaux, ôter les nombreuses couvertures, et Hugo lui parut si lourd, froid et raide qu'elle eut les plus grandes difficultés à le soulever. Il était figé dans la position qu'il adoptait pour dormir : étendu sur le dos, bras écartés, semblant chercher à se raccrocher à quelqu'un parce qu'il tombait dans le vide.

Plus tard, Esme expliquerait aux gens qu'elle était restée toute la nuit avec lui dans la nursery. Mais ils ne la croiraient pas. « C'est impossible, diraient-ils. Tu as dû t'endormir. Tu ne te rappelles plus. » Mais c'était la vérité. Le matin, lorsque le jour commença à filtrer entre les lames des persiennes, les allumettes étaient toujours par terre à côté de son soulier, et les couches séchaient toujours près du feu. Elle ne sut jamais à quel moment Jamila était morte.

On retrouva Esme dans la bibliothèque où elle s'était enfermée.

Elle se rappelle les longues heures de silence. Un silence plus absolu et profond que tout ce qu'elle pouvait imaginer. La lumière s'estompait, puis reprenait des forces. Les oiseaux traversaient les arbres comme une aiguille troue un tissu. La peau de Hugo prenait une délicate nuance d'étain. Esme se sentait éteinte, ralentie, horloge qu'on n'aurait pas remontée. Soudain, sa mère était là, poussait des hurlements stridents, son père penchait son visage tout près du sien et braillait : « Où est passé tout le monde ? Où sont-ils donc allés ? » D'après ce qu'on lui avait dit, elle était restée là plusieurs jours, mais elle avait plutôt l'impression que des décennies, une éternité, voire plusieurs longues périodes glaciaires s'étaient écoulées.

Elle ne voulait pas lâcher Hugo. Il avait fallu le lui arracher. L'opération avait nécessité deux hommes, son père et quelqu'un qu'ils étaient allés chercher, et, pendant qu'ils s'affairaient, sa mère n'avait pas bougé de la fenêtre.

Iris, une infirmière et l'assistante sociale empruntent l'ascenseur. La descente est si lente qu'Iris imagine qu'elles doivent s'enfoncer au moins jusqu'au soubassement de la ville. Lorsqu'elle coule un regard vers l'assistante sociale, celle-ci garde les yeux fixés sur les chiffres lumineux des étages. Dans la poche de l'infirmière, il y a un petit dispositif électronique. Au moment où Iris se demande à quoi il sert, l'ascenseur marque une légère secousse avant de s'arrêter. La porte s'ouvre. Une enceinte de barreaux apparaît devant elles. L'infirmière sort son appareil pour taper un code et se tourne vers Iris. « Ne vous éloignez pas, recommande-t-elle. Ne les dévisagez pas. »

Les barreaux se referment derrière elles. Le couloir est éclairé au néon, le linoléum est marron-roux. L'odeur de désinfectant pique les narines.

Les semelles en caoutchouc de l'infirmière couinent. Après avoir franchi des portes battantes, toutes trois passent devant des rangées et des rangées de chambres fermées, un poste d'infirmières à la lumière jaune, deux chaises vissées au sol. Au plafond, des caméras de surveillance clignotent et pivotent dans leur direction.

Il faut un moment à Iris pour déterminer ce qui lui paraît curieux. En fait, elle ne savait pas à quoi s'attendre – aliénés marmonnant des propos incohérents ? déments poussant des hurlements ? –, mais elle n'imaginait sûrement pas ce calme méditatif. Tous les hôpitaux dans lesquels elle est entrée jusqu'à présent étaient surpeuplés, agités, leurs couloirs grouillant de gens en train de marcher, de faire la queue, de patienter. Mais Cauldstone est désert, c'est un hôpital fantôme. Sur les murs, la peinture verte luit comme du radium, les sols cirés sont des miroirs. Elle a envie de demander où se trouvent les malades, mais l'infirmière compose un code pour franchir une autre porte et, tout à coup, une nouvelle odeur l'assaille.

Fétide, oppressante. Celle de corps qui gardent trop longtemps les mêmes vêtements. De nourriture réchauffée. De pièces où les fenêtres ne sont jamais grandes ouvertes. Elles passent devant la première chambre et Iris voit un matelas dressé sur un côté, un lit recouvert de papier. Vite, elle jette un coup d'œil sur le jardin clos qu'elle aperçoit à travers le verre armé du couloir. Papiers, gobelets en plastique et autres détritus tourbillonnent sur le béton. Puis elle croise le regard de l'assistante sociale, et c'est Iris qui détourne les yeux la première. L'infirmière s'arrête devant une porte.

Elles pénètrent alors dans une salle aux chaises alignées contre les murs. Assises à une table, trois femmes jouent aux cartes. De pâles rayons de soleil filtrent par de hautes et étroites fenêtres, et, fixé au mur, un téléviseur ronronne. Iris se trouve juste dessous pendant que l'infirmière s'entretient avec une collègue. Une patiente qui porte un long cardigan gris distendu vient se mettre devant elle, trop près, beaucoup trop près, et danse d'un pied sur l'autre. « Z'avez pas une cigarette ? » demande-t-elle.

Discrètement, Iris l'observe. Elle est jeune, peut-être même plus jeune qu'elle, et ses cheveux jaune paille sont bruns aux racines. « Non, je regrette.

— Une cigarette, s'il vous plaît, répète-t-elle avec insistance.

— Je n'en ai pas. Désolée. »

L'autre ne réagit pas, ne s'éloigne pas. Iris sent son haleine aigre dans son cou. Au fond de la pièce, une femme d'un certain âge en robe froissée se déplace d'une chaise à l'autre en expliquant d'une voix aiguë, claironnante : « Il est toujours fatigué quand il rentre, toujours fatigué, tellement fatigué que je dois mettre la bouilloire sur le feu. » Une dernière est recroquevillée, les poings serrés sur la tête.

Puis Iris entend l'appel : « Euphemia ! »

Une infirmière l'attend, campée sur le seuil, mains sur les hanches. Iris suit son regard jusqu'au bout de la salle. Dressée sur la pointe des pieds devant la fenêtre, une haute silhouette leur tourne le dos.

« Euphemia ! » répète l'infirmière. Puis, levant les yeux au ciel, elle s'adresse à Iris. « Je sais qu'elle m'entend. Euphemia, vous avez de la visite. »

Iris voit la femme tourner tout d'abord la tête, puis le cou et enfin le corps. On dirait qu'il lui faut très longtemps, et Iris pense à un chat roulé en boule qui se réveille et s'étire. À l'autre bout de la pièce, Euphemia fixe ses yeux sur Iris, puis sur l'infirmière, avant de les reporter sur Iris. Une de ses mains agrippe la grille de la fenêtre. Ses lèvres s'écartent, mais aucun son n'en sort et, l'espace d'un instant, on dirait que, tout compte fait, elle ne va pas prendre la parole. Puis elle s'éclaircit la gorge.

« Qui êtes-vous ? »

L'infirmière s'interpose d'une voix forte, si forte qu'Iris se demande si Euphemia ne serait pas un peu sourde. « Charmant ! Elle ne reçoit pas souvent de visite, pas vrai, Euphemia ? »

Iris s'approche. « Je m'appelle Iris. » Derrière elle, elle entend celle qui lui a demandé une cigarette marmonner : « Iris, Iris. » « Vous ne me connaissez pas. Je suis… je suis la petite-fille de votre sœur. »

Euphemia fronce les sourcils. Toutes deux s'examinent. Iris se rend compte qu'elle s'attendait à une personne fragile ou infirme, une minuscule vieillarde, une sorcière de conte de fées. Mais cette femme est grande, avec un visage anguleux et des yeux pénétrants. Son expression est un peu hautaine, malicieuse aussi, avec ses sourcils haussés. Bien qu'elle doive avoir plus de soixante-dix ans, elle a un côté puéril incongru. Ses cheveux sont retenus d'un côté avec une barrette, et sa robe à fleurs, froncée à la taille, n'est pas une robe de vieille dame.

« Kathleen Lockhart est ma grand-mère, reprend Iris une fois arrivée devant elle. Votre sœur. Kathleen Lennox ? »

La main posée sur la grille sursaute. « Kitty ?

— Oui. Je suppose...

— Vous êtes la petite-fille de Kitty ?

— Oui, c'est ça. »

Sans avertissement, Euphemia lui agrippe le poignet. Incapable de se retenir, Iris a un mouvement de recul et se tourne vers l'infirmière et l'assistante sociale. Aussitôt, Euphemia la lâche. « N'ayez pas peur, dit-elle avec un étrange sourire. Je ne mords pas. Asseyez-vous, petite-fille de Kitty. » Elle prend place dans un fauteuil et montre le siège voisin. « Je n'avais pas l'intention de vous faire peur.

— Je n'ai pas eu peur. »

Elle sourit de nouveau. « Si.

— Euphemia, je...

— Esme, rectifie-t-elle.

— Pardon ? »

Elle ferme les yeux. « Je m'appelle Esme. »

Iris jette un coup d'œil aux infirmières. S'agit-il d'une erreur ?

« Si vous les regardez une fois de plus, une seule fois de plus, elles m'emmèneront, explique Euphemia avec calme. On m'enfermera pendant une journée, peut-être davantage. J'aimerais l'éviter, pour des raisons qui, j'en suis sûre, seront pour vous évidentes. Je vous répète que je ne vous ferai pas de mal, je vous assure que c'est la vérité, alors, je vous en prie, ne les regardez plus. »

S'exécutant, Iris baisse les yeux sur le sol, sur les mains de la femme, qui lissent sa robe sur ses genoux, sur ses propres pieds, à l'étroit dans ses chaussures. « Entendu. Excusez-moi.

— On m'a toujours appelée Esme. Malheureusement, ils n'ont que le nom qui figure dans les documents officiels et dans mon dossier, Euphemia. Euphemia Esme. Mais on m'a toujours appelée Esme. Ma sœur… » Elle coule un regard vers Iris. « … disait que ce nom d'Euphemia faisait penser à quelqu'un qui éternue.

— Vous ne le leur avez pas dit ? Que vous vous appeliez Esme ? »

Esme sourit et ses yeux ne quittent pas ceux d'Iris. « Parce que vous croyez qu'ils m'écoutent ? »

Lorsqu'elle essaie de soutenir son regard, Iris se surprend à poser le sien sur l'encolure effrangée de sa robe, sur ses yeux enfoncés, sur ses doigts qui agrippent les bras du fauteuil.

Esme se penche vers elle. « Vous devez m'excuser, murmure-t-elle. Je n'ai pas l'habitude de parler autant. Ces derniers temps, j'en ai perdu l'habitude, et voilà que, maintenant, je n'arrive plus à m'arrêter. Alors, à vous la parole. Kitty a donc eu des enfants.

— Oui, répond Iris, perplexe. Un. Mon père. Vous… vous ne le saviez pas ?

— Moi ? Non. » Ses yeux brillent en balayant la pièce mal éclairée. « Comme vous le voyez, il y a longtemps que je suis à l'écart.

— Il est mort, lâche Iris.

— Qui ?

— Mon père. Il est mort quand j'étais toute petite.

— Et Kitty ? »

La femme aux cigarettes psalmodie toujours le nom d'Iris tout bas et, quelque part, l'autre femme parle toujours d'un homme fatigué et d'une bouilloire.

« Kitty ? répète Iris, distraite.

— Elle est... » Esme se penche vers elle et se passe la langue sur les lèvres. « ... elle est encore en vie ? »

Comment puis-je formuler la chose ? se demande Iris. « Plus ou moins, dit-elle prudemment.

— "Plus ou moins" ?

— Elle a la maladie d'Alzheimer. »

Esme la dévisage. « La maladie d'Alzheimer ?

— C'est une sorte de perte de mémoire...

— Je connais cette maladie.

— Excusez-moi. »

Pendant un instant, Esme regarde par la fenêtre. « Ils vont fermer cet établissement, c'est ça ? » demande-t-elle brusquement.

Iris hésite, manque jeter un coup d'œil aux infirmières, se rappelle qu'elle ne doit pas le faire.

« Ils disent que non, mais c'est vrai. Oui ou non ? »

D'un signe de tête, Iris le confirme.

Les deux mains d'Esme se referment sur celle d'Iris. « Vous êtes venue me chercher, dit-elle d'une voix pressante. C'est pour ça que vous êtes ici. »

Iris étudie les traits d'Esme. Elle ne ressemble en rien à sa grand-mère. Se peut-il vraiment qu'il s'agisse d'une parente ? « Esme, jusqu'à hier, j'ignorais votre existence. Je n'avais jamais entendu votre nom. J'aimerais vous aider, j'aimerais vraiment vous aider, mais...

— C'est pour ça que vous êtes ici ? Dites-moi oui ou non.

— Je ferai mon possible...

— Oui ou non ? »

Iris déglutit avec difficulté. « Non. Je ne peux pas. Je… je n'ai pas eu le temps de… »

Mais Esme retire déjà ses mains et détourne la tête. Puis quelque chose change en elle. Iris retient son souffle, car elle a vu passer une certaine expression sur son visage, telle une ombre sur un lac. Bien longtemps après la disparition de cette expression fugace, bien longtemps après qu'Esme s'est levée, a traversé la pièce et a disparu derrière une porte, Iris continue à garder les yeux braqués dans sa direction. Elle a peine à y croire. L'espace d'un instant, elle a reconnu les traits de son père dans ceux d'Esme.

« Je ne pige pas », dit Alex de l'autre côté du comptoir. On est samedi midi, et il est passé à la boutique avec Fran pour apporter à Iris un sandwich immangeable acheté chez un traiteur hors de prix. « Je ne pige vraiment pas.

— Alex, je te l'ai déjà expliqué quatre fois. » Iris se penche sur le comptoir en caressant le cuir souple d'un gant en chevreau. Curieusement désagréable, sa douceur la fait frémir. « Combien de fois faudra-t-il que je te le répète pour que ton cerveau finisse par accepter l'idée ?… »

Fran s'interpose d'une voix douce. « Je crois qu'Alex veut seulement dire que c'est difficile à comprendre, Iris. La situation soulève de nombreux problèmes. »

Iris jette un bref coup d'œil à sa belle-sœur. Aujourd'hui, cheveux, peau, vêtements, tout en elle paraît unicolore, une sorte de fauve pâle. Assise jambes croisées sur une chaise qu'Iris a placée près de la cabine d'essayage, elle a l'air de serrer son imperméable autour d'elle, à moins qu'Iris ne se laisse abuser par son imagination. Elle n'aime pas les fringues d'occasion, elle l'a dit un jour à Iris. Et si quelqu'un était mort dedans ? Et alors ? lui a rétorqué Iris.

Alex en revient à Euphemia Lennox. « Tu es bien en train de me dire que personne n'a jamais entendu parler d'elle ? Ni toi, ni ta mère, ni personne ?

— Oui, répond Iris en soupirant. C'est exactement ce que je suis en train de t'expliquer. D'après maman, papa a toujours cru que grand-mère était fille unique. D'ailleurs, grand-mère faisait souvent allusion au fait qu'elle n'avait ni frère ni sœur. »

Après avoir avalé une énorme bouchée de son propre sandwich, Alex demande tout en mâchant : « Alors, qu'est-ce qui prouve que ces gens de l'hôpital n'ont pas fait une erreur ? »

Iris retourne le gant dans sa main. Il a trois boutons de nacre sur son poignet étroit. « Il n'y a pas d'erreur, Alex. Je l'ai vue et... » Elle s'interrompt, regarde Fran, puis se penche soudain en avant de sorte que son front vient toucher le verre froid du comptoir. « Il y a des documents, poursuit-elle en se redressant. Des documents officiels. Des preuves irréfutables. Ils ne se sont pas trompés. Grand-mère a une sœur bien en vie, en bonne santé, enfermée dans un asile de fous.

— C'est tellement... » Fran met un temps infini à trouver le mot qu'elle cherche. L'effort lui fait fermer les yeux. « ... bizarre, dit-elle enfin en allongeant les syllabes. Qu'une chose pareille arrive soudain dans une famille. C'est très... très... » Elle ferme de nouveau les yeux, plisse le front, se creuse la tête.

« Bizarre ? » suggère Iris. Ce mot lui déplaît tout particulièrement.

« Oui. » Toutes deux se dévisagent un instant. Fran cille. « Je ne veux pas dire que ta famille est bizarre, Iris, c'est seulement...

— Tu ne connais pas ma famille. »

Fran se met à rire. « Bon, je connais Alex. » Elle tend le bras vers lui, mais Alex se trouve un peu trop loin, si bien que sa main retombe à mi-chemin.

Iris se tait, même si elle a envie de dire : « Qu'est-ce que tu en sais ? » et : « J'ai fait l'effort d'aller dans ce fichu Connecticut pour assister à ton mariage, et aucun membre de ta famille n'a jugé bon de m'adresser la parole. Ce n'est pas bizarre, ça ? » Elle a envie de dire : « Je t'ai offert à cette occasion une magnifique robe manteau scandinave datant des années soixante, et je ne t'ai jamais vue la porter. »

Alex tousse. Iris se tourne vers lui et remarque une contraction infime de ses muscles faciaux, un sourcil haussé malgré lui, des commissures de lèvres légèrement abaissées.

« La question, c'est de savoir ce que je vais faire, dit-elle après avoir détourné les yeux. Est-ce que je…

— Attends un peu ! » Alex l'interrompt et pose sa bouteille d'eau. Son ton autoritaire horripile Iris. « Toute cette histoire ne te concerne en rien.

— Si, Alex…

— Non. Cette femme est une… parente éloignée et…

— Ma grand-tante. Ce n'est pas si éloigné que ça.

— Comme tu voudras. C'est ta grand-mère qui a fichu la merde, pas toi. Tu n'as pas besoin de t'en mêler. Tu m'écoutes, Iris ? Promets-moi que tu ne vas pas t'en mêler. »

La grand-mère d'Iris est assise dans un fauteuil en cuir, les pieds sur un tabouret, un cardigan sur ses épaules. Derrière la porte-fenêtre, un homme âgé monte et descend le jardin en terrasses, les mains dans le dos.

Iris est restée sur le seuil. Elle ne vient pas ici très souvent. Quand elle était petite, on l'emmenait voir sa grand-mère une fois par semaine. Elle aimait la vieille maison sombre, le jardin à la végétation débridée, courait sur les sentiers moussus, broussailleux, entrait dans le belvédère, en ressortait. Et sa grand-mère aimait l'avoir chez elle, bien habillée, pour la montrer à ses amies. « Ma petite Iris, ma fleur », disait-elle. Une fois Iris adolescente, sa grand-mère avait toutefois perdu un peu de son enthousiasme. « Tu es révoltante, lui reprocha-t-elle un jour où Iris portait une jupe qu'elle avait cousue elle-même. Aucun homme respectable ne voudra de toi si tu t'exhibes ainsi. »

L'aide-soignante explique : « Elle vient de manger. Pas vrai, Kathleen ? »

En entendant son nom, sa grand-mère lève les yeux, mais comme elle ne reconnaît personne elle les baisse de nouveau sur ses genoux.

« Bonjour. C'est moi, Iris.

— Iris, répète sa grand-mère.

— Oui.

— Mon fils a une petite fille qui s'appelle Iris.

— C'est exact, c'est...

— Bien sûr que c'est exact. Vous me prenez pour une idiote ? » lâche sa grand-mère d'un ton sec.

Iris approche un tabouret, s'assied et pose son sac sur ses genoux. « Non, pas du tout. Je voulais dire que c'était moi. Je suis la fille de ton fils. »

Sa grand-mère lui jette un long regard dur, puis son expression perd de son assurance, trahit presque de la frayeur. « Ne soyez pas ridicule ! » dit-elle avant de fermer les yeux.

Iris regarde autour d'elle. La chambre de sa grand-mère est pourvue d'une moquette épaisse, surchargée de meubles anciens, et donne sur le jardin. Une fontaine s'étire au loin ; on parvient à distinguer les toits d'Old Town ; une grue se déplace dans le ciel au-dessus de la ville. À côté du lit, il y a deux livres, et Iris tend le cou pour en lire les titres quand sa grand-mère ouvre les yeux.

« J'attends que quelqu'un boutonne mon cardigan.

— Je vais le faire, propose Iris.

— J'ai froid. »

Iris se lève et se penche pour atteindre les boutons.

« Qu'est-ce que vous faites ? » s'écrie sa grand-mère, indignée, qui se recroqueville dans son fauteuil et repousse les mains d'Iris. Qu'est-ce que vous faites ?

— Je t'aidais à fermer ton cardigan.

— Pourquoi ?

— Tu avais froid.

— Ah bon ?

— Oui.

— C'est parce que mon cardigan n'est pas boutonné. Il faut que quelqu'un le boutonne. »

Après avoir pris une profonde inspiration, Iris se redresse. « Grand-mère, je suis venue aujourd'hui pour que tu me parles d'Esme. »

Sa grand-mère se tourne vers elle, mais paraît distraite par un mouchoir qui pointe de son poignet.

Iris insiste. « Tu te souviens d'Esme ? Ta sœur ? »

Lorsque sa grand-mère tire sur le mouchoir, il se déplie, tombe sur ses genoux, et Iris s'attend presque à en voir jaillir toute une série, noués les uns aux autres.

« Est-ce que j'ai déjeuné ? demande sa grand-mère.

— Oui, et tu as aussi dîné.

— Qu'est-ce que j'ai mangé ?

— Du bœuf », hasarde Iris.

Soudain sa grand-mère est furieuse. « Du bœuf ? Pourquoi me parlez-vous d'un bœuf ? » D'un geste brusque, elle se tourne vers la porte. « Qui êtes-vous ? Je ne vous connais pas. »

Iris réprime un soupir et regarde la fontaine. « Je suis ta petite-fille. Mon père était...

— Elle ne voulait pas lâcher le bébé, affirme sa grand-mère.

— Qui ? » Iris saute sur l'occasion. « Esme ? »

Les yeux de sa grand-mère sont fixés au loin, de l'autre côté de la vitre. « Il a fallu lui donner un sédatif. Elle ne voulait pas le lâcher. »

Essayant de garder son calme, Iris demande : « Quel bébé ? Le tien ?

— Le bébé, répond sa grand-mère avec humeur avant de tendre désespérément la main vers quelque chose, vers le sens qui lui échappe. Le bébé. Vous savez bien.

— Quand cela s'est-il passé ? »

En voyant sa grand-mère froncer les sourcils, elle essaie de ne pas s'affoler. Anticipant une perte de concentration, elle tente une nouvelle tactique. « Est-ce que tu étais là quand cette histoire de bébé est arrivée ?

— J'attendais dans une autre pièce. Ce n'était pas ma faute. On me l'a racontée ensuite.

— Qui ? Qui te l'a racontée ?

— Les gens.

— Les gens ?

— La femme. » Sa grand-mère fait un geste indéchiffrable autour de sa tête. « Il y en avait deux.

— Deux quoi ? »

Le regard de sa grand-mère devient vague. Iris sent qu'elle s'enlise de nouveau.

« Qui t'a parlé d'Esme et du bébé ? » Iris s'empresse de réagir en espérant rassembler les pièces du puzzle avant que sa grand-mère perde ses moyens. « De quel bébé s'agissait-il ? Du sien ? C'est pour ça qu'on l'a...

— J'ai déjà dîné ? » demande sa grand-mère.

*

À la réception, on lui indique le chemin, et Iris s'engage dans un couloir éclairé de bout en bout. Au-dessus d'une porte, elle lit sur une pancarte « Archives » et, à travers le verre aquarium déformant, elle aperçoit une grande salle tapissée de rayonnages.

Un homme est assis sur un haut tabouret, un dossier ouvert devant lui. Iris pose la main sur le comptoir. Un doute l'assaille quant au bien-fondé de sa mission. Alex a peut-être raison. Elle devrait laisser tomber. Mais, de l'autre côté du comptoir, l'homme la considère d'un air interrogateur.

« Je me demandais..., commence-t-elle. Je cherche les dossiers d'admission archivés. Peter Lasdun m'a dit que je pouvais venir les consulter. »

L'homme remonte ses lunettes et fait la grimace, comme si une soudaine douleur le frappait. « Ces dossiers sont confidentiels. »

Iris fouille dans son sac. « J'ai quelque part une autorisation qu'il m'a donnée, du fait que je suis une parente. » Elle plonge la main tout au fond, écarte son porte-monnaie, un tube de rouge, des clés, des reçus. Où est passée la lettre qu'il lui a faxée au magasin ce matin ? Ses doigts effleurent une feuille pliée qu'elle sort d'un air triomphant. « Tenez, dit-elle en la poussant vers l'homme. La voici. »

L'employé passe un long moment à l'étudier, puis lève les yeux sur Iris. « Quelle date cherchez-vous ? finit-il par demander.

— Le problème, c'est qu'ils ne le savent pas au juste. Les années 1930 ou 1940. »

Il descend de son tabouret en lâchant un long soupir.

Les volumes sont énormes et lourds. Iris doit les feuilleter debout. Une épaisse couche de poussière s'est accumulée sur le dos et la tranche supérieure. Iris en prend un et, en ouvrant au hasard les pages jaunies et cassantes, tombe sur mai 1941. Une certaine Amy est admise par le Dr Wallis. Veuve de guerre, Amy est soupçonnée d'avoir la fièvre puerpérale. C'est son frère qui l'amène. Il dit qu'elle n'arrête pas de nettoyer la maison. On ne mentionne pas le bébé, et Iris se demande ce qu'il est devenu. A-t-il vécu ? Le frère s'en est-il chargé ? Lui ou sa femme ? Le frère était-il marié ? Amy est-elle ressortie de l'hôpital psychiatrique ?

Iris tourne quelques pages. Une femme convaincue que la TSF allait tous les tuer. Une jeune fille qui s'échappait de la maison la nuit. Une lady quelque chose qui attaquait sans cesse une certaine domestique. Une femme de pêcheur, à Cockenzie, dont le comportement était jugé libidineux et indiscipliné. Une fille cadette qui s'était enfuie en Irlande avec un clerc de notaire. Au moment où elle est en train de lire le cas d'une certaine Jane qui a eu la témérité de faire de longues promenades solitaires et de refuser des demandes en mariage, Iris éternue violemment une, deux, trois, quatre fois.

Elle renifle et cherche un mouchoir dans ses poches. Après ses éternuements sonores, la salle des archives semble gagnée par un curieux silence. Iris regarde autour d'elle. Il n'y a personne, hormis l'employé, derrière le comptoir, et un homme qui scrute quelque chose sur l'écran bleu d'un lecteur de microfiches. Étrange de se dire que toutes ces femmes se sont un jour trouvées ici, dans ce bâtiment, et ont passé des jours, des semaines, voire des mois sous ce vaste toit. Pendant qu'elle retourne ses poches, il lui vient à l'esprit que certaines d'entre elles sont peut-être toujours ici, comme Esme. Est-ce que la Jane qui aimait faire de longues promenades est encore dans ces murs ? Ou la fille cadette qui s'est enfuie avec un homme ?

Bien sûr, elle ne trouve pas de mouchoir. Lorsqu'elle regarde la pile des volumes d'archives, elle songe qu'elle ferait mieux de retourner au magasin. Trouver Esme là-dedans pourrait lui prendre des heures. Des semaines. Au téléphone, Peter Lasdun lui a dit qu'on n'avait pas pu « préciser la date exacte de son admission ». Peut-être conviendrait-il de le rappeler. Quelqu'un doit bien être capable de découvrir cette date. Le plus raisonnable serait de revenir en disposant de ce renseignement.

Mais Iris retourne à Jane et à ses longues promenades. Elle remonte le temps. 1941, 1940, 1939, 1938. La Seconde Guerre mondiale va commencer, elle n'est qu'une idée, une menace dans l'esprit des gens. Les hommes n'ont pas quitté leur foyer, Hitler n'est qu'un nom dans les journaux, on n'a pas encore entendu parler de bombes, de blitz, de camps de concentration, l'hiver s'efface devant l'automne, l'été, le printemps. Avril mène à mars, puis à février, et Iris lit que des femmes refusent de parler, de repasser le linge, se disputent avec leurs voisines, sont hystériques, ne font pas la vaisselle, ne balaient pas le sol, ne veulent pas avoir de relations avec leur mari, ou en veulent trop, ou pas assez, ou pas comme il faudrait, ou en cherchent ailleurs. Elle voit défiler des maris au bout du rouleau, des parents incapables de comprendre les femmes que sont devenues leurs filles, des pères qui ne cessent de répéter que leur petite était une enfant adorable. Des filles qui n'écoutent personne. Des épouses qui, un beau jour, font leur valise, quittent la maison en refermant la porte derrière elles, et qu'il faut faire rechercher pour les ramener de force.

Quand, au détour d'une page, Iris tombe sur le nom d'Euphemia Lennox, elle manque ne pas s'arrêter. Il doit y avoir des heures qu'elle a commencé à feuilleter les recueils et elle est tellement abasourdie par ce qu'elle lit qu'elle doit se reprendre, se rappeler que c'est pour Esme qu'elle est venue. De ses doigts, elle lisse le papier à la page concernant son admission.

Âge : seize ans, voilà ce qui attire tout d'abord son regard. Puis : *Insiste pour garder les cheveux longs.* Iris lit tout, du début à la fin, puis recommence. Les derniers mots sont les suivants : *Les parents signalent qu'ils l'ont trouvée en train de danser devant le miroir, habillée avec les vêtements de sa mère.*

Iris retourne à la boutique. Le chien est ravi de la voir, on dirait que son absence n'a pas duré quelques heures, mais au moins une semaine. Elle allume l'ordinateur, vérifie son courrier électronique, ouvre un message de sa mère. *Iris, je me suis torturé la cervelle au sujet de ta grand-mère, mais je ne me souviens pas qu'elle ait jamais mentionné une sœur,* a écrit Sadie. *Tu es sûre qu'il n'y a pas d'erreur ?* Iris répond : *Oui, je te l'ai dit, c'est bien elle.* Puis elle lui demande quel temps il fait aujourd'hui à Brisbane. Après avoir répondu à d'autres e-mails, en avoir supprimé certains, ignoré d'autres, noté la date de quelques brocantes et ventes aux enchères, elle ouvre son dossier de comptabilité.

Toutefois, lorsqu'elle entre les mots « factures » et « acomptes », sa concentration faiblit car l'image d'une chambre surgit dans un coin de son esprit. C'est la fin de l'après-midi et une jeune fille libère ses cheveux. Elle porte une robe trop grande pour elle, mais tellement belle, une merveille en soie qu'elle a longtemps regardée avec envie et vient enfin d'enfiler. Le tissu colle à ses jambes, virevolte autour de ses pieds comme de l'eau. La jeune fille fredonne un air sur toi, la nuit et la musique, tout en se déplaçant dans la pièce. Son corps oscille telle une branche dans le vent, et ses pieds déchaussés glissent avec légèreté sur le tapis. Elle a la tête tellement pleine de cette chanson, du bruissement de la soie, qu'elle n'entend pas les gens qui montent l'escalier, n'entend rien, ignore que, dans une ou deux minutes, la porte va s'ouvrir et qu'ils seront sur le seuil et l'observeront. Tout ce qu'elle entend, c'est la musique, tout ce qu'elle sent, c'est la robe. Ses mains voltigent autour d'elle comme des petits oiseaux.

Pendant qu'il avance sur le parking de Cauldstone, Peter Lasdun s'efforce d'enfiler son imperméable. Des bourrasques cinglantes soufflent du Firth of Forth[1]. Il a passé une manche, mais l'autre bat et retourne l'imperméable dont la doublure en tartan écarlate flotte alors, tel un drapeau, dans l'air salin.

Au moment où il va s'en rendre maître, il entend quelqu'un l'appeler. Lorsqu'il se retourne dans le sens du vent, il voit une jeune femme accourir vers lui. Ce n'est qu'après l'avoir examinée un instant qu'il se souvient de qui il s'agit. Une certaine Lennox, ou Lockhart, quelque chose comme ça. Un chien d'une taille monstrueuse l'accompagne. Peter recule d'un pas. Il n'aime pas les chiens.

Tout en fonçant sur lui, elle lui demande : « Pouvez-vous me dire ce qui va lui arriver ? Que deviennent les gens qui sont dans sa situation ? »

Peter soupire. Sa journée de travail est terminée depuis dix minutes. Sa femme est sans doute en train d'ouvrir la porte du four pour vérifier la cuisson du dîner. Une odeur de jus de viande et de légumes sautés doit emplir la cuisine. Ses enfants, espère-t-il, font

1. Estuaire du Forth.

leurs devoirs dans leur chambre. Quant à lui, il devrait se trouver dans sa voiture, sur l'autoroute, et non piégé par cette femme sur un parking venteux. « Puis-je vous conseiller de reprendre un rendez-vous...

— J'aimerais juste vous poser une question rapide. » Le sourire qu'elle lui adresse découvre une rangée de dents soignées. « Pour ne pas vous retarder, je vais vous accompagner jusqu'à votre voiture.

— Très bien. » Peter renonce à enfiler son manteau et le laisse lui battre les mollets.

« Alors, que va-t-il arriver à Esme ?

— Esme ?

— Euphemia. En fait, c'est... » Au lieu de terminer sa phrase, elle lui adresse une nouvelle fois un grand sourire. « Aucune importance. Il s'agit bien d'Euphemia. »

Peter ouvre son coffre et y dépose son porte-documents. « Les patients pour lesquels la famille n'a pris aucune disposition tombent sous la responsabilité de l'État et seront relogés par ses soins », énonce-t-il en revoyant mentalement le texte réglementaire.

Elle fronce les sourcils et avance la lèvre inférieure. « Ce qui signifie ?

— Qu'elle va être relogée. » Il claque le capot et se dirige vers la portière avant.

La jeune femme marche sur ses talons. « Où ?

— Dans un établissement géré par l'État.

— Un autre hôpital ?

— Non. » Peter lâche un nouveau soupir. Il savait bien qu'elle allait le retarder. « Euphemia a été jugée apte à sortir de l'hôpital. Elle a suivi avec succès un stage d'aide à la sortie, un autre de réadaptation, et figure sur une liste d'attente pour être placée dans une maison de retraite, où elle sera transférée dès qu'une place se libérera, j'imagine. » Peter s'installe au volant et met la clé de contact. Voilà qui devrait suffire à se débarrasser de l'importune. Mais non.

Elle se penche par-dessus la portière ouverte pendant que son chien avance le museau et flaire Peter. « Quand est prévu ce transfert ? » demande-t-elle.

Quand il lève les yeux sur elle, il perçoit une insistance, un entêtement qui provoquent en lui une grande lassitude. « Vous voulez vraiment le savoir ? Peut-être dans plusieurs semaines, voire plusieurs mois. Vous n'imaginez pas les difficultés de ce genre d'établissements. Insuffisance des moyens financiers, personnel en sous-effectif, nombre de places qui ne couvrent pas la demande. Cauldstone doit fermer dans cinq semaines, mademoiselle Lockhart, et si je vous disais tout ce que…

— N'y a-t-il pas un endroit où elle pourrait être hébergée en attendant ? Elle ne peut pas rester ici. Il doit bien y avoir un endroit. J'aimerais… je voudrais la sortir d'ici. »

Il tripote son rétroviseur, le penche en avant, puis le remet en arrière sans parvenir à un ajustement correct. « Certains patients qui se trouvent dans la même situation qu'Euphemia se sont vu proposer un hébergement temporaire. Mais, si je peux vous donner un avis professionnel, ce n'est pas à conseiller.

— Qu'entendez-vous par "hébergement temporaire" ?

— Une solution provisoire, un foyer, quelque chose de ce genre.

— Dans combien de temps pourrait-elle être relogée ? »

Il tire sur la portière. Bon, ça suffit maintenant. Cette bonne femme ne va-t-elle donc jamais le laisser tranquille ? « Dès que nous trouverons un moyen de transport, lâche-t-il d'un ton sec.

— Je vais l'emmener, propose-t-elle sans hésiter. Je vais l'y conduire moi-même. »

Un livre à la main, Iris est allongée sur le côté. Luke lui entoure la taille de son bras, et elle sent son souffle dans sa nuque. Comme sa femme est allée chez sa sœur, il passe la nuit chez Iris pour la première fois. D'ordinaire, elle ne permet pas aux hommes de rester toute la nuit dans son lit, mais Luke a appelé à un moment où la boutique était pleine, si bien qu'elle n'avait ni le temps ni la possibilité de parler avec lui en toute intimité.

Elle tourne une page. Luke lui caresse le bras, puis risque un baiser sur son épaule. Iris ne réagit pas. Après un soupir, il se rapproche un peu plus.

« Luke ! » Iris le repousse.

Il enfouit le visage dans son cou.

« Luke, je lis.

— Je le vois bien », marmonne-t-il.

Du bout des doigts, elle tourne une autre page. Il resserre son étreinte.

« Tu ne sais pas ce qu'il y a écrit là-dedans ? Qu'il suffisait à un homme d'avoir un papier signé par un généraliste pour faire interner sa femme ou sa fille dans un asile d'aliénés.

— Iris…

— Tu te rends compte ? Un bonhomme pouvait se débarrasser d'une épouse dont la tête ne lui revenait plus, d'une fille jugée indocile. »

Luke tente de lui arracher l'ouvrage. « Tu veux bien arrêter de lire ce bouquin déprimant et me faire la conversation ? »

Elle tourne la tête pour le considérer. « Te faire la conversation ?

— Ou toute autre chose qui pourrait te tenter », précise-t-il en souriant.

Après avoir refermé le livre, elle se tourne sur le dos et lève les yeux au plafond. Luke lui caresse les cheveux, enfouit son visage dans le creux de son épaule, puis promène ses mains sur son corps.

« Ta première, c'était quand ? Quel âge avais-tu ? demande-t-elle soudain.

— Ma première quoi ?

— Enfin, tu sais bien. »

Il lui embrasse la pommette, la tempe, l'arcade sourcilière. « Faut-il vraiment que nous en parlions maintenant ?

— Oui. »

Luke soupire. « Bon. Elle s'appelait Jenny. J'avais dix-sept ans. C'était au réveillon du premier de l'an, chez ses parents. Voilà. Ça te va ? »

Iris insiste. « Où ? Où dans la maison de ses parents ? »

Luke sourit. « Dans leur lit.

— Dans leur lit ? répète-t-elle en fronçant le nez. J'espère que vous avez eu la correction de changer les draps. » Elle se redresse et croise les bras. « Cet endroit ne me sort pas de l'esprit.

— Quel endroit ?

— Cauldstone. Imagine un peu, passer presque toute sa vie là-dedans ! Je n'arrive même pas à envisager ce que ça doit faire d'être enfermée quand on est encore une… »

Sans avertissement, Luke l'attrape et la renverse sur le côté. Le matelas s'enfonce. « Je ne vois qu'une chose pour te faire taire. » Il disparaît sous la couette, se fraie un chemin vers le bas et demande : « Et toi, qui était ton premier ? »

Elle libère une mèche coincée sous sa tête, arrange l'oreiller. « Désolée. C'est top-secret. »

Scandalisé, il émerge de la couette. « Allez ! Ce n'est pas du jeu. Je te l'ai bien dit, moi. »

Toujours imperturbable, elle hausse les épaules.

Il lui enlace le torse. « Il faut que tu me le dises. C'est quelqu'un que je connais ?

— Non.

— Est-ce que tu étais d'une jeunesse indécente ? »

Elle secoue la tête.

« Ridiculement vieille, alors ?

— Non. » Iris effleure l'abat-jour de la lampe de chevet, puis pose la main sur le biceps gonflé de Luke. Elle examine la peau à cet endroit, la manière dont le blanc de l'épaule rejoint le brun de son bras. Mon frère, pense-t-elle. Alex, pense-t-elle. Le désir de révéler son nom vacille, ressurgit, puis s'éteint. Elle a peine à imaginer ce que dirait Luke, quelle serait sa réaction.

Ses mains lui agrippent les épaules et il insiste : « Allez, dis-le-moi, tu dois me le dire. »

Iris s'écarte de lui, laisse retomber la tête sur l'oreiller. « Non, absolument pas. »

Ils allaient quitter le port de Bombay. Le bateau vibrait et gémissait sous leurs pieds et une foule s'attardait sur le quai pour agiter drapeaux et bannières. Esme regardait flotter et claquer au vent son mouchoir tenu entre deux doigts.

« À qui dis-tu au revoir ? lui demanda Kitty.

— À personne. »

Esme se tourna vers sa mère. Appuyée au bastingage, près d'elle, elle levait une main pour retenir son chapeau. Sa peau avait un aspect tendu, tiré, ses yeux semblaient enfoncés dans leurs orbites. Le poignet qui dépassait de sa manche en dentelle était maigre, le bracelet en or de sa montre trop lâche. Esme eut soudain envie de poser la main sur le poignet de sa mère, de toucher cet os, de glisser un doigt entre la peau et les maillons du bracelet-montre.

Sa mère fit passer son poids d'une jambe sur l'autre, tourna la tête comme si elle voulait voir qui se trouvait à côté d'elle, puis la remit dans l'axe. D'un geste brusque, telle une marionnette, elle donna deux petites tapes sur les doigts d'Esme, puis les repoussa.

Kitty la suivit du regard quand elle s'éloigna. Pas Esme. Esme tourna les yeux vers le quai, les drapeaux, les énormes balles de tissu qu'on chargeait sur le navire. Kitty passa un bras sous celui de sa sœur, qui en apprécia la chaleur et posa la tête sur l'épaule de son aînée.

Deux jours plus tard, le bateau se mit à rouler, très légèrement au début, puis plus fort. Les verres glissaient sur les nappes, le potage débordait des bols. Puis la ligne d'horizon commença à osciller derrière les hublots, cinglés par l'écume. Les gens se hâtaient vers leur cabine en titubant et en tombant pendant que le navire ruait.

Esme étudia la carte épinglée au mur dans la salle de jeux, et sur laquelle leur trajet était marqué en rouge. Nous nous trouvons au milieu de la mer d'Arabie, constata-t-elle. Esme se répétait ces mots tout bas en regagnant le couloir, s'agrippant à la rampe pour ne pas perdre l'équilibre. « Mer », « Arabie » et « tempête ». « Tempête » était un mot intéressant. À mi-chemin entre « temps » et « pète ». Entre « tant pis » et « pester ». Ou entre « tempo » et « taper ».

L'équipage se précipitait sur les ponts mouillés en s'interpellant. Les passagers avaient disparu. Esme se tenait à l'entrée d'une salle de bal désertée quand un steward lui demanda en passant : « Tu ne sens rien ? »

Esme se retourna. « Qu'est-ce que je devrais sentir ?

— Le mal de mer. »

L'air pensif, elle fit l'inventaire de son corps pour déceler tout signe de malaise. Mais elle n'en constata pas. Elle se sentait dans une forme scandaleusement éblouissante. « Non, répondit-elle alors.

— Tu as de la chance. C'est rare », lâcha-t-il en s'éloignant au pas de course.

La cabine de ses parents était fermée à clé et, en collant l'oreille contre le bois de la porte, elle entendit des bruits de toux, de sanglots. Dans sa propre cabine, Kitty était recroquevillée sur sa couchette, le visage livide.

« Kit », appela Esme en se penchant sur elle. Soudain affolée à l'idée que sa sœur soit malade, qu'elle risque de mourir, elle lui attrapa le bras. « Kit, c'est moi. Tu m'entends ? »

Kitty ouvrit les yeux, les fixa un instant sur elle, puis tourna le visage vers le mur. « J'ai horreur de la mer », marmonna-t-elle.

Esme lui apporta de l'eau, lui fit la lecture, rinça la cuvette posée à côté de la couchette, accrocha un jupon devant le hublot pour que Kitty ne voie plus les vagues violentes qui se soulevaient. Dès que sa sœur dormait, Esme s'aventurait hors de leur cabine. Les ponts étaient désertés, les salons et salles à manger vides. Lorsque le bateau bougeait sous ses pieds comme un cheval qui saute un obstacle, elle savait à présent accompagner le mouvement. Elle jouait au palet, enfilait les cercles en corde un par un sur un bâton. Accoudée au bastingage, elle aimait observer le sillage mousseux du navire, les crêtes de vagues grises qu'ils avaient franchies. Parfois, un steward passait et lui mettait une couverture sur les épaules.

Au cours de la deuxième semaine, quelques personnes firent leur apparition. Esme rencontra ainsi un couple de missionnaires qui retournait dans un endroit appelé « Wells-next-the-Sea ».

« Ça se trouve au bord de la mer », expliqua la dame, et Esme sourit en se promettant de retenir ce nom pour en parler plus tard à Kitty. Le mari et la femme jetèrent tous deux un coup d'œil au ruban noir passé autour de son bras, puis détournèrent le regard. Ils lui parlèrent de l'immense plage qui s'étirait au pied de la ville et lui dirent que le Norfolk regorgeait de maisons construites avec des galets. Quant à l'Écosse, ils n'y étaient jamais allés, mais avaient entendu dire que c'était très beau là-bas. Ils lui offrirent une citronnade et, pendant qu'elle la buvait, restèrent à côté d'elle, sur des chaises longues.

« Mon petit frère est mort de la typhoïde », se surprit à raconter Esme en faisant tournoyer le glaçon au fond de son verre.

La dame porta la main à sa gorge, puis la posa sur le bras d'Esme et dit qu'elle était vraiment navrée. Esme ne précisa pas que son *ayah* était morte elle aussi, ni qu'on avait enterré Hugo dans le cimetière de l'église locale, et que ça l'embêtait de l'avoir laissé en Inde alors qu'ils se rendaient tous en Écosse. Elle ne révéla pas non plus que, depuis, sa mère ne lui avait pas adressé la parole et ne l'avait pas regardée une seule fois.

« Mais moi, je ne suis pas morte, même si j'étais là », expliqua-t-elle car ce fait l'intriguait encore, l'empêchait de dormir dans son étroite couchette.

Le mari s'éclaircit la gorge. Tout en regardant la ligne verdâtre grumeleuse qui était la côte africaine, avait-il annoncé à Esme, il déclara : « Tu as dû être épargnée à dessein. Pour un but bien précis. »

Esme leva les yeux par-dessus son verre vide et, étonnée, dévisagea l'homme. Un but. Elle avait un but à atteindre. Le col du pasteur était d'un blanc qui contrastait avec son cou bronzé et sa bouche à l'expression sérieuse, les commissures tirées vers le bas. Il lui dit qu'il allait prier pour elle.

La première image qu'Esme eut de la terre que ses parents appelaient leur pays natal fut celle des plaines de la région de Tilbury, dont les contours vagues émergeaient d'une aube humide d'octobre. Kitty et elle guettaient sur le pont, scrutaient la brume. Elles s'attendaient à des montagnes, des lochs, des *glens*[1], bref, à ce qu'elles avaient vu dans l'encyclopédie quand elles avaient cherché « Écosse », et furent déçues par ces marais embrumés.

Le froid était surprenant. Il semblait leur fouetter le visage, leur glacer la chair jusqu'aux os. Quand leur père leur annonça qu'il ferait encore plus froid, elles ne le crurent pas. Dans les toilettes du train pour l'Écosse – car il s'avéra que ce n'était pas l'Écosse, tout compte fait, mais seulement la lisière de l'Angleterre –, Kitty et elle se cognèrent en s'efforçant d'enfiler les uns sur les autres tous les vêtements qu'elles avaient sous la main. Leur mère porta un mouchoir à son visage pendant tout le trajet. À l'arrivée à Édimbourg, Esme avait superposé cinq robes et deux cardigans.

Ils prirent sans doute une voiture ou un tram pour quitter la gare de Waverley, mais Esme ne s'en souvient pas. En revanche, elle se rappelle les grands immeubles sombres qui surgissaient soudain, les rideaux de pluie, les lueurs des réverbères sur le pavé mouillé, mais ces images sont peut-être postérieures. Une femme en tablier les accueillit à la porte d'une grande maison en pierre.

« *Ocht,* leur dit-elle, *ocht* », puis quelque chose qui les invitait sans doute à entrer. Après quoi elle effleura le visage et les cheveux des deux petites filles et employa

1. Vallées encaissées.

d'autres mots écossais pour « enfants », « belles » et « gamines ».

L'espace d'un instant, Esme crut qu'il s'agissait de leur grand-mère, puis elle vit que sa mère ne lui serrait la main que du bout des doigts.

La grand-mère les attendait au salon. Elle avait revêtu une longue jupe noire qui descendait jusqu'au sol, et elle se déplaçait comme si elle était montée sur roulettes. Esme ne croit pas avoir jamais aperçu ses pieds. Elle tendit une joue à son fils pour qu'il y dépose un baiser, avant de scruter Esme et Kitty derrière son pince-nez.

« *Ishbel,* dit-elle à leur mère, soudain très droite et très vigilante devant la cheminée. Il va falloir s'occuper de leurs vêtements. »

Cette nuit-là, Esme et Kitty se serrèrent l'une contre l'autre dans un grand lit en claquant des dents. Esme aurait pu jurer que même ses cheveux avaient froid. Chacune attendait que la chaleur de la brique qui servait de bouillotte se diffuse sous ses chaussettes, écoutait les bruits de la maison, la respiration de sa sœur, les sabots d'un cheval dans la rue.

Au bout d'un moment, Esme lâcha un seul mot dans l'obscurité : « *Ocht !* »

Kitty explosa de rire et Esme sentit sa tête lui effleurer l'épaule quand elle lui agrippa le bras.

« *Ocht,* répéta Esme entre deux accès d'hilarité, *ocht, ocht, ocht !* »

La porte s'ouvrit et leur père apparut. « Ne faites pas de bruit, toutes les deux, dit-il. Votre mère essaie de se reposer. »

… couper le houx à l'Hermitage cet après-midi-là avec un couteau de cuisine. Je ne voulais pas le faire, j'avais peur que les épines m'égratignent la peau (depuis plusieurs semaines, bien sûr, je faisais tremper mes mains dans de l'eau chaude avec du citron, comme tout le monde). Mais elle m'a arraché le couteau des mains en disant : petite dinde, je m'en charge…

… tu vas déchirer ta robe, et maman sera en colère, lui ai-je dit, mais elle s'en fichait. Esme ne se souciait jamais de ce genre de chose. Et c'est bien ce qui est arrivé, elle a déchiré sa robe et, quand nous sommes revenues, maman s'est fâchée contre nous deux. Elle m'a dit : tu es responsable, parce qu'on ne peut pas compter sur Esme, et il faudra la confier à Mme MacPherson la prochaine fois. Mme Mac, comme elle préférait qu'on l'appelle, m'avait taillé la robe que je portais ce soir-là, une robe d'une splendeur incroyable, qui avait nécessité trois essayages car, d'après maman, il fallait que tout soit parfait. De l'organdi blanc souligné de grège. J'étais terrifiée à l'idée que le houx déchire le tissu, si bien que c'était Esme qui le tenait en marchant avec précaution sur le sol gelé, parce que nos semelles étaient fines. Sa robe était étrange ; elle ne voulait pas entendre parler d'organdi, elle voulait du rouge, du cramoisi, disait-elle. Du velours. Plantée devant la cheminée, elle a déclaré à Mme Mac : je veux une robe en velours cramoisi…

… non, a répondu ma mère, assise sur le canapé. Tu es la petite-fille d'un avocat, pas une entraîneuse de bar. C'était elle qui payait, alors Esme a dû se contenter d'une sorte de taffetas bordeaux. Lie-de-vin, d'après Mme Mac, ce qui, je crois, lui donnait l'impression…

… le vin dans des carafes en cristal taillé sur la table, derrière le canapé. Un cadeau de mariage d'un oncle. Au début, je les aimais bien, mais les épousseter, c'était la croix et la bannière, si vous me pardonnez l'expression. Pour nettoyer les creux, il fallait se servir d'une petite brosse, une vieille brosse à dents assouplie par exemple. J'aurais bien aimé en être débarrassée, qu'on les offre à un membre plus jeune de la famille, disons en cadeau de mariage, elles feraient un bel effet, mais il aimait les voir là. Il buvait un verre au dîner, un seul, deux le samedi soir, et je devais emplir le verre à moitié pour que le vin puisse respirer, comme il disait, et moi, je rétorquais : je n'ai jamais entendu de telles bêtises, le vin ne peut pas respirer, imbécile, le dernier mot tout bas, bien sûr, parce que ça ne se fait pas de…

… et maman disait qu'elle devait lui couper les cheveux, pas plus bas que le menton. Mais, pour Esme, il n'en était pas question. Maman a sorti une jatte du placard de la cuisine, et Esme n'a rien trouvé de mieux à faire que la lui arracher et la jeter par terre. Mes cheveux sont à moi, hurlait-elle, c'est à moi de décider. Bon. Maman était tellement furieuse qu'elle en est restée muette. Finalement, elle lui a dit d'une voix coupante : attends un peu que ton père rentre. Allez, hors de ma vue, file à l'école. Les morceaux cassés jonchaient les dalles. Maman a essayé de…

… je n'allais plus à l'école. À mon âge, ça ne se faisait pas. Je restais à la maison, j'aidais aux tâches ménagères, j'accompagnais maman dans ses visites. Elle me disait que je ne tarderais pas à être mariée, moi aussi. J'aurais alors ma propre maison à tenir. Jolie comme tu es. Si bien qu'elle m'emmenait prendre le thé chez des connaissances, jouer au golf, assister aux fêtes de la paroisse, et ainsi de suite, et elle invitait des jeunes messieurs chez nous. À un moment donné, je voulais prendre des cours de secrétariat. J'avais l'impression que je me débrouillerais bien pour taper à la machine, et j'aurais pu répondre au téléphone, j'avais une voix agréable, du moins, je le pensais, mais papa soutenait qu'il était plus convenable de…

... quand je suis partie, j'ai pensé au lit, à notre lit, vide, toutes les nuits. Ne vous méprenez pas, j'étais heureuse d'être mariée. Plus qu'heureuse. Et j'avais une belle maison. Mais, parfois, j'avais envie de retourner m'allonger dans le lit que nous avions partagé, d'être à côté d'elle, couchée là, les yeux au plafond, mais bien sûr...

... qu'est-ce qu'elle trouvait de si drôle à Mme Mac ? J'ai oublié. Il y avait quelque chose, et Esme essayait toujours de mettre la conversation là-dessus quand nous étions chez elle. J'avais mal tant j'essayais de ne pas rire ! Ça mettait maman en colère. Il faut que tu apprennes à bien te tenir, tu m'entends, Esme ? grondait-elle lorsque nous arrivions au portail de Mme Mac. Mme Mac avait toujours la bouche pleine d'épingles, et nous devions grimper sur un petit tabouret pour les essayages. J'adorais ça. Bien entendu, Esme détestait ça. Rester sans bouger était plus difficile pour elle. Ce n'est jamais aussi beau qu'on l'espérait, a-t-elle dit quand elle a eu sa robe lie-de-vin. Je m'en souviens. Elle était assise sur le lit, le carton à côté d'elle, et elle soulevait la robe en la tenant par la taille. Les coutures ne sont pas droites, a-t-elle affirmé. J'ai jeté un coup d'œil, et c'était vrai, mais, naturellement, j'ai répondu qu'elles étaient très bien. Vous auriez dû voir le regard qu'elle m'a lancé...

... j'ai affreusement froid. Je suis glacée. Je dois dire que je ne sais pas vraiment où je suis. Mais je ne veux pas qu'on s'en aperçoive, alors je vais rester assise sans bouger et peut-être que quelqu'un...

... ce que j'appelle un bouton. Voilà. Elle adorait faire ça, elle prenait une voix affectée, attrapait un objet quelconque, et disait : voilà ce que j'appelle une cuillère, ou voilà ce que j'appelle un rideau. Mme Mac vous regardait quand vous étiez juchée sur ce tabouret et disait, bon, je vais mettre ici ce que j'appelle un bouton. Maman était furieuse parce que nous ne pouvions pas nous arrêter de rire. Ne vous moquez pas des gens moins privilégiés que vous, nous reprochait maman, la bouche pincée. Mais Esme adorait la façon dont Mme Mac disait ça, et je savais que, chaque fois que nous allions la voir, Esme attendait le moment où elle allait le sortir, si bien que j'en étais très…

… quelqu'un dans la pièce. Il y a quelqu'un dans la pièce. Une femme en blouse blanche. Elle ferme les rideaux. Je lui demande qui elle est. Elle se retourne et répond : je suis votre infirmière, allons, dormez maintenant. Je regarde la fenêtre en disant : voilà ce que j'appelle une fenêtre, je me mets à rire, et…

Quand Iris arrive à Cauldstone, l'assistante sociale, ou acteur clé, ou ce qu'on voudra, l'attend dans le hall. Une fille de salle les emmène dans un couloir, puis les fait entrer dans une pièce. Esme a posé un poing fermé sur le comptoir devant lequel elle se tient. D'un mouvement brusque, elle se tourne et examine Iris des pieds à la tête. « Ils sont allés chercher ma boîte », dit-elle.

Ni bonjour, ni comment allez-vous, ni merci de venir me chercher, pense Iris. Rien. A-t-elle eu une lueur dans les yeux en la voyant ? Sait-elle qui elle est ? Iris n'en a aucune idée. « Votre boîte ?

— La boîte d'admission, explique la fille de salle. Toutes les affaires qu'elle a apportées en arrivant. Même si c'était il y a une éternité. Combien de temps ça fait, Euphemia ?

— Soixante et un ans, cinq mois et quatre jours », psalmodie Esme d'une voix claire et saccadée.

La fille de salle se met à rire tout bas comme si son animal savant venait de réussir un de ses tours. « Elle note chaque jour qui passe, pas vrai Euphemia ? » Après avoir secoué la tête, elle baisse la voix pour s'adresser à Iris : « Entre nous, ils auront de la chance s'ils la retrouvent. Dieu seul sait ce qu'il y a dedans. Elle n'a pas arrêté d'en parler toute la matinée. Je suis étonnée qu'elle s'en souvienne, qu'elle sache la quantité de… »

Elle s'interrompt lorsqu'un homme en salopette arrive avec une boîte en fer-blanc cabossée.

« On n'a pas fini de s'étonner ! » La fille de salle se met à rire et donne un coup de coude à Iris.

Celle-ci se lève et s'avance vers le comptoir. Esme s'escrime sur la fermeture. Iris repousse le cliquet et Esme soulève le couvercle. Une odeur de moisi, rappelant celle de vieux livres, s'en échappe, et Esme plonge la main à l'intérieur. Iris la voit sortir une chaussure marron à lacets, dont le cuir est fendu et racorni, un vêtement de nature indéterminée, à l'écossais bleu défraîchi, un mouchoir à l'initiale E brodée avec irrégularité au point de chaînette, un peigne en écaille, une montre.

Esme attrape chaque objet, le garde en main une seconde, puis s'en débarrasse. Ignorant Iris et la fille de salle, elle s'affaire avec rapidité. Iris doit se baisser pour ramasser la montre tombée par terre, s'aperçoit que les aiguilles sont arrêtées à douze heures dix, se demande si elles marquent midi ou minuit et voit Esme scruter au fond de la boîte, puis ramener les yeux sur les articles rejetés.

« Qu'y a-t-il ? »

Esme fouille dans le tas d'affaires qu'elle écarte au fur et à mesure.

« Que cherchez-vous ? reprend Iris en lui tendant la montre. C'est ça ? »

Esme lève les yeux, voit la montre dans la main d'Iris, et secoue la tête. Lorsqu'elle soulève le tissu écossais bleu, Iris constate que c'est une robe en lainage fripé et que deux boutons ont été arrachés. Esme la secoue comme si quelque chose pouvait s'être pris dans les plis, puis la pose.

« Il n'est pas là », dit-elle avant de regarder tour à tour Iris, la fille de salle, l'assistante sociale, puis l'homme qui a apporté la boîte. « Il n'est pas là, répète-t-elle.

— Quoi donc ? demande Iris. Qu'est-ce qui n'est pas là ?

— Il doit y avoir une autre boîte. Vous voulez bien aller la chercher ? demande-t-elle à l'employé d'un ton suppliant.

— Il n'y en avait qu'une, répond l'homme. Celle-là, c'est tout.

— Il doit bien pourtant y en avoir une autre. Vous êtes sûr ? Vous voulez bien vérifier ? »

L'homme secoue la tête. « Il n'y avait que celle-là », répète-t-il.

En voyant Esme au bord des larmes, Iris lui effleure le bras. « Que vous manque-t-il ? »

Esme prend une profonde inspiration. « Du… tissu, vert, du lainage, peut-être », explique-t-elle en écartant les bras, comme si elle le tenait.

Tous quatre la dévisagent. La fille de salle grogne avec impatience ; l'homme se tourne déjà pour repartir.

« Vous êtes sûre qu'il n'est pas là ? » demande Iris. Elle s'approche de la boîte et y jette un coup d'œil. Puis elle ramasse un à un les objets écartés. L'expression avec laquelle Esme la regarde est si pleine d'espoir qu'Iris se sent désolée en constatant qu'il n'y a pas de tissu vert.

Esme est affaissée sur une chaise, les yeux dans le vague pendant qu'Iris signe un formulaire et que la fille de salle lui donne l'adresse du foyer dans lequel elle a accepté de conduire la vieille femme. L'assistante sociale explique à Esme qu'elle viendra la voir dans deux jours pour vérifier si tout va bien. Iris plie la robe écossaise, y enroule la chaussure unique, le mouchoir et la montre.

Quand elles sortent au soleil, Iris se retourne vers Esme, qui se passe le dos de la main sur la joue d'un geste las, résigné. Sans regarder le soleil, les arbres ou l'allée, elle serre dans son poing le peigne en écaille. Au bas des marches, elle s'adresse à Iris avec une expression troublée : « Ils m'avaient assuré qu'il serait là. Ils m'avaient promis de me le garder.

— Je suis désolée. » Iris ne voit pas que dire d'autre.

« Je le voulais. Je le voulais vraiment. Et ils m'avaient promis. »

Esme se penche en avant pour toucher le tableau de bord. Il est chauffé par le soleil et vibre légèrement. La voiture cahote sur les ralentisseurs de l'allée, et Esme est secouée sur son siège.

Brusquement, elle se retourne. Cauldstone s'éloigne, comme si quelqu'un rembobinait le fil qui le tenait. Vus de loin, les murs jaunes ont l'air sales et tachés, et les fenêtres ne reflètent que le ciel. De minuscules silhouettes s'activent à l'ombre du bâtiment.

Après avoir reporté son regard devant elle, Esme observe la conductrice : cheveux coupés ras sur la nuque, anneau en argent passé au pouce, jupe courte et sandales rouges à bride sur les chevilles. Elle fronce les sourcils et se mord l'intérieur d'une joue.

« Vous êtes Iris », déclare Esme. Elle le sait, mais veut s'en assurer. Après tout, cette personne ressemble étrangement à la mère d'Esme.

La jeune femme lui jette un coup d'œil et son expression est… est quoi ? furieuse ? Non. Soucieuse, peut-être. Esme se demande ce qui la préoccupe, songe à poser la question, mais n'en fait rien.

« Oui, répond la jeune femme. C'est exact. »

Iris, Iris. Esme se répète mentalement ce nom, forme les deux syllabes dans sa bouche. C'est un mot délicat, presque secret, on n'a pas besoin de remuer beaucoup la langue. Il évoque des pétales violets et le muscle circulaire de l'œil.

La jeune femme est en train de parler. « Je suis la petite-fille de Kitty. Je suis venue vous voir l'autre jour…

— Oui, oui. Je sais. »

Esme ferme les yeux, tapote sa main gauche, trois séries de trois coups, se creuse la cervelle pour se tirer d'affaire, mais ne trouve rien. Lorsqu'elle rouvre les yeux, elle voit de la lumière, un lac, des canards et des cygnes, tout près, si près qu'elle a l'impression que, en se penchant dehors, elle pourrait toucher leurs ailes lisses, effleurer la surface de l'eau fraîche.

« Est-ce que vous êtes sortie ? demande la jeune femme. Depuis votre admission à…

— Non. » Elle tourne le peigne dans sa main. Au dos, on voit la façon dont les pierres sont collées à l'intérieur des petits trous creusés dans l'écaille, un détail qu'elle avait oublié.

« Jamais ? Depuis tout ce temps ? »

Esme remet le peigne à l'endroit. « Il n'y avait pas de permission de sortie dans notre salle. Où allons-nous ? »

La jeune femme s'agite sur son siège. Iris. Tripote un miroir suspendu au toit de la voiture. Ses ongles, remarque Esme, sont vert émeraude, la couleur de l'élytre d'un scarabée.

« Je vous emmène dans un foyer. Vous n'y resterez pas longtemps, juste le temps qu'on vous trouve une place dans une maison de retraite.

— Je quitte donc Cauldstone.

— Oui. »

Esme le sait, il y a un moment qu'elle le sait, mais elle n'y croyait pas. « Un foyer, qu'est-ce que c'est ?

— C'est... un endroit pour dormir. Pour... pour vivre. Il y aura beaucoup d'autres femmes là-bas.

— Ça ressemble à Cauldstone ?

— Non. Non. Pas du tout. »

Esme s'appuie à son dossier, arrange son sac sur ses genoux, regarde par la vitre un arbre aux feuilles si rouges qu'on les croit en feu. Vite, elle fait le tri dans ses idées. Le jardin, Kitty, le bateau, le pasteur, leur grand-mère, ce mouchoir. Leur grand-mère, décide-t-elle, et le magasin.

Leur grand-mère avait dit qu'elle les emmènerait en ville. Se préparer à cette expédition prend presque toute la matinée. Pour sa part, Esme est prête aussitôt après le petit déjeuner, mais sa grand-mère a des lettres à écrire, puis il lui faut s'entretenir avec la servante au sujet du thé. Enfin, comme la menace d'une migraine plane sur leur sortie, il faut faire infuser une tisane, attendre qu'elle soit bue et fasse son effet. « Ishbel se repose », leur a dit leur grand-mère, et elles ne doivent pas faire « plus de bruit que des petites souris ». Esme et Kitty ont arpenté les allées du jardin jusqu'au moment où elles ne sentaient plus leurs pieds tant elles avaient froid. Elles ont alors mis de l'ordre dans leur chambre, se sont mutuellement brossé les cheveux, cent coups de brosse chacune, ainsi que leur grand-mère le leur a appris, elles ont fait tout ce à quoi elles ont pu penser. Esme a suggéré une visite clandestine tout en haut de la maison – elle a repéré un escalier et a entendu la domestique parler d'un grenier – mais, après réflexion, Kitty a refusé. Si bien que, maintenant, Esme est affalée sur le tabouret du piano et, d'une main, joue des gammes mineures. Dans un fauteuil à côté d'elle, Kitty la supplie de cesser. « Joue plutôt quelque chose de beau, Es. Joue ce morceau qui fait *da-doum.* »

Esme sourit, se redresse, lève les mains et plaque le premier accord vigoureux du *Scherzo en* si *bémol mineur* de Chopin. « Je crois que, en fin de compte, nous allons rester ici, annonce-t-elle pendant une pause qu'elle souligne du menton.

— Mais non, gémit Kitty. Nous allons y aller. J'ai entendu grand-mère dire qu'elle éprouvait une honte insupportable à l'idée que des gens nous voient habillées comme des mendiantes. »

Esme lâche un grognement de mépris. « Tu parles d'une honte, marmonne-t-elle en marquant des accords tonitruants. Je ne suis pas sûre que je vais me plaire à Édimbourg si les gens trouvent honteux qu'on n'ait pas de manteau. Nous devrions peut-être nous enfuir et gagner le continent. Paris, ou bien…

— Nous ne quitterons peut-être jamais cette maison, alors, tu penses, aller… »

La porte s'ouvre à la volée. Leur grand-mère se tient sur le seuil, resplendissante dans un manteau bordé de fourrure, un vaste sac agrippé dans une main. « Qu'est-ce que c'est que ce boucan effroyable ?

— Chopin, grand-mère, répond Esme.

— On dirait que le diable en personne est descendu par la cheminée. Je ne tolérerai pas un tel vacarme chez moi, vous m'entendez ? Surtout quand votre pauvre mère essaie de se reposer. Allons, préparez-vous. Nous partons dans cinq minutes. »

Leur grand-mère marche vite. Kitty et Esme doivent avancer au trot pour ne pas se laisser distancer. Tout le long du chemin, elle grommelle entre ses dents au sujet des voisins qu'elles croisent, du ciel qui tourne à la pluie, de leur mère qui, malheureusement, n'a pas pu les accompagner, de la tragédie qu'est la perte d'un fils, de l'indigence des vêtements qu'Ishbel a prévus pour elles.

À l'arrêt du tram, elle se tourne pour les observer et émet alors un halètement, avant de s'agripper la gorge, comme si Esme était sortie toute nue. « Où est donc ton chapeau, petite ? »

Les mains d'Esme se portent à sa tête, tâtent ses cheveux élastiques. « Je... je n'ai pas... » En jetant un coup d'œil à Kitty, elle constate avec stupéfaction que sa sœur porte un béret gris. D'où le sort-elle et comment savait-elle qu'il fallait en mettre un ?

Leur grand-mère lâche un immense soupir. Levant les yeux au ciel, elle marmonne quelque chose sur les épreuves de la vie et les croix à porter.

Les voici devant chez Jenners, dans Princes Street. Un homme en haut-de-forme leur ouvre la porte et leur demande : « Quel rayon, madame ? » Des mannequins valsent et tourbillonnent dans les allées, et une vendeuse les escorte à travers le rez-de-chaussée. En renversant la tête en arrière, Esme voit les balcons empilés les uns sur les autres comme les palets avec lesquels elle jouait pendant la traversée en bateau. Dans l'ascenseur, Kitty cherche sa main et la presse au moment où les portes s'ouvrent.

L'amoncellement d'articles est époustouflant pour deux jeunes filles qui ont passé leur vie en simple robe de coton. Il y a là chemises américaines, tricots de corps, bas, chaussettes, jupes, jupons, kilts, pull-overs en shetland, chemisiers, chapeaux, écharpes, manteaux, gabardines, le tout destiné, semble-t-il, à être porté aussitôt. Esme attrape des caleçons longs en laine et, déroutée, demande à quoi ça sert. La vendeuse regarde sa grand-mère, qui secoue la tête.

« Elles viennent des colonies », explique-t-elle.

« Signez ici. » Le réceptionniste du foyer pousse un registre sous le guichet en verre armé et indique un stylo.

Iris l'attrape, mais hésite, la pointe en équilibre au-dessus de la page. « Il ne faudrait pas que ce soit elle qui signe ? demande-t-elle à travers l'hygiaphone.

— Quoi ?

— Il ne faudrait pas que ce soit elle qui signe ? » Iris désigne Esme, assise sur une chaise en plastique près de la porte, une main agrippée à chaque genou. « C'est elle qui va rester ici... ne vaut-il pas mieux avoir sa signature ? »

L'homme bâille et agite son journal. « Pour moi, c'est du pareil au même. »

Iris examine les gribouillis dans le registre, et le stylo attaché au mur par une chaîne. Du coin de l'œil, elle aperçoit une adolescente affalée sur une autre chaise, concentrée sur quelque chose, le visage caché par ses cheveux. Avec un stylo à bille, elle entoure d'un cercle bleu chaque grain de beauté, chaque marque, chaque ecchymose qu'elle a sur le bras opposé. Iris détourne le regard, s'éclaircit la gorge, a du mal à réfléchir. Il faudrait qu'elle pose des questions, demande des éclaircissements, elle le sait bien, mais ne voit pas par où commencer. Un besoin irrésistible d'appeler Alex l'envahit. Juste pour entendre sa voix, pour lui dire : écoute, je suis dans ce foyer, qu'est-ce que je dois faire ?

« Euh... Je... » Elle pose le stylo, ne sait pas ce qu'elle est sur le point de dire. « Puis-je voir la chambre ? » Voilà ce qui passe ses lèvres.

« Quelle chambre ?

— La chambre, répète Iris avec plus de conviction. Où elle va coucher. »

L'homme en laisse choir son journal sur ses genoux. « La chambre ? Vous voulez voir la chambre ? Hé ! » S'appuyant à son dossier, il appelle quelqu'un. « Dis donc ! Écoute un peu, y a là une petite qui veut voir la chambre avant de signer le registre ! »

Il éclate de rire, et une femme passe la tête par l'entrebâillement de la porte.

« Où est-ce que vous vous croyez ? reprend l'homme. Au Ritz ? »

Il se remet à rire, puis s'arrête soudain, se penche sur son bureau et aboie : « Vous là-bas ! »

Surprise, Iris sursaute.

« Oui, vous ! » Il se lève et frappe à la vitre en verre armé. « On vous a fichue à la porte. Alors, dégagez. »

En se retournant, Iris voit une femme aux cheveux gras, décolorés, et au blouson d'aviateur crasseux se faufiler devant le guichet, les mains enfoncées dans les poches.

« Vous connaissez le règlement, braille l'homme. Pas de piquouses. C'est écrit en toutes lettres sur la porte. Alors, du balai ! »

La femme scrute l'homme pendant un long moment, puis explose comme une chandelle romaine et, soudain loquace et gesticulante, dévide un chapelet de jurons. Indifférent, l'homme se rassied et reprend son journal. Faute de pouvoir décharger sa colère sur lui, la femme se tourne vers l'adolescente. « Et toi, putain, qu'est-ce qui te fait rire ? » beugle-t-elle.

D'un coup de tête, l'adolescente écarte les cheveux qui lui tombent sur la figure et toise la femme de haut en bas. « Rien », répond-elle d'une voix monocorde.

La femme s'avance. « Je t'ai demandé ce qui te faisait rire ? »

La gamine lève le menton. « Et je vous ai répondu. Vous êtes sourde en plus d'être camée ? »

Iris jette un coup d'œil à Esme. Le visage face au mur, elle se bouche les oreilles. Après avoir enjambé le sac à dos de l'adolescente, Iris lui prend le bras, attrape son sac à main et l'entraîne dehors.

Une fois sur le trottoir, Iris se demande ce qu'elle vient de faire, ce qu'elle va faire maintenant. Brusquement, Esme s'immobilise.

« Il n'y a pas de problème, vous n'avez pas besoin de… », commence Iris.

Mais elle voit une étrange expression se glisser sur les traits d'Esme. La tête levée, celle-ci regarde le ciel, les bâtiments d'en face. Son visage est illuminé, émerveillé. Elle se tourne d'un côté, de l'autre. « Je sais où nous sommes, s'écrie-t-elle. Voilà Grassmarket, là en bas ! » Elle se tourne de nouveau pour montrer l'endroit du doigt.

« Oui, confirme Iris.

— Et voilà le Royal Mile, et Princes Street, ajoute-t-elle d'une voix surexcitée. Et Arthur's Seat, conclut-elle après s'être retournée une fois de plus.

— C'est exact.

— Je me rappelle », murmure-t-elle. Son sourire s'est effacé. Ses doigts crispés referment les bords de son manteau. « C'est pareil, et pas pareil. »

Iris et Esme sont installées dans la voiture garée dans une rue. Esme met la ceinture de sécurité en place, puis la retire et, chaque fois qu'elle l'ôte, elle l'approche de son visage comme si elle y cherchait la clé d'une énigme.

« Hôpital, explique Iris à l'employée remarquablement inefficace des renseignements téléphoniques. Hôpital Cauldstone, je pense, à moins que ce ne soit hôpital psychiatrique ? Tentez le coup avec "psychiatrique"... Non ? Avez-vous essayé "Cauldstone" tout seul ?... Non, en un seul mot... D'accord. C, A... Non. D comme... comme "dinde"... Oui, je reste en ligne. »

Esme a abandonné la ceinture de sécurité pour appuyer sur le bouton qui commande les feux de détresse. Un bruit proche des stridulations de criquets emplit la voiture. Ravie, souriante, Esme le pousse de nouveau, et le bruit s'arrête. Elle attend un instant, puis répète l'opération.

« Ah bon ? Alors, pouvez-vous essayer "hôpital", tout simplement ?... Non, pas n'importe quel hôpital, j'ai besoin de joindre celui-ci en particulier... Oui. » À présent, Iris a trop chaud et regrette d'avoir mis un pull sous son imperméable. D'une main, elle cache le bouton des feux de détresse. « S'il vous plaît, pourriez-vous ne plus le faire ? dit-elle à Esme avant d'ajouter à l'adresse de l'employée des renseignements : Non, non, ce n'est pas à vous que je parlais. » Celle-ci, par miracle, a réussi à trouver Cauldstone dans sa liste et demande à Iris si elle souhaite avoir les admissions, les consultations, les renseignements ou l'hôpital de jour.

« Les renseignements », répond Iris qui se redresse avec entrain. Ce cauchemar est bientôt fini. Elle va demander à Cauldstone où elle devrait maintenant emmener Esme. Sinon, elle la leur ramènera. Rien de plus simple. Pour sa part, elle a fait plus que son devoir. La communication est établie, la sonnerie retentit, puis une voix énonce les différents choix possibles. Elle appuie sur une touche, écoute, appuie sur une autre et, tout en tendant l'oreille, se rend compte qu'Esme a ouvert la portière et descend de voiture.

« Attendez ! Où allez-vous ? »

Le téléphone toujours collé à l'oreille, elle ouvre sa portière, descend et apprend que les bureaux sont à présent fermés, que les heures d'ouverture sont de neuf heures à dix-sept heures et qu'il faut rappeler à ce moment-là ou laisser un message après le bip sonore.

À vive allure, Esme avance sur le trottoir, la tête levée, s'arrête sur un passage protégé qui émet un signal sonore. Le bonhomme vert clignote et Iris se penche pour guetter le changement de couleur.

« Je suis à Grassmarket avec Es… avec Euphemia Lennox, explique Iris d'une voix aussi calme et assurée que possible, tout en fonçant sur le trottoir. Le foyer où vous nous avez envoyées ne convient pas. Elle ne pourrait pas y rester. Cet endroit est tout à fait inadéquat et plein de… de… Impossible de la laisser là-bas. Je sais que je suis fautive car j'ai signé la décharge, mais… » Elle rattrape Esme et l'agrippe par son manteau. « … j'aimerais que quelqu'un me rappelle, s'il vous plaît, parce que je la ramène. Tout de suite. Merci. Au revoir. »

Hors d'haleine, Iris met fin à la communication. « Esme, remontez dans la voiture. »

Laissant Grassmarket et le centre derrière elles, elles se dirigent vers le sud en se faufilant dans la circulation dense à cette heure de pointe. Esme tourne la tête pour regarder ce qu'elles croisent en chemin : le cimetière d'une église, un homme qui promène son chien, un supermarché, une femme qui pousse un landau, un cinéma devant lequel une queue s'est formée.

Quand Iris s'engage dans l'allée de l'hôpital, Esme tourne brusquement la tête pour la regarder. « C'est… » Elle s'interrompt. « C'est Cauldstone. »

Iris déglutit avec peine. « Oui, je sais, je… Vous ne pouviez pas rester dans ce foyer, vous comprenez, si bien que…

— Mais je croyais que je partais. Vous disiez que je partais. »

Iris se gare, met le frein à main, lutte contre l'envie d'appuyer le front contre le volant. La texture en serait fraîche et lisse sur sa peau. « Je sais. Et vous partirez. Le problème, c'est que…

— Vous l'avez dit ! » Esme ferme les yeux, les plisse violemment en fronçant le front. « Vous l'avez promis », dit-elle d'une voix basse, à peine audible, et, de ses mains, elle froisse le tissu de sa robe.

Elle n'ira pas, ah non. Elle restera assise là, sur ce siège, dans cette voiture, et il faudra la traîner, comme la dernière fois. Lorsqu'elle inspire, puis expire, elle écoute le chuintement produit. Mais la fille contourne l'avant de l'automobile, ouvre sa portière, attrape son sac, la prend par le bras d'une main douce.

Esme relâche le tissu et considère avec intérêt les plis qui ne se défroissent pas, les pics qui demeurent même une fois qu'elle a ouvert les doigts. La pression s'exerce toujours sur son bras, une pression délicate. Malgré tout, Esme sait que cette fille, qui a soudain surgi après tout ce temps, a fait de son mieux. En s'en rendant compte, elle se demande s'il serait possible d'exprimer cette idée. Sans doute pas.

Si bien qu'elle tourne les jambes sur le côté et, en entendant le bruit du gravier sous ses pieds, s'aperçoit qu'elle a envie de pleurer. Curieux. Elle claque la portière, et ce déclic satisfaisant chasse l'envie de pleurer. Elle ne pense pas elle ne pense à rien, à rien du tout lorsqu'elles montent les marches, entrent dans le hall. Voici le sol en marbre de l'entrée blanc et noir blanc et noir, il n'a pas changé, bizarrement, et voilà la fontaine d'eau potable avec ses carreaux verts sur le mur, elle l'avait oubliée, comment a-t-elle pu l'oublier ? parce que, maintenant, elle se rappelle que son père s'est penché pour…

La fille parle au gardien de nuit et il lui dit non. Sa bouche forme un rond, il secoue sa tête. Il dit non. Il dit : ce n'est pas permis. Et la fille fait de grands gestes, l'air tendu, les épaules voûtées, le front plissé. Alors Esme se doute de ce qui risque d'arriver et décide de fermer la bouche, la gorge, de croiser les mains, une attitude qu'elle a perfectionnée. Sa spécialité. Se rendre absente au monde, se faire disparaître. Mesdames et messieurs, regardez bien. Surtout, il importe d'être immobile. Le simple fait de respirer peut leur rappeler votre présence, donc des respirations très courtes, très superficielles. Juste de quoi rester en vie. Pas plus. Ensuite, il faut s'imaginer tout en longueur. C'est le plus difficile. Pense que tu es mince, étirée, transparente à force d'avoir été malaxée. Concentre-toi. Concentre-toi vraiment. Il faut atteindre un état où ton être, le quelque chose qui fait de toi ce que tu es et te rend bien visible, en trois dimensions dans une pièce, peut s'envoler de ton crâne, jusqu'au moment où, mesdames et messieurs, ce stade sera dépassé…

Elles s'en vont. La fille s'éloigne. Iris, c'est ça. La petite-fille. Elle rajuste la bandoulière de son sac, lance quelque chose au gardien par-dessus son épaule. Une grossièreté, pense Esme, pour en finir, et Esme aimerait applaudir, car elle n'a jamais aimé ce type. Il éteint très tôt, trop tôt l'éclairage de la salle commune, si bien qu'elles doivent se replier dans les chambres, Esme le déteste pour ça et voudrait lui sortir une grossièreté elle-même, mais elle n'en fera rien. Au cas où. Car on ne sait jamais.

Les voilà à présent en train de retourner à la voiture et, cette fois, Esme écoute le crissement, avance sans hâte, veut sentir la poussée cuisante de chaque gravier sous ses semelles, goûter chaque irritation inconfortable qui signe son départ.

… nous n'en avons plus reparlé, bien sûr. De ce fils, cet enfant mort. Une histoire tragique. On nous avait recommandé de ne plus aborder ce sujet. Mais Esme, elle, s'entêtait, disait sans cesse : tu te rappelles ceci, tu te rappelles cela, Hugo par-ci, Hugo par-là. Une fois, en plein déjeuner, elle s'est mise tout à coup à évoquer le jour où il avait commencé à marcher à quatre pattes, et notre grand-mère a abattu la main sur la table. Ça suffit, a-t-elle tonné. Papa a dû emmener Esme dans son bureau. J'ignore ce qu'il lui a dit, mais, quand elle est ressortie, elle était très pâle, très agitée, elle croisait les bras et ses lèvres tremblaient. Jamais plus elle n'a parlé de lui, même avec moi. Le soir, je lui ai répété que moi non plus, je ne voulais plus l'entendre en parler. Parce que, vous comprenez, d'habitude, elle s'y mettait dès que nous étions au lit. Elle semblait prendre cette adversité comme elle prenait tout, beaucoup trop à cœur. En fait, la seule qui méritait vraiment notre sympathie était maman. Franchement, je ne sais pas comment maman le supportait, surtout après ces autres…

… alors j'ai pris le sien. Oui, c'est ce que j'ai fait. Personne ne s'en est jamais douté, je suppose donc…

… et Esme s'est mise à passer par ces drôles de moments. Ses « crises », comme disait maman. Elle en a une autre, annonçait-elle à l'autre bout de la pièce, ignorez-la, c'est tout. On la voyait au piano, à la table du thé, ou devant la fenêtre, parce qu'elle aimait s'asseoir devant la fenêtre, avec l'air d'un jouet mécanique qu'on n'aurait pas remonté. Très tranquille, d'une parfaite immobilité, même. À peine si elle respirait. Les yeux dans le vague, qui semblaient ne rien voir. On pouvait lui parler, l'appeler par son nom, elle n'entendait pas. Quand elle était comme ça, vous vous sentiez vraiment bizarre. Il y avait en elle quelque chose de contre nature, elle semblait possédée, disait notre grand-mère. Je dois reconnaître que je commençais à être d'accord. Après tout, elle était assez grande pour ne pas se conduire de cette façon. Kitty, pour l'amour du ciel, disait maman, fais-la sortir de cet état. Il fallait la toucher, la secouer, parfois assez rudement, afin qu'elle revienne à la réalité. Maman m'avait demandé de chercher ce qui pouvait provoquer ces crises, et, bien sûr, j'avais posé la question, mais je ne pouvais rien dire parce que…

… et Esme a soutenu que ce blazer n'était pas le sien. J'étais allée l'attendre à l'arrêt du tram, oui, c'est ça, parce qu'elle ne se sentait pas bien au petit déjeuner ce matin-là, un mal de tête, ou autre chose, je ne sais plus, elle était toute blanche, les cheveux lâchés dans le dos, qui sait ce qui était arrivé à toutes les épingles qui les retenaient pour qu'ils ne lui tombent pas dans la figure à l'école ? Je crois qu'elle n'aimait pas beaucoup l'école. Alors, elle m'a dit que ce n'était pas le sien, qu'il appartenait à quelqu'un d'autre. Bon. J'ai retourné le col et je lui ai dit : regarde, il y a ton nom, c'est bien le tien…

… ce qu'elle m'a dit, c'est : je pense à lui. Je ne voyais pas de qui elle voulait parler. Qui, lui ? ai-je demandé. Quand elle m'a regardée, on aurait dit que c'était elle que je prétendais ne pas connaître. Hugo, a-t-elle répondu, comme si c'était une évidence, comme si j'étais censée suivre le cheminement de ses pensées, et je vous assure que c'était un choc d'entendre ce nom au bout de tout ce temps. Parfois, m'a-t-elle dit, je retourne là-bas en pensée, dans la bibliothèque, le jour où vous étiez tous partis, où j'étais là avec… et j'ai dû l'interrompre. Chut, tais-toi. Parce que je ne supportais pas de l'entendre. Je ne pouvais même pas supporter d'y repenser. Je me bouchais les oreilles. Quelle horrible chose à ressasser. Trois jours, elle est restée trois jours toute seule, paraît-il, avec… Bref. Ça ne mène à rien de s'appesantir là-dessus. C'est ce que je lui ai dit. Elle a tourné la tête pour regarder par la fenêtre et m'a dit : mais si je ne peux pas m'en empêcher ? Je n'ai pas répondu. Que pouvais-je répondre ? Je pensais : bon, je ne peux pas répéter ça à maman, alors, comme il n'est pas dans ma nature de mentir, je…

… et Robert s'est contenté de hausser les épaules. À ce moment-là, il portait la petite Iris sur son dos, et elle riait, essayait d'atteindre le lustre, et je lui ai dit : fais attention, elle risque de se donner un coup sur la tête. Une partie de mon cerveau, je l'admets, pensait au lustre. Je venais de le faire nettoyer, et c'est un tel souci de trouver quelqu'un pour retirer les lames de parquet dans la pièce du dessus afin de descendre le lustre enveloppé de tissu. Des échelles, des brosses, des jeunes ouvriers en salopette qui bloquent l'entrée pendant des jours et des jours. Mais il m'a dit : ne t'inquiète pas, elle ne va pas se briser comme du verre. Alors je l'ai regardée parce qu'elle est tellement jolie, elle l'a toujours été, et elle adore venir me voir, elle court toujours dans l'allée en criant : grand-mère, grand-mère. Quelle idée, du verre, vraiment, qui aurait cru…

… et elle a attrapé le verre sur la table et l'a jeté par terre. J'étais figée sur ma chaise. Elle a frappé du pied, tel Rumpelstilzchen[1], et elle s'est mise à hurler : je n'irai pas, je ne veux pas, vous ne pouvez pas m'obliger, je le déteste, je le méprise. Je n'osais pas regarder les débris de verre sur le tapis. Maman est restée d'un calme parfait. Elle s'est tournée vers la domestique, qui se tenait contre le mur, et lui a demandé de bien vouloir apporter un autre verre à Mlle Esme, puis elle a regardé mon père et…

Tout en posant le sac d'Esme à côté du lit dans la chambre d'appoint, Iris a peine à croire ce qui est en train d'arriver. Un mal de tête s'annonce par une pression sur ses tempes, et elle n'a qu'une envie : s'allonger par terre dans la salle de séjour.

« Vous serez bien ici, affirme-t-elle, surtout pour se rassurer. C'est petit, mais vous n'y passerez que quelques nuits. Lundi, nous trouverons une solution. J'appellerai l'assistante sociale et… » Elle s'interrompt car elle se rend compte qu'Esme est en train de parler.

« … la chambre de la domestique. »

Ces mots agacent Iris. « Bon, je n'ai rien d'autre à vous proposer », rétorque-t-elle d'un ton irrité. Certes, l'appartement n'est pas grand, mais elle l'aime bien, et elle est tentée de rappeler à cette dame qu'elle a le

1. À la fin du conte *Rumpelstilzchen*, des frères Grimm, le personnage éponyme frappe du pied avec tant de violence qu'il est englouti dans la terre.

choix entre cette chambre de domestique et le foyer infernal.

« Elle était verte. »

Iris pousse une chaise contre le mur, arrange la couette. « Quoi donc ?

— Cette pièce. »

Iris lâche la couette, se redresse et regarde Esme, qui, sur le seuil, effleure le loquet.

« Vous avez habité ici ? Dans cette maison ? demande-t-elle, sidérée.

— Oui. » Esme incline la tête et touche à présent le mur.

« Je... je l'ignorais totalement, explique Iris en s'apercevant qu'elle en éprouve une contrariété injustifiée. Pourquoi ne l'avez-vous pas dit ?

— Quand ?

— Quand... » Iris se débat avec ses pensées. Qu'a-t-elle donc à l'esprit ? « Eh bien, quand nous sommes arrivées, lâche-t-elle d'un ton sec.

— Vous ne me l'avez pas demandé. »

Iris prend une profonde inspiration sans vraiment parvenir à comprendre comment elle en est arrivée là. Pourquoi une vieillarde oubliée de tous, au cerveau dérangé, si ça se trouve, va dormir dans sa chambre d'appoint. Que va-t-elle faire d'elle ? Comment patienter jusqu'à lundi matin, où elle pourra joindre Cauldstone, les services sociaux, n'importe qui, pour qu'une décision soit prise ? Et si, entre-temps, une catastrophe se produisait ?

« C'était le grenier, reprend Esme.

— Oui, en effet. »

Soudain, Iris déteste l'inflexion de sa propre voix, son ton condescendant. Oui, c'était autrefois le grenier de la maison où Esme a grandi avant d'en être arrachée. Avec frénésie, elle passe ses souvenirs en revue pour tâcher de retrouver ce que sa grand-mère aurait pu lui raconter sur cette époque. Comment est-il possible qu'elle n'ait jamais mentionné sa sœur ?

« Vous avez habité ici en revenant d'Inde ? lance Iris au hasard.

— Bon, ce n'était pas un retour à proprement parler pour Kitty et moi. Nous étions nées en Inde.

— Ah oui.

— Mais pour mes parents, c'était bien un retour. » Esme balaie du regard la pièce, touche l'encadrement de la porte.

« Kitty a fait transformer la maison en plusieurs appartements, celui-ci et deux autres, plus grands. » Iris sent qu'elle doit une explication quelconque à cette femme. « Je ne me rappelle plus à quelle époque. Elle a habité celui du rez-de-chaussée pendant des années. Tout a été vendu pour payer sa résidence médicalisée. Sauf cet appartement, qu'elle m'a cédé. Quand j'étais petite, je venais la voir, et c'était encore une maison. Immense. Avec un grand jardin. Magnifique. » Iris remarque sa volubilité factice et se tait.

« Oui. Ma mère aimait jardiner. »

Tout en ramenant une mèche sur ses yeux, Iris est confondue par l'étrangeté de la situation. La voici avec une nouvelle parente. Une parente qui connaît sa maison mieux qu'elle. « Où était votre chambre ? » demande-t-elle.

Esme se retourne, indique le plancher. « À l'étage du dessous. La chambre qui donne sur la rue. Je la partageais avec Kitty. »

Iris compose le numéro de son frère. « Alex, c'est moi. » Elle emporte le téléphone dans la cuisine et referme la porte d'un coup de pied. « Écoute, elle est là.

— Qui est là, et où ? » Sa voix semble toute proche. « Et pourquoi est-ce que tu parles aussi bas ?

— Esme Lennox.

— Qui ? »

Exaspérée, Iris soupire. « Tu n'écoutes donc jamais ce que je te dis ? Esme...

— Tu veux parler de la folle ? lâche Alex.

— Oui. Elle est ici. Chez moi.

— Comment ça se fait ?

— Parce que... » Bonne question. Iris doit y réfléchir. Pourquoi Esme se trouve-t-elle chez elle ? « Parce que je ne pouvais pas la laisser au milieu de ces cinglés.

— Qu'est-ce que tu racontes ?

— Dans ce foyer.

— Quel foyer ?

— T'occupe pas. » Les doigts appuyés sur son front, Iris tourne plusieurs fois autour de la table. « Dis-moi, qu'est-ce que je vais bien pouvoir faire ? »

Il n'y a pas de réponse. En fond sonore, Iris perçoit des bruits de bureau : sonneries de téléphone, éclats de voix au sujet d'un e-mail... « Iris, je ne pige pas, dit enfin Alex. Qu'est-ce qu'elle fait chez toi ?

— J'étais bien obligée de m'en occuper ! Elle n'a nulle part où aller. À ton avis, comment j'aurais dû réagir ?

— Mais c'est ridicule ! Tu n'es pas responsable d'elle. Contacte la municipalité, ou un service social quelconque.

— Al, je...

— Elle est dangereuse ? »

Sur le point de répondre non, Iris se rend compte qu'elle n'en sait rien. Elle essaie d'oublier les mots qu'elle a lus à l'envers dans le dossier de Lasdun. « État maniaco-dépressif. Réagit aux électrochocs par des convulsions ». Lorsqu'elle jette un coup d'œil autour d'elle, elle voit les couteaux de cuisine accrochés au mur, les brûleurs de la cuisinière, les allumettes sur la paillasse. Elle leur tourne le dos pour faire face au mur vide. « Je… je ne crois pas.

— Tu ne crois pas ? Tu n'as pas posé la question ?

— Bon, non… tout s'embrouillait dans ma tête.

— Bon sang, Iris, tu abrites une folle dont tu ne sais rien. »

Iris soupire. « Elle n'est pas folle.

— Combien de temps est-elle restée dans cet asile ? »

Nouveau soupir. « Je ne sais pas, marmonne-t-elle. Une soixantaine d'années.

— Iris, on n'enferme pas les gens pendant soixante ans sans raison. » Quelqu'un appelle Alex dans son bureau. « Écoute, je dois y aller. Je te téléphone tout à l'heure, d'accord ?

— D'accord. » Elle raccroche et pose les deux mains sur la paillasse. Le plancher craque sous un pas léger, quelqu'un s'éclaircit la gorge. Après avoir relevé la tête, Iris regarde de nouveau la rangée de couteaux.

Parfois, Iris se demande comment elle pourrait bien expliquer à un tiers la relation qu'elle entretient avec Alex. Par où commencer ? Par : nous avons grandi ensemble ? Pour préciser ensuite : mais nous ne sommes pas liés par le sang ? Est-elle prête à avouer que, dans son sac, elle garde un caillou qu'il lui a donné il y a plus de vingt ans ? Sans qu'il s'en doute ?

Ce qu'elle pourrait raconter, c'est qu'elle avait cinq ans et lui six quand elle l'a vu pour la première fois. Qu'elle ne se rappelle presque pas la vie avant lui. Qu'il a débarqué un beau jour et, depuis, n'est plus sorti de son existence. Qu'elle se souvient de la première fois où elle a entendu prononcer son nom.

Elle prenait son bain. Sa mère était assise par terre devant elle. Toutes deux parlaient d'une petite fille qui était dans la classe d'Iris à l'école et, tout à coup, au milieu de cette conversation agréable, sa mère lui a soudain demandé si elle se rappelait un certain George. Il les avait emmenées faire une balade la semaine précédente et avait montré à Iris comment manier un cerf-volant. S'en souvenait-elle ? Iris s'en souvenait, mais n'en souffla mot. Sa mère annonça alors qu'il viendrait habiter avec elles la semaine suivante. Elle espérait qu'Iris serait contente et aimerait George. Puis elle se mit à lui verser de l'eau sur les épaules et les bras.

« Tu pourrais peut-être l'appeler oncle George. »

Iris observait l'eau qui se scindait en minuscules filets sur sa peau. À deux mains, elle serra son gant de toilette si fort qu'il ne fut plus qu'une boule dure, humide.

« Mais il n'est pas mon oncle, protesta-t-elle en plongeant le gant dans l'eau chaude.

— C'est vrai. »

Sa mère s'accroupit sur ses talons et attrapa la serviette d'Iris. Elle était rouge, celle de sa mère violette. Iris était en train de se demander de quelle couleur serait celle de George lorsque sa mère s'éclaircit la gorge.

« George viendra avec son petit garçon. Alexander. Il a presque le même âge que toi. Ça sera bien, hein ? Je me disais que tu pourrais m'aider à préparer la chambre d'amis pour qu'il la trouve accueillante. Qu'est-ce que tu en penses ? »

Cachée sous la table de la cuisine, Iris observa l'arrivée de George et de son fils. Assise jambes croisées, elle avait tiré le bord de la nappe pour qu'on ne la voie pas et patientait. Dans les plis de sa jupe, elle avait fourré trois gâteaux secs au gingembre. Au cas où George serait en retard. Parce qu'elle n'allait pas sortir de là avant un moment. Lorsqu'elle prévint sa mère, celle-ci répondit : « Très bien, ma chérie », et continua à peler des carottes.

En entendant sonner à la porte, Iris fourra deux gâteaux dans sa bouche. Un dans chaque joue. Ce qui ne lui en laissait qu'un en cas de nécessité, mais ça lui était égal. Elle entendit sa mère ouvrir, dire bonjour d'une voix drôle, insistante, bon-jour, puis ajouter, ça fait plaisir de te revoir, Alexander, entre, entre. Iris s'autorisa à avaler une petite bouchée. Donc, elle le connaissait déjà ?

Iris roula sur le ventre. Dans cette position, elle pouvait couler un regard entre la nappe et le sol, et voir le lino de la cuisine, le canapé, la porte du couloir. Un homme apparut sur le seuil. Il avait des cheveux bouclés blond-roux, une veste verte avec des pièces aux coudes, et un bouquet de fleurs dans les mains. Des nérines. Grâce à son père, Iris s'y connaissait en fleurs.

Pendant qu'elle repensait à ses promenades dans le jardin avec son père, elle aperçut le petit garçon et le reconnut aussitôt. Car elle l'avait déjà vu, et même des tas de fois. Sur les murs décorés d'angelots des églises italiennes dans lesquelles sa mère l'avait emmenée l'été précédent. Des anges, il y en avait partout. Avec des ailes, des harpes, drapés dans des étoffes flottantes. Alexander avait leur grand regard bleu, leurs cheveux blonds bouclés, leurs doigts délicats. C'était dans une de ces églises que sa mère lui avait parlé de son père. Elle avait dit : Iris, ton père est mort. Elle avait dit : il t'adorait. Elle avait dit : ce n'est la faute de personne. Elles étaient assises sur le banc du fond dans une église qui avait des drôles de fenêtres. Pas en verre, mais en une sorte de pierre dorée, finement découpée pour laisser filtrer la lumière, lui avait expliqué sa mère. En « albâtre », voilà le mot. Elles l'avaient lu dans le guide que sa mère emportait dans son sac. Ensuite, sa mère avait serré très fort la main d'Iris, Iris avait regardé ces fenêtres, que le soleil faisait luire comme des braises, les anges peints sur les murs, avec leurs ailes déployées et leurs visages levés. Vers le ciel, avait précisé sa mère.

Donc, Iris était à plat ventre, en train d'avaler avec peine les biscuits ramollis, les yeux fixés sur ce garçon-ange qui s'était assis sur le canapé, comme s'il était un simple mortel. Sa mère et George avaient disparu dans le couloir, après quoi Iris les avait entendus aller et venir avec des sacs et des cartons et éclater de rire.

Iris releva un tout petit peu la nappe pour mieux voir ce garçon. Assis sans bouger, une espadrille posée sur l'autre. Sur ses genoux, un petit sac à dos qu'il serrait à deux mains. Iris essaya de se rappeler ce que sa mère avait dit à son sujet. Qu'il était timide. Que sa mère était partie et qu'il ne l'avait plus jamais revue. Qu'il était peut-être triste à cause de ça. Qu'il avait eu récemment la varicelle.

Il examinait un dessin qu'elle avait fait, un coucher de soleil, que sa mère avait collé au mur, puis il s'empressa de tourner la tête vers la fenêtre avant de regarder devant lui.

Sous le coup d'une impulsion subite, Iris se redressa et sortit à quatre pattes de sous la nappe. L'ange assis sur le canapé sursauta et la frayeur se peignit sur ses traits. En voyant ses yeux d'ange s'emplir de larmes, Iris eut un choc, fronça les sourcils, dansa d'un pied sur l'autre, puis s'avança vers lui sur le tapis. Le petit garçon cillait pour chasser les larmes et Iris se demandait ce qu'elle pouvait bien lui dire. Que dit-on à un ange ?

Plantée devant lui, elle l'observa tout en mangeant le dernier gâteau. Après quoi elle fourra le pouce dans sa bouche, enroula une tresse autour de ses doigts, examina son sac à dos, ses espadrilles, son short, ses cheveux dorés. Puis elle ôta le pouce de sa bouche. « Tu veux venir voir des têtards ? » proposa-t-elle.

Iris a onze ans et Alex douze au moment où leurs parents se séparent. George a rencontré une autre femme. Il s'en va et emmène Alex. Sadie, la mère d'Iris, pleure parfois dans sa chambre quand elle croit qu'Iris ne l'entend pas. Iris lui apporte des tasses de thé – elle ne voit pas ce qu'elle peut faire d'autre – et Sadie saute du lit, s'essuie le visage à la hâte et explique que son rhume des foins est terrible cette année. Iris ne lui fait pas remarquer que, d'ordinaire, le rhume des foins ne se manifeste pas en janvier.

Si, pour sa part, elle ne pleure pas, Iris reste souvent plantée dans la chambre qu'occupait Alex, les poings serrés et les yeux fermés. On y sent encore son odeur. À condition de ne pas rouvrir les yeux pendant assez longtemps, elle parvient presque à imaginer que ce n'est pas vrai, qu'il n'est pas parti.

Quinze jours ne sont pas écoulés qu'Alex est de retour. La nouvelle femme de George est une sale garce, explique-t-il, et Iris note que Sadie ne le gronde pas pour avoir dit des gros mots. Est-ce qu'il peut habiter chez elle ? Iris bat des mains, hurle un oui. Sadie n'est pas convaincue. Il va falloir en parler à George, sauf qu'elle ne lui parle plus, ce qui pose donc problème, dit-elle.

Alex téléphone à son père. Ils ont une longue et violente discussion. Tassée sur le même fauteuil que lui, Iris l'écoute crier contre son père. Alex reste. Une semaine plus tard, George se pointe pour le récupérer. Alex se sauve et retourne chez elles. George débarque, en voiture cette fois, et l'emmène. Alex revient. George l'envoie dans une pension située dans les Highlands. Alex s'enfuit en stop et, de bon matin, le voilà à la porte de Sadie. On le ramène de force en pension. Il s'échappe une nouvelle fois. Sadie le garde, mais l'avertit qu'il doit appeler son père. Il ne le fait pas. Dans la nuit, Iris se réveille et le voit à côté de son lit. Il est tout habillé, il a son manteau sur le dos, et un sac avec ses affaires. Il va aller en France retrouver sa mère, qui, il en est sûr, acceptera qu'il vive avec elle. Est-ce qu'Iris veut l'accompagner ?

La police les rattrape à Newcastle, les reconduit à Édimbourg et Iris trouve très excitant de faire tout ce trajet dans ce moyen de transport peu banal. Alex affirme qu'il faudra le menotter si on veut le ramener chez son père. Le policier qui conduit lui dit : fiston, tu as déjà causé assez d'ennuis comme ça. Alex pose la tête sur l'épaule d'Iris et s'endort.

Sadie et George se retrouvent au café de la City Art Gallery pour y tenir une réunion au sommet. À l'ordre du jour : Alex. Tout le monde est terriblement poli. Assise à un coin de la table, la garce de belle-mère zieute Sadie. Iris remarque que sa mère s'est lavé les cheveux et porte sa robe bleue à passepoil rouge. George a du mal à détourner les yeux du profond décolleté en V bordé de rouge. Iris et Alex se trouvent dans le coin opposé. Au beau milieu de la discussion, Alex lâche un « rien à foutre » et annonce qu'il va jeter un coup d'œil aux disques d'occasion dans une boutique de Cockburn Street. Iris lui explique qu'il doit rester, sinon ils vont croire qu'il s'enfuit une fois de plus.

On convient qu'Alex sera inscrit dans une pension d'Édimbourg à condition qu'il travaille bien et cesse de se sauver. En contrepartie, il pourra passer les vacances avec Iris et Sadie. Mais il devra dîner une fois par semaine avec son père et sa belle-mère et, pendant le repas – George jette alors sur son fils un regard inflexible –, Alexander devra se montrer poli et discipliné. Pendant ce temps, Alex marmonne un « va te faire foutre », et Iris a du mal à ne pas éclater de rire. Mais elle ne pense pas que quelqu'un d'autre l'ait entendu.

Donc, pendant les vacances de Noël, de Pâques et d'été, Alex vit avec elles, dans leur débarras sans fenêtre, à Newington. Alex a seize ans et Iris en a quinze quand Sadie les juge assez grands et responsables pour les laisser seuls pendant qu'elle part faire un stage de yoga en Grèce. Ils lui disent au revoir sur le seuil et, dès que le taxi a tourné le coin de la rue, ils se regardent avec jubilation.

Ils ne perdent pas de temps. Dès le premier soir, ils ont verrouillé toutes les portes, baissé les stores, monté le volume de la chaîne hi-fi, sorti tout ce qui se trouvait dans le congélateur, déplié le canapé-lit dans la salle de séjour, mis leurs draps, et les voilà sous la couette en train de regarder un vieux film.

« On ne sort pas, propose Alex. On reste ici toute la semaine.

— D'accord. » Iris s'enfonce dans les oreillers. Bras et jambes se heurtent sous la couette. Alex porte un bas de pyjama, Iris le haut qui va avec.

Sur l'écran, des gens sont en train de grimper en courant une montagne d'un vert cru radioactif au moment où Alex prend la main d'Iris. Il la soulève et la pose doucement, très doucement sur sa poitrine, juste au-dessus du cœur. Iris le sent cogner et cogner, comme s'il voulait s'échapper de la cage thoracique. Elle continue à suivre le film. Les gens sont arrivés au sommet et, tout excités, montrent un lac.

« C'est mon cœur », dit Alex sans lâcher des yeux le téléviseur. Il presse toujours la main d'Iris sur sa poitrine. Sa voix est égale, détachée. « Mais, en fait, c'est le tien. » Pendant un instant, ils regardent les gens gagner une prairie et s'y déployer en éventail. Puis, dans l'obscurité traversée de lueurs vacillantes, Alex se rapproche d'Iris, elle se tourne vers lui, s'aperçoit qu'il hésite et, ne voyant pas d'autre solution pour eux, l'attire de plus en plus à elle.

De l'autre côté du mur, Esme, calme, posée, fait les cent pas entre la porte et les étagères. Elle effleure la poignée ronde en cuivre, légèrement cabossée, plus petite que dans ses souvenirs. À moins que celles du rez-de-chaussée ne soient plus grosses ? Aucune importance, car elle est bordée par la même plaque de propreté formant une collerette – des pétales, peut-être, quoiqu'une fleur de cuivre soit une affreuse anomalie, voire un oxymoron – et il y a neuf pétales. Un nombre satisfaisant, somme toute. Trois fois trois.

Elle s'efforce de se rappeler les noms des domestiques qui se sont succédé dans cette pièce, sous le toit. Il y a des années qu'elle n'y avait plus pensé, si toutefois elle y a un jour pensé. Il semble ridicule de s'attacher à ces détails, mais, à sa grande surprise, les noms lui reviennent. Maisie, Jean. Pas forcément dans l'ordre. Martha. Mais elle se les remémore. On dirait qu'elle écoute des ondes hertziennes. Janet. Si vous êtes au bon endroit au bon moment, vous percevez le signal sonore.

Bientôt, Esme modifie sa trajectoire, quitte la porte et la fleur en cuivre pour gagner le coin de la pièce, à côté de la lampe. Là, elle tourne la tête d'un côté, puis de l'autre. Peut-être y a-t-il d'autres signaux à capter.

À son réveil, Iris fixe un instant les yeux sur le store baissé devant la fenêtre de sa chambre, tripote la couette, tortille une mèche de cheveux et se demande pourquoi elle sent une boule à l'estomac. Lorsqu'elle balaie du regard la pièce, tout lui semble normal. Ses vêtements sont éparpillés par terre et sur des chaises, ses livres s'empilent sur les étagères, et l'horloge, accrochée au mur, lui lance un regard noir. Iris fronce alors les sourcils. Les couteaux de cuisine sont posés sur la commode, au milieu de bijoux et de produits de maquillage.

Brusquement, elle se redresse et remonte la couette sur sa poitrine. Comment a-t-elle pu oublier ? Voilà l'effet du sommeil : il raye de votre esprit ce qui vous préoccupe le plus. Iris tend l'oreille. Rien. Un sifflement dans la tuyauterie, le murmure confus d'un téléviseur dans l'appartement du dessous, une voiture dans la rue. Puis elle perçoit un curieux grattement, tout près de sa tête. Le bruit s'arrête un instant et reprend.

Iris fait basculer une jambe, puis l'autre, et enfile sa robe de chambre. Sur la pointe des pieds, elle sort dans le couloir et s'immobilise devant la porte de la chambre d'appoint. Le bruit est plus fort. Iris lève la main, hésite, puis se force à frapper. Le raclement cesse soudain. Silence. Iris frappe une deuxième fois, plus fort, avec ses jointures. De nouveau le silence. Quelques pas, puis le silence. « Esme ? appelle Iris.

— Oui ? »

La réponse est immédiate et si distincte qu'Iris se rend compte qu'Esme doit se tenir juste derrière la porte.

Elle hésite alors. « Puis-je entrer ? »

Des pas vifs se font entendre. « Oui. »

S'attendant à voir la porte s'ouvrir, Iris patiente. Comme rien ne se produit, elle tourne lentement la poignée. « Bonjour », dit-elle sur un ton qu'elle espère enjoué, un ton qui ne trahit pas son appréhension. Que va-t-elle trouver derrière cette porte ?

Debout au milieu de la pièce, Esme est tout habillée, les cheveux brossés et soigneusement attachés sur un côté. Pour une raison ou une autre, elle porte son manteau, boutonné jusqu'au cou. Près d'elle, un fauteuil qu'elle a dû pousser. Iris constate avec stupéfaction qu'une frayeur absolue, navrante, se lit sur ses traits.

On dirait qu'Esme s'attend à recevoir des coups. Interloquée, Iris ne sait que dire et tripote la ceinture de sa robe de chambre.

« Avez-vous bien dormi ? demande-t-elle.

— Oui, merci. »

L'expression d'Esme trahit encore la peur, l'incertitude. D'une main, elle triture un bouton de son manteau. Sait-elle où elle se trouve ? se demande Iris. Sait-elle qui je suis ?

« Vous êtes..., commence-t-elle. Vous avez quitté Cauldstone et vous vous trouvez chez moi. Lauder Road. »

Esme fronce les sourcils. « Je sais. Le grenier. La chambre de la domestique.

— Oui, confirme Iris, soulagée. Oui. Nous allons vous chercher un lieu d'hébergement, mais... mais nous sommes aujourd'hui samedi, si bien qu'il va falloir attendre lundi... » Elle laisse sa voix se perdre en remarquant les éléphants en ivoire alignés sur la petite table de chevet, alors qu'ils étaient auparavant dans la salle de séjour. Esme a-t-elle erré dans l'appartement toute la nuit pour déplacer des objets ?

« Lundi ? répète Esme pour l'encourager à poursuivre.

— Je vais passer des coups de fil », lâche Iris d'un ton distrait tout en faisant un rapide inventaire de la chambre pour repérer d'autres changements. Mais elle ne voit qu'une brosse à cheveux, trois pinces, un mouchoir, une brosse à dents et le peigne en écaille. Il y a de la dignité dans la manière dont ces articles sont disposés. Iris se dit soudain que ce sont sans doute là les seules possessions d'Esme.

Elle se retourne. « Je vais préparer le petit déjeuner. »

Une fois dans la cuisine, elle emplit la bouilloire, sort le beurre du réfrigérateur, fait griller du pain. Il lui paraît étrange de répéter ces gestes quotidiens comme si rien n'avait changé. Alors qu'une folle va passer tout le week-end chez elle. À un moment donné, elle pivote pour s'assurer de sa présence. Et elle est bien là. Esme, la grand-tante oubliée, assise à sa table, en train de caresser la tête du chien.

« Est-ce que vous vivez seule ? » lui demande-t-elle.

Iris réprime un soupir. Comment s'est-elle débrouillée pour en arriver là ? « Oui, répond-elle.

— Complètement seule ? »

Après s'être assise, Iris tend à Esme une assiette avec un toast. « Bon, il y a le chien. Mais, en dehors de lui, oui, je vis seule. »

D'un geste rapide, Esme effleure le toast, l'assiette, le bord de la table, la serviette. Puis elle regarde la table, la confiture, le beurre, les tasses de thé, comme si elle voyait tout cela pour la première fois de sa vie. Enfin, elle attrape un couteau et le tourne dans sa main.

« Je m'en souviens. Ils venaient de chez Jenners, dans un coffret tapissé de velours.

— Ah bon ? » Iris regarde le vieux couteau au manche en os décoloré. Elle ignore totalement comment il s'est retrouvé chez elle.

« Et vous travaillez ? » reprend Esme en étalant du beurre sur son toast.

Tout ce qu'elle fait, observe Iris, trahit une curieuse espèce de vénération. À quel point est-elle folle ? se demande la jeune femme. Comment mesure-t-on ces choses-là ? « Bien sûr. J'ai en ce moment ma propre petite affaire. »

Esme lève les yeux, qu'elle fixait sur l'étiquette du pot de confiture. « C'est merveilleux », souffle-t-elle.

Surprise, Iris se met à rire. « Eh bien, je n'en suis pas sûre. Ça ne me paraît pas merveilleux du tout.

— Ah bon ?

— Non. Pas toujours. Pendant un moment, j'ai été traductrice dans une grande société de Glasgow, mais je détestais ça. Ensuite, j'ai voyagé, parcouru le monde, comme on dit, en étant serveuse ici et là pour gagner ma vie. Et j'ai fini par ouvrir un magasin. »

Esme coupe son toast en petits triangles réguliers. « Vous n'êtes pas mariée ? »

Iris secoue la tête, la bouche pleine. « Non.

— Vous ne vous êtes jamais mariée ?

— Non.

— Et les gens n'y trouvent pas à redire ?

— Quel gens ?

— Votre famille. »

Iris doit réfléchir un instant. « Je ne sais pas ce qu'en pense ma mère. Je ne le lui ai jamais demandé.

— Avez-vous des amants ? »

Iris tousse et s'étrangle en buvant son thé.

Esme paraît déconcertée. « Est-ce impoli de vous poser cette question ?

— Non… enfin, oui, ça peut l'être. Moi, ça ne me dérange pas, mais certaines personnes pourraient s'en offusquer. » Elle avale une gorgée. « Oui… j'ai eu… oui, j'en ai.

— Et vous les aimez, ces amants ?

— Hum. » Iris fronce les sourcils et jette par terre une croûte de pain pour le chien, qui fonce dessus en faisant cliqueter ses griffes sur le linoléum. « Je… je ne sais pas. » Elle se verse du thé et essaie d'y réfléchir. « En fait, si je le sais. J'en ai aimé certains et pas d'autres. »

Lorsqu'elle regarde Esme, assise de l'autre côté de la table, elle tente de l'imaginer à son âge. Avec ces pommettes et ces yeux, elle devait être belle, mais, déjà, elle avait passé la moitié de sa vie dans un hôpital psychiatrique.

« Il y a un homme en ce moment, se surprend-elle à dire, stupéfaite, car personne n'est au courant à l'exception d'Alex, et elle entend qu'il en aille ainsi. Mais… c'est compliqué.

— Oh ! » Esme la regarde droit dans les yeux.

Iris détourne le regard, se lève, passe la main sur sa robe de chambre pour en ôter les miettes, dépose les assiettes sales sur la paillasse et constate que la pendule du four n'indique que neuf heures du matin. Il va falloir occuper Esme pendant douze, voire treize heures avant de pouvoir décemment l'envoyer se coucher. Que va-t-elle en faire pendant tout le week-end ?

« Bon, dit-elle en se retournant. Je ne sais pas ce que vous aimeriez faire aujourd'hui. Y a-t-il quelque chose… »

Esme regarde de nouveau le manche en os du couteau qu'elle tourne et retourne dans sa main. Iris espère de sa part une suggestion, qui, bien sûr, ne vient pas.

« Nous pourrions… » Iris essaie de réfléchir. « … faire une balade en voiture. Si vous voulez. En ville. Ou aller marcher quelque part. Peut-être auriez-vous envie de revoir des endroits que vous… » Toute conviction l'abandonne. Soudain, une idée lui éclaire le visage. « Nous pourrions aller voir votre sœur. Les heures de visites sont de…

— La mer, dit Esme en posant le couteau. J'aimerais que vous m'emmeniez au bord de la mer. »

Le souffle haletant, Esme avance dans la mer et affronte les vagues au-delà de l'endroit où elles se brisent, dans ce no man's land étrange où il n'y a plus d'écume. Autour de ses jambes, elle sent l'étreinte glacée d'une eau agitée.

À un moment donné, elle se tourne vers la terre et aperçoit la courbe de Canty Bay, le sable jaune-brun, ses parents sur une couverture, sa grand-mère assise bien droite sur une chaise pliante, Kitty debout à côté d'eux, qui regarde la mer, s'abritant les yeux d'une main. Son père lui fait signe de revenir au bord. Elle fait semblant de ne pas le voir.

Une vague arrive, forcit, aspire toute l'eau qui l'entoure, fonce vers Esme sans bruit, muraille imperturbable surgie de l'océan. Esme rassemble ses forces, se sent délicieusement soulevée, flotte, s'élève vers le ciel, puis, lorsque la vague se retire, retombe avec délicatesse. Elle observe le rouleau qui se brise en se précipitant sur le sable dans un déferlement de blancheur. Kitty agite la main pour saluer quelqu'un, et Esme remarque que des mèches de cheveux se sont échappées de son bonnet de bain.

Ils ont loué une maison à North Berwick pour l'été. C'est ce qui se fait, leur a expliqué leur grand-mère. Elle doit s'assurer, a-t-elle ajouté, que Kitty et Esme rencontrent « des gens comme il faut ». On les emmène à des cours de golf, qu'Esme déteste au plus haut point, à des thés dansants au Pavillon, auxquels Esme se rend toujours en prenant la précaution d'emporter un livre, et, tous les après-midi, leur grand-mère les oblige à revêtir leurs plus beaux habits et à arpenter le front de mer en saluant les passants. Surtout les familles qui ont des fils. Esme refuse de se plier à ces promenades ridicules qui lui donnent l'impression d'être un cheval de cirque. Fait curieux, Kitty les adore. Elle passe des heures à se préparer, se brosse les cheveux, s'oint le visage de crème, orne ses gants de rubans. Pourquoi est-ce que tu fais ça ? lui a demandé Esme la veille, pendant que sa sœur, assise devant son miroir, se pinçait les joues à plusieurs reprises. Sans un mot, Kitty s'est levée de son tabouret et a quitté la pièce. Sa grand-mère ne cesse d'affirmer qu'Esme ne trouvera jamais de mari si elle ne change pas de comportement. Quand elle le lui a répété la veille au petit déjeuner, Esme a rétorqué « tant mieux », et a dû finir de manger dans la cuisine.

Une autre vague arrive, une autre encore. Esme voit que sa grand-mère a sorti son tricot, que son père lit un journal. Kitty parle à des gens. Une mère accompagnée de ses deux fils, à ce qu'il semble. Esme fronce les sourcils, incapable de comprendre sa sœur. Les fils sont patauds, avec de grosses paluches, et hésitent à répondre aux questions empressées de Kitty. Qu'est-ce que Kitty peut bien trouver à leur dire ? Esme est sur le point de l'appeler pour l'engager à venir nager avec elle quand un changement se produit. Le courant froid, au fond de l'eau, pousse sur ses jambes, l'entraîne à une vitesse vertigineuse vers le large. Esme s'efforce de résister, de nager vers le rivage, mais elle a l'impression d'avoir les membres enchaînés. Un rugissement s'élève, comme si un orage était imminent. Elle se retourne.

Derrière elle se dresse une muraille d'eau verte dont la crête déferle. Esme ouvre la bouche pour hurler, mais quelque chose de lourd lui heurte la tête, et elle se sent aspirée au fond. Elle ne voit plus qu'une masse verdâtre, une eau amère lui emplit la bouche et les poumons. Pendant qu'elle se débat, elle ne sait plus où est la surface, ni dans quelle direction elle doit s'efforcer d'aller. Quelque chose lui heurte le crâne, quelque chose de dur qui lui referme la mâchoire d'un coup sec, et elle se rend compte qu'elle a touché le fond, qu'elle est tête en bas, telle sainte Catherine condamnée au supplice de la roue. Son sens de l'orientation ne dure toutefois qu'une seconde, car elle est précipitée en avant, en bas, entraînée au plus fort de la vague. Du sable et des cailloux lui éraflent le ventre. De toutes ses forces, elle repousse le fond à deux mains et, miraculeusement, sa tête troue la surface.

La lumière blanche lui fait mal aux yeux. Les cris funèbres des mouettes lui parviennent, ainsi que la voix de sa mère, qui parle de jambon fumé. Avec avidité, Esme avale de l'air. Lorsqu'elle baisse les yeux, elle s'aperçoit qu'elle est agenouillée dans une eau peu profonde. Elle a perdu son bonnet de bain et ses cheveux lui collent à la nuque en une corde mouillée. De minuscules vaguelettes la contournent pour courir vers le rivage. Une douleur cuisante au front la pousse à y porter les doigts et, quand elle les regarde, ils sont tachés de sang.

Maladroitement, elle se redresse. Des cailloux pointus lui meurtrissent la plante des pieds, si bien qu'elle manque trébucher, mais réussit à garder l'équilibre. Elle lève la tête vers la plage. Seront-ils fâchés ? Lui rappelleront-ils qu'ils lui avaient recommandé de ne pas s'éloigner du bord ?

Toute la famille est rassemblée sur la couverture et se passe des sandwichs et des tranches de viande froide. Les aiguilles à tricoter de sa grand-mère cliquettent, la laine s'enroule tout autour. Son père s'est protégé la tête avec un mouchoir. Et elle se voit parmi eux, sur la couverture. Kitty est là, en maillot rayé, le bonnet de bain enfoncé jusqu'aux sourcils, et Esme est assise à côté d'elle. À côté de sa sœur, dans le même maillot, et attrape la cuisse de poulet froid que lui tend sa mère.

Esme regarde fixement la scène qui tremble et semble se dissoudre. Elle a l'impression d'être fortement attirée là-bas, comme par un aimant, comme si elle était toujours la proie de la vague, et pourtant elle sait qu'elle est immobile à présent, au bord de l'eau. Après avoir pressé une main sur ses yeux, elle regarde de nouveau.

Elle, ou la personne qui lui ressemble, a croisé les jambes. Son costume de bain a le même accroc à l'épaule que le sien, et Esme, qui connaît la sensation que procure la laine grossière de la couverture contre la peau nue, la manière dont les tiges pointues de gourbet, derrière eux, percent les vêtements, l'éprouve en ce moment. Mais comment est-ce possible puisqu'elle se trouve dans l'eau ?

Pour se prouver qu'elle est bien là, qu'elle n'est pas devenue quelqu'un d'autre, elle baisse les yeux. Une vague minuscule, inoffensive, lui lèche les chevilles. Quand elle relève les yeux, la vision a disparu.

Si elle est vraiment dans l'eau, que faisait-elle sur la couverture ? S'est-elle noyée, et, dans ce cas, qui est cette personne qui lui ressemble ?

Je suis ici, a-t-elle envie de crier, c'est moi.

Et, dans sa vie présente, réelle, voilà qu'elle est revenue à Canty Bay. Le ciel est au-dessus de sa tête, le sable sous ses pieds et la mer s'étend devant elle. La scène est très simple. Factuelle, inéluctable, sans équivoque.

Aujourd'hui, la mer est d'un calme étrange. Au bord, des petites vagues vertes s'effondrent, refluent et, plus loin, la surface de l'eau se soulève, s'étire comme si, tout au fond, quelque chose remuait.

Dans une minute, Esme pense se tourner vers le rivage. Mais elle hésite car elle ne sait pas ce qu'elle verra. Sa famille sur la couverture écossaise ? Ou la fille, Iris, assise sur le sable, en train de l'observer ? À moins qu'elle ne se voie ? Et alors, de quel soi s'agira-t-il ? Difficile à dire.

Esme se retourne. Le vent s'empare de ses cheveux, les soulève de sa tête, lui plaque des mèches sur le visage. La fille est là, assise sur le sable, jambes croisées, comme Esme s'y attendait, et l'observe avec son expression légèrement anxieuse. Non, Esme se trompe. Ce n'est pas elle que cette fille regarde, mais l'horizon, derrière elle. Esme voit bien qu'elle pense à l'amant.

À ses yeux, cette fille est remarquable. Un prodige.

Toute sa famille – elle-même, Kitty, Hugo, tous les autres bébés et ses parents – se résume à présent à cette fille, la seule qui reste. Ils se sont tous réduits à cette brune assise sur le sable, qui ignore que ses mains, ses yeux, sa façon de pencher la tête, le mouvement de ses cheveux sont ceux de la mère d'Esme. Nous ne sommes que des vaisseaux par lesquels circulent des identités, songe Esme : on nous transmet des traits, des gestes, des habitudes, et nous les transmettons à notre tour. Rien ne nous appartient en propre. Nous venons au monde en tant qu'anagrammes de nos ancêtres.

Esme pivote vers la mer, vers la mélopée des mouettes, vers la tête de monstre que dresse Bass Rock[1], seules choses qui n'ont pas changé. Ses pieds raclent le sable, créent vallées et montagnes miniatures. Plus que tout, elle aimerait nager. Il paraît que ça ne s'oublie jamais. Elle aimerait le vérifier. Elle aimerait s'immerger dans les eaux froides, immuables du Firth of Forth, sentir la poussée incessante des courants qui jouent sous ses pieds. Mais elle redoute d'effrayer la fille. Esme fait peur – ça, au moins, elle l'a compris. Peut-être devra-t-elle se résigner à n'enlever que ses chaussures.

Le portable d'Iris sonne pendant qu'elle observe Esme au bord de la mer. « Luke » clignote sur l'écran.

« Salut.

— Iris ? C'est toi ?

— Ouais. Comment tu vas ? Bien ? Tu as une drôle de voix.

— Je... je me sens un peu bizarre. »

Elle fronce les sourcils. « Pardon ?

1. Îlot de l'estuaire du Forth.

— Je pense… » Luke soupire et, derrière lui, elle entend le bruit de la circulation, un klaxon insistant, et comprend qu'il est sorti de chez lui pour téléphoner. « Écoute, je vais le dire à Gina. Je vais lui en parler aujourd'hui.

— Non, Luke, s'il te plaît. » Affolée, Iris se redresse, rigide, sur la couverture.

« Il le faut. Je crois qu'il le faut.

— Non. Tu n'es pas obligé. Luke, ne fais pas ça. Du moins, pas aujourd'hui. Tu me le promets ? »

Au bout du fil, il y a un silence. Iris se force à ne pas hurler : ne fais pas ça !

« Mais je… je croyais que tu… » La voix de Luke est tendue, neutre. « Je croyais que tu voulais qu'on reste ensemble. »

Iris se passe le bout des doigts dans les cheveux. « Ce n'est pas que je ne le veux pas », commence-t-elle sans savoir où elle va. Car si Luke quittait sa femme, ce serait une catastrophe. C'est bien la dernière chose qu'elle souhaite. « C'est juste que… » Elle essaie de trouver la suite. « … je ne veux pas que tu la quittes à cause de moi. » Sa phrase enfin terminée, elle creuse des sillons dans le sable à coups de pied furieux. Le silence lui répond. Elle n'entend même pas la respiration de Luke, seule la circulation rugit et ronfle. « Luke, tu es toujours là ? »

Il tousse. « Oui.

— Écoute, ce n'est pas le genre de conversation qu'on devrait avoir au téléphone. Je crois que nous devrions en parler sérieusement avant que tu…

— Ça fait des jours et des jours que j'essaie de t'en parler.

— Je sais, je…

— Je peux passer ?

— Hum. Non. »

Elle l'entend soupirer de nouveau. « Iris, s'il te plaît. Je peux venir tout de suite et…

— Je ne suis pas chez moi. Je suis au bord de la mer avec ma grand-tante.

— Ta… » Luke s'interrompt. « Tu veux parler de la bonne femme de Cauldstone ? » Son ton a changé.

« Oui.

— Iris, qu'est-ce que tu fabriques avec elle ? » lance-t-il de sa nouvelle voix autoritaire qui donne à Iris envie de rire. L'espace d'un instant, elle imagine Luke en train de plaider au tribunal. « Et puis, comment ça, tu es au bord de la mer ? Est-ce qu'il y a quelqu'un d'autre avec toi ?

— Calme-toi, s'il te plaît, Luke. Tout va bien. »

Il prend une profonde inspiration, et elle se rend compte qu'il essaie de se maîtriser. « Iris, c'est sérieux. Est-ce qu'elle est à côté de toi en ce moment ? Pourquoi est-elle avec toi ? Je croyais qu'elle allait dans un foyer. »

Iris ne répond pas. Sur la ligne, le silence est ponctué par le vrombissement d'une moto lointaine. Iris balaie du regard Canty Bay. Le chien s'est éloigné et flaire un banc d'algues. Esme se baisse pour examiner quelque chose sur le sable.

« C'est idiot de l'avoir prise avec toi, dit Luke. Parfaitement idiot. Iris, tu m'écoutes ? Tu éprouves toujours le besoin de céder à la première idée qui te passe par la tête. Ce n'est pas une façon de vivre ta vie. Tu ne soupçonnes pas la stupidité de ces élans. Si tu exerçais une profession à responsabilités, peut-être, et je dis bien peut-être, pourrais-tu arriver à… »

Iris cille et a du mal à savoir où elle en est. La voilà à Canty Bay. Luke parle toujours au bout du fil. Le chien fixe une mouette posée sur un rocher. Et sa parente âgée entre dans l'eau tout habillée.

« Esme ! hurle Iris en se levant à grand-peine. Esme, non ! » Puis elle dit dans l'appareil, avant de le lâcher : « Il faut que j'y aille. » Tout en hurlant de nouveau : « Esme ! », elle descend sur la plage.

Sans savoir si la vieille femme peut l'entendre, Iris file sur le sable. Esme va-t-elle se mettre à nager ? Va-t-elle…

Quand Iris arrive au bord de l'eau, Esme avance sur le sable mouillé luisant, et de minuscules vagues se brisent autour de ses chevilles nues. D'une main, elle tient ses chaussures, de l'autre l'ourlet de sa jupe.

« C'est très intéressant, vous ne trouvez pas ? dit-elle. La neuvième vague est la plus grosse, la plus forte. Je n'ai jamais compris ce processus. D'ailleurs, peut-être ne s'agit-il pas d'un processus, mais d'autre chose. »

Iris se penche en avant pour essayer de reprendre son souffle.

« Ça va ? » lui demande Esme.

La fille l'emmène déjeuner dans un café situé à l'extrême pointe de North Berwick. Elles s'installent dehors, sur une terrasse en planches, et Iris lui badigeonne de beurre sa pomme de terre cuite au four. Amusée, Esme constate qu'elle le fait sans lui avoir posé la question, mais ça ne la dérange pas. Les mouettes déchirent l'air marin de leurs cris.

« Quand j'étais petite, je venais à la piscine ici », dit Iris en tendant la fourchette à Esme.

Une nouvelle fois, Esme doit réprimer un sourire. Puis, quand elle s'aperçoit qu'Iris regarde les lignes qui s'entrecroisent sur son bras, elle attrape la fourchette et tourne le bras de sorte que les marques, bouches blanches pincées, sont dirigées vers le sol. Brièvement, elle entre dans le zootrope, entrevoit Kitty sur leur balançoire, en Inde, leur mère allongée sur le lit de

Lauder Road. Mais elle se rappelle alors qu'elle doit faire la conversation et s'arrache à ces visions. « Ah bon ? J'en ai toujours eu envie, mais nous n'y sommes jamais allées. Ma mère n'aimait pas les piscines publiques. »

Esme regarde la surface lisse de béton coulé sur la piscine, puis les autres tables. C'est samedi, les gens déjeunent au soleil. La vie peut-elle être aussi simple ?

Iris se penche sur la table. « Que vous est-il arrivé là-bas… à Cauldstone ? Qu'est-ce qu'ils vous ont fait ? »

Son ton est gentil, pressant. Si Esme ne lui en veut pas de poser la question, elle se sent néanmoins tressaillir. Cauldstone ne va pas avec cet endroit, cette terrasse donnant sur la mer. Comment en parler ici ? Comment essayer d'y réfléchir ? Impossible même d'exprimer ces choses dans une phrase. Elle ne saurait pas par où commencer.

Lorsqu'elle porte la nourriture à sa bouche, elle constate qu'elle ne peut plus s'arrêter et qu'elle enfourne bouchée sur bouchée de pomme de terre moelleuse, chaude entre ses dents jusqu'au moment où ses joues sont pleines et sa langue ne peut plus bouger.

« Nous avons habité ici quelque temps après la mort de mon père », reprend Iris.

Esme doit avaler une fois, deux fois avant de pouvoir parler, et ça lui fait mal à la gorge. « Comment est-il mort ? demande-t-elle.

— Oh ! c'était vraiment bête. Un accident stupide. Il est entré à l'hôpital pour une opération banale et on lui a administré une substance à laquelle il était allergique. Il était jeune, il n'avait que trente et un ans. »

Des fragments de cette scène surgissent à l'esprit d'Esme. Elle se dit qu'elle l'a vue, ou a vu quelque chose qui y ressemblait. Quand ? Elle ne s'en souvient pas. Mais elle se rappelle les convulsions, le corps qui se débat, la langue pendante, puis l'horrible silence.

Pour se débarrasser de ces visions, elle doit se concentrer sur son assiette.

« C'est très triste », dit-elle. Prononcer les mots est une bonne chose qui lui ôte de l'esprit le souci de former des syllabes.

« Mes parents étaient déjà séparés quand il est mort. Je ne le voyais donc plus beaucoup. N'empêche qu'il me manque encore. La semaine prochaine, il aurait fêté son anniversaire. »

Iris verse l'eau d'une bouteille dans les deux verres, et Esme est surprise de voir des milliers de petites bulles monter à la surface, s'accrocher aux parois. Elle attrape son verre et le porte à son oreille. Les bulles éclatent avec un bruit minuscule. En voyant qu'Iris la regarde d'un air affolé, elle pose son verre.

« Quel jour ? demande Esme pour meubler la conversation, pour rassurer Iris.

— Pardon ? » Elle a encore l'air inquiet, mais moins.

« Quand tombe l'anniversaire de votre père ?

— Le 28. »

Esme tendait déjà la main vers le verre d'eau, mais quelque chose l'arrête. Ces chiffres lui apparaissent. Le 2 au cou de cygne, les deux ronds du 8. Inversés, ils donnent 82. Si on ajoute un zéro, ça peut faire 280, 820, 208, 802. Ils se multiplient et s'alignent dans sa tête, son esprit en est gorgé, des séries et des séries de 2 et de 8.

Pour s'en débarrasser, elle est obligée de se lever et de s'avancer vers la balustrade et, une fois là, elle voit une masse de rochers noirs pointus sous l'avancée en planches où tout le monde est assis au soleil.

... rendu compte que j'ignorais totalement quand tombait l'anniversaire de mariage de mes parents. J'aurais dû demander à maman. Ils ne le fêtaient pas, du moins, pas devant nous. Ils avaient dû se marier en

Inde, bien sûr, maman était une jeune fille des colonies, et papa venait de débarquer de la mère patrie. Une réception merveilleuse au club suivait la cérémonie. Tout le monde était là. Tous ceux qui comptaient. J'ai vu des photos, maman dans une belle robe en satin…

… et j'ai pris le sien, c'était aussi simple que ça, mais papa a dit que je ne devais jamais en parler, que…

… mon mari me l'a achetée, ou quelqu'un d'autre l'a fait à sa place, en tout cas, c'est lui qui l'a payée, l'idée devait donc venir de lui. Elle était très belle. Un cercle parfait de minuscules pierres taillées qui captaient joliment la lumière. On offre souvent une bague de fidélité à sa femme pour la naissance du premier enfant, m'a-t-il dit, et, alors que je me sentais ravie et touchée par ce cadeau, ces mots ont tout gâché. Le ton zélé qu'il prenait. Il aimait respecter les usages. Dans son bureau, il gardait une liste de choses qui se faisaient et la consultait souvent. Pour savoir quand il fallait offrir du papier, quand il fallait offrir de l'or, et ainsi de suite ; bon, de toute façon…

… on nous a emmenées chez un photographe de New Town, et on a essayé de nous coiffer de la même façon, ce qui, bien sûr, était une tâche ingrate, car elle avait des cheveux longs, rebelles, tout bouclés, bien différents des miens, qui se peignaient sans difficulté et restaient sagement en place, plaqués sur la tête. Nous avons posé longtemps, sans bouger. Pour les portraits de frères et sœurs, il était fréquent, me semble-t-il, que l'aîné soit assis et le cadet debout, derrière lui. Mais comme elle était beaucoup plus grande que moi, c'est elle qui était assise, tandis que je devais rester derrière elle, une main sur son épaule. Je l'ai toujours regretté car j'avais passé toute la matinée à amidonner les plis de ma robe et, bien entendu, on ne les voyait pas, du fait…

... cette robe de mariée en satin est revenue en Écosse avec nous. Un jour, maman nous a permis de l'essayer. Esme l'a enfilée la première parce qu'elle me faisait tellement envie que, au moment où maman a demandé laquelle de nous deux voulait commencer, aucun son n'est sorti de ma bouche. Quand Esme s'est regardée dans le miroir, elle a rejeté la tête en arrière et n'a pas pu s'arrêter de rire. La robe était bien trop courte sur elle. Avec ses longues jambes de girafe, l'effet était comique. Mais moi, je ne pouvais pas rire, car en voyant l'expression figée de maman j'ai compris qu'elle n'était pas contente de voir Esme se moquer de sa robe. Sur moi, elle était parfaite. Maman me l'a dit. Nous avons la même taille. Tu pourras la porter pour ton mariage, ma chérie, m'a dit maman. Esme était derrière nous, je la voyais dans le miroir, et elle a demandé : moi non ? Elle avait vraiment du toupet, parce que, bien entendu, elle n'aurait jamais pu la porter, alors maman l'a grondée, Esme la mettait souvent en boule...

... quand j'ai entendu les hurlements, j'ai enroulé ma corde à sauter et je suis arrivée en courant. Elle s'était écroulée sur la pelouse, et maman et papa la regardaient d'un air impuissant. Bon, j'avais plus l'habitude qu'eux. Je l'ai enlacée et je lui ai demandé : qu'y a-t-il ? dis-le-moi. De quoi s'agissait-il ? J'ai oublié. Avec elle, il y avait toujours quelque chose, toujours une raison, une raison curieuse, bien sûr, qu'on ne pouvait pas deviner. Avec elle, on ne savait jamais ce qui allait se passer d'une minute à l'autre. Je crois que c'est pour ça...

... lorsque le portrait est arrivé, maman a donné des ordres pour qu'Esme reste enfermée dans sa chambre toute la journée. Esme a l'air en colère dessus, furieuse, et lance un regard mauvais. Maman avait toutes les raisons d'être fâchée, naturellement, vu le prix de la photo. Et moi aussi, j'étais contrariée. J'avais passé toute la matinée à préparer mes vêtements, à me coiffer avec de l'eau et de l'huile de roses. Tout ça pour rien. Maman a dit que des parents sensés n'exposeraient jamais un tel portrait. Esme ne manifestait aucun remords. La chaise était très inconfortable, a-t-elle dit, il y avait deux ressorts qui me rentraient dans une jambe. Elle a toujours eu une sensibilité ridicule. Comme la princesse du conte de fées, gênée par un petit pois sous le matelas. Il y a un petit pois ? lui demandais-je quand je la voyais se tourner et se retourner dans le lit la nuit pour trouver une position confortable, et elle répondait : des cosses et des cosses…

… cette bague que Duncan m'avait offerte, je la portais. À l'annulaire, comme c'est la coutume pour les bagues de fidélité. Mais je ne la vois pas. Elle n'est plus là. Je tends les deux mains devant moi, juste pour m'en assurer. Non, elle n'est plus là, je le dis à la fille. Parce qu'il y a toujours une fille. Jamais très loin, qui vous surveille. Je vous demande pardon, dit-elle, et ce n'est pas qu'elle n'a pas entendu, je parle très distinctement, on me l'a souvent dit, mais qu'elle n'a pas écouté. Elle tripote un graphique sur le mur. Je répète à voix haute : ma bague, pour qu'elle voie bien que je ne plaisante pas. Elles sont parfois frivoles, ces filles. Sans se retourner de ce graphique, elle dit : oh, à votre place, je ne m'en soucierais pas maintenant. Ça m'énerve tant que je pivote sur mon siège et lui dis…

… des cosses et des cosses, et elle se tortillait pour essayer de trouver une bonne position, et ça me faisait rire. Dès qu'elle me voyait rire, elle recommençait de plus belle. Elle avait toujours eu ce don de vous faire rire, du moins jusqu'à…

*

Esme regarde les rochers pointus, les fixe tant qu'ils commencent à perdre leur troisième dimension et deviennent étranges, inconsistants. Tout comme des mots répétés sans fin se transforment en une suite de sons inarticulés. Elle y réfléchit et répète le mot « suite » dans sa tête jusqu'au moment où elle entend « tsui-tsui-tsui ». Ces chiffres, ce 2 et ce 8, essaient de trouver un interstice pour se glisser dans son esprit, elle le sent. Ils rôdaient à la périphérie, où elle les avait relégués, et ils préparent un assaut, une percée. Pas question qu'elle les laisse faire. Elle claque les portes, les verrouille, les ferme à clé. Les yeux rivés aux rochers, aux pointes crénelées, en bas de la terrasse, elle se creuse la tête pour trouver autre chose, car elle sait bien que les rochers et le mot « suite » ne vont pas marcher indéfiniment. Soudain, ses efforts sont récompensés. Le blazer surgit de nulle part. Vite, elle se demande si elle peut se permettre d'y penser maintenant, et se dit que oui.

Le blazer, le blazer. La sensation précise du feutre lui revient, le col qui grattait, l'horrible écusson brodé sur la poche. Elle n'a jamais aimé l'école. Ce qu'elle aimait, c'était travailler, les cours, les professeurs. Si seulement il n'y avait eu que ça, et pas ces hordes de filles qui passaient leur temps à se coiffer et à se recoiffer, et à pouffer dans leurs mains. Elles étaient insupportables.

Hors de danger à présent, Esme se détourne des rochers en gardant quand même une main sur la balustrade en bois. On ne sait jamais. Elle voit les maisons alignées sur la route de la plage. Elle voit la fille, Iris, assise jambes croisées à la table, et trouve curieux d'avoir elle-même été assise là, un instant plus tôt. Elle voit qu'elle a occupé la chaise, qui est toujours la sienne, de côté par rapport à la table sur laquelle il y a son assiette avec une moitié de pomme de terre. Curieux comme il est facile de se lever de table, d'abandonner son assiette sans que personne ne vous en empêche, ça ne leur viendrait pas à l'idée.

Cette pensée la fait sourire. Dans un recoin de son esprit, l'école la titille toujours. Ces filles qui gloussaient, pouffaient, riaient derrière son dos, et s'arrêtaient dès qu'elle se retournait. D'ailleurs, elle s'en fichait, vraiment, elle ne s'intéressait ni à elles ni à leurs week-ends de chasse à la grouse, à leurs bals de débutantes, aux petits mots glissés par les grands élèves de l'école de garçons. En écoutant les professeurs, elle pouvait oublier le reste, sachant que ses notes étaient bonnes, presque les meilleures de toutes. Mais, certains jours, les filles la fatiguaient. Parle-nous de l'Inde, Esme, entonnaient-elles en allongeant ce mot sans qu'Esme comprenne pourquoi. Tout ça parce que, au début, elle avait cru leur intérêt sincère et avait décrit la poussière jaune de mimosa, les ailes irisées des libellules, les cornes en croissant du bétail à museau noir. Il lui avait fallu plusieurs minutes pour remarquer le rire qu'elles étouffaient toutes dans leur manche.

Ce rire. Il éclatait derrière elle pendant les cours, la suivait comme une traîne lorsqu'elle longeait un couloir. Esme n'a jamais vraiment compris ce qui déclenchait une telle hilarité. Est-ce que tes cheveux frisent naturellement ? lui demandaient-elles avant de se mettre à pouffer. Ta mère porte un sari ? Tu manges du curry chez toi ? Qui te coud tes vêtements ? Quand tu quitteras l'école, tu seras une vieille fille, comme ta sœur ?

C'en était trop. Là, Esme s'était retournée, avait attrapé le rapporteur de Catriona McFarlane, grande prêtresse du club des rires sous cape, et l'avait pointé sur elle telle une baguette divinatoire. « Tu sais ce que tu es, Catriona McFarlane ? avait-elle lâché. Tu es une triste créature. Tu as mauvais esprit, tu es sans cœur. Tu vas mourir dans la solitude. Tu m'entends ? »

Catriona en était restée bouche bée et, sans lui laisser le temps de répliquer, Esme s'était éloignée.

Sur la terrasse en planches, cette fille, Iris, s'agite sur son siège. Un peu mal à l'aise. Esme l'aurait-elle dévisagée ? Elle n'en est pas sûre. Deux tasses de thé lâchant de la vapeur sont apparues sur la table. Iris en tient une à deux mains et boit, ce qui fait sourire Esme parce que c'est une chose que sa mère n'aurait jamais tolérée, or Iris lui ressemble tellement. On dirait qu'Esme revoit sa mère dans quelque au-delà idyllique, avec une nouvelle coiffure, en train de se relaxer au soleil et de porter à sa bouche une tasse tenue avec dix doigts écartés. De nouveau, Esme sourit et abat sa main sur la balustrade.

C'est Catriona qui a échangé les blazers. Elle en est certaine. Et la seule personne qui aurait pu le dire était…

La fille se penche en avant pour dire quelque chose, et la vision de la mère d'Esme goûtant une tasse de thé céleste s'efface. Il n'y a plus que la fille, Iris, et elle, dans un café, au bord de la mer, et le reste remonte à une éternité. Elle ne doit pas l'oublier.

Mais elle est certaine que c'était Catriona. Ce soir-là, quand Esme arriva au vestiaire, il était bondé de filles qui attrapaient chapeaux et manteaux sur les patères. Une fois dans le couloir, elle eut du mal à enfiler le blazer, à pousser un bras dans une manche, à trouver la seconde. Ça ne marchait pas. Comme elle n'y arrivait pas, elle posa son cartable et essaya une nouvelle fois, mais ses doigts glissaient sur la doublure sans trouver le trou de la manche. Plus tard, elle se persuadera d'avoir aperçu au loin, vaguement, Catriona qui filait dans le couloir. D'un geste violent, Esme ôta la première manche et examina cette horrible veste. D'ailleurs, elle ne voyait pas pourquoi elle était obligée de la porter. S'était-elle trompée ? Le blazer ressemblait bien au sien, mais ils se ressemblaient tous. Il y avait son nom, E. LENNOX, cousu à l'intérieur du col. Esme força les deux bras en même temps dans les manches et tira pour enfiler le blazer.

L'effet fut immédiat. Elle ne pouvait plus bouger, et à peine respirer. Tendu sur ses épaules, le feutre lui immobilisait les bras sur les côtés, lui pinçait les aisselles. Les manches trop courtes découvraient ses poignets osseux. Cette veste ressemblait à son blazer, le nom l'attestait, mais ce n'était pas le sien. Il ne fermait pas sur sa poitrine. Deux filles plus jeunes lui jetèrent un regard étonné en passant.

Quand Esme revient s'asseoir, Iris lui dit en désignant la tasse : « J'ai commandé du café, mais vous préférez peut-être du thé ? »

Esme regarde le café qui déborde de mousse blanche. Une cuillère en argent est posée au creux de la soucoupe. Et il y a aussi un petit gâteau sec. D'ordinaire, Esme ne boit ni thé ni café, mais, aujourd'hui, elle décide de faire une exception. Elle referme une main, puis l'autre, sur la porcelaine brûlante. « Non, le café me va très bien. »

Quand elle descendit du tram, Kitty l'attendait, appuyée contre le mur, au coin de la rue.

« Qu'est-ce qu'il y a ? demanda-t-elle en voyant approcher Esme.

— Ce n'est pas mon fichu blazer, marmonna Esme en continuant à marcher.

— Ne dis pas de gros mots. » Kitty lui emboîta le pas. « Tu es sûre ? On dirait pourtant le tien.

— Ce n'est pas le mien, je t'assure. Une idiote a fait l'échange, je ne sais pas… »

Kitty retourna le col. « Il y a ton nom.

— Enfin, regarde ! » Esme s'arrêta au milieu du trottoir et tendit les bras. Les manches arrivaient juste sous les coudes. « Bien sûr que ce n'est pas le mien.

— Tu as grandi, voilà tout. Tu as tellement grandi ces derniers temps.

— Ce matin, il m'allait. »

Elles s'engagèrent dans Lauder Road. Les réverbères étaient allumés, comme tous les jours à cette heure-là, et l'allumeur passait de l'autre côté de la rue, sa perche sur l'épaule. Le champ visuel d'Esme semblait se rétrécir et elle craignait de s'évanouir.

« Oh ! je déteste ça… je déteste vraiment ça ! s'écria-t-elle.

— Quoi ?

— Ça. J'ai l'impression d'attendre quelque chose qui ne viendra peut-être jamais. »

Perplexe, Kitty s'immobilisa pour la dévisager. « Qu'est-ce que tu racontes ? »

Esme s'affaissa sur un muret de jardin, jeta son cartable par terre et regarda la flamme jaune du gaz. « Je ne sais pas au juste. »

Du bout du pied, Kitty racla le trottoir. « Écoute, je voulais te prévenir… M. McFarlane est passé à la maison. Maman est furieuse contre toi. Il dit… il dit que tu as prononcé une malédiction contre sa fille. »

Esme considéra sa sœur, puis se mit à rire.

« Ça n'a rien de drôle, Esme. Il était vraiment en colère. Maman a dit que, à notre retour, tu devrais attendre papa dans son bureau. D'après M. McFarlane, tu as prédit la mort de Catriona. Tu lui as sauté dessus comme une forcenée et tu lui as jeté un sort.

— "Jeté un sort" ? » Esme s'esclaffait toujours et s'essuya les yeux. « Si seulement j'en étais capable ! »

Après le déjeuner, Iris et Esme descendent le sentier qui mène au village. Le vent les assaille de toutes parts et, frissonnante, Iris boutonne sa veste et voit qu'Esme se penche, tête en avant, pour mieux lutter. Son comportement ne paraît pas tout à fait normal, songe Iris. Sans aller jusqu'à imaginer qu'elle a été enfermée la plus grande partie de sa vie, on sent que quelque chose – une certaine naïveté, un manque d'inhibition, peut-être – la met à part.

« Ah ! s'exclame-t-elle avec un grand sourire. Il y avait longtemps que je n'avais pas senti un tel vent. »

Elles passent devant des ruines saillant de l'herbe telles de vieilles dents. Esme s'arrête pour les examiner.

« C'était une abbaye », précise Iris en touchant du pied un mur bas croulant. Puis elle ajoute, en se rappelant ce qu'elle a lu un jour : « Le diable est censé s'être montré ici à une assemblée de sorcières et leur a expliqué comment jeter un sort au roi pour qu'il se noie. »

Esme se tourne vers elle. « C'est vrai ? »

Quelque peu décontenancée par sa véhémence, Iris tâche de n'en rien laisser paraître. « Bon, c'est ce que prétendait l'une d'elles.

— Mais pourquoi l'aurait-elle dit si ce n'était pas vrai ? »

Iris réfléchit un instant à la manière de formuler la chose, puis répond d'un ton prudent : « Je crois que les poucettes peuvent rendre quelqu'un très inventif.

— Oh ! Elles ont été torturées ? »

Iris s'éclaircit la gorge, ce qui la fait tousser. Pourquoi s'est-elle lancée dans cette conversation ? Qu'est-ce qui lui a pris ? « Je crois », marmonne-t-elle.

Esme longe l'un des murets en mettant un pied devant l'autre d'une démarche de marionnette, lente et saccadée. Arrivée à un angle, elle s'arrête. « Que sont-elles devenues ? demande-t-elle.

— Euh… je ne sais pas au juste. » Dans un effort désespéré pour changer de sujet, Iris jette un coup d'œil autour d'elle et, d'un grand geste, montre la mer. « Regardez ! Des bateaux ! Voulez-vous qu'on aille les voir ? »

Esme s'obstine. « Est-ce qu'on les a tuées ?

— Je… euh… c'est bien possible. » Iris se gratte la tête. « Voulez-vous aller voir les bateaux ? Ou manger une glace ? Ça vous dirait, une glace ? »

Esme se redresse, soupèse un caillou dans sa main. « Non. On les a brûlées vives ou étranglées ? Les sorcières étaient étranglées dans certaines régions écossaises, n'est-ce pas ? Ou enterrées vivantes. »

Iris réprime l'envie de se cacher la tête dans les mains. Au lieu de quoi, elle prend Esme par le bras et l'éloigne de l'ancienne abbaye. « Nous devrions peut-être rentrer à la maison. Qu'en pensez-vous ? »

Esme acquiesce. « Très bien. »

Prudente désormais, Iris tâche, pour regagner la voiture, de trouver un chemin qui leur évitera de passer devant tout site historique.

… un mot pour ça, je sais qu'il y en a un. Je le sais. Hier, je le connaissais. C'est un objet curieux, suspendu au plafond, une armature métallique sur laquelle est tendu un tissu violet. À l'intérieur, il y a une lampe. On l'allume avec un bouton sur le mur quand il fait sombre. Comment ça s'appelle ? Je suis sûre que je connais ce mot, j'arrive presque à le voir, il commence par…

… leen, Kathleen. Une femme se penche vers moi, trop près, elle tient une cuillère en bois. La cuillère est habillée avec une jupe et un tablier, des bouts de laine lui tiennent lieu de cheveux, et ses traits sont dessinés à l'encre, surtout un énorme sourire rouge. C'est une chose grotesque, horrible ! Pourquoi me la pose-t-elle sur les genoux ? Tout le monde en a une, je m'en aperçois, et je ne comprends pas pourquoi. Je ne peux que la jeter par terre. La jupe se retourne sur la tête de la cuillère et je vois son unique membre pâle lorsque je…

… alors maman s'est arrêtée au coin de la rue et l'a obligée à retourner chercher ses gants à la maison. À l'époque, il fallait toujours porter des gants, ça ne se faisait pas de sortir mains nues, surtout si on venait d'une famille comme la nôtre. Des gants en cuir, à votre taille, tout le monde connaissait sa taille. Elle a des doigts d'une longueur exceptionnelle, nous a dit le vendeur au rayon gants de Maule's. Une octave et demie, a-t-elle répondu en souriant. Il n'avait pas la moindre idée de ce dont elle parlait. Elle jouait bien du piano, mais était trop indisciplinée, d'après notre grand-mère. Mais maman l'a renvoyée à la maison pour prendre ses gants et attacher un bas qui glissait sur sa jambe et montrait la peau sous l'ourlet – ce qui, bien sûr, ne se faisait pas. Quand j'ai vu son expression orageuse, je l'ai accompagnée. Je n'en peux plus, je n'en peux plus, me répétait-elle sur le chemin, et elle marchait plus vite que d'habitude, si bien que je devais presque courir pour ne pas me laisser distancer. Toutes ces règles de conduite, ces règles ridicules, comment se les rappeler ? — Il s'agit seulement d'une paire de gants, lui ai-je répondu, d'ailleurs, je te l'ai dit au moment de partir. Mais elle était furieuse, elle prenait toujours le mors aux dents. Et, bien entendu, nous n'avons pas trouvé les gants. Ou nous n'en avons trouvé qu'un, je ne me rappelle plus. Je sais que nous avons regardé partout. Je ne peux pas y veiller sans cesse, lui ai-je dit pendant que nous cherchions, parce qu'elle perdait invariablement l'un ou l'autre, et que c'était à moi de faire attention à ses affaires en plus des miennes, et que je commençais à…

… DA-DI, da-da-da-da-da-di, di-di-di, di-di-di, DA-DI, da-da-da-da-di. Chopin. Elle le jouait sans arrêt. Ça faisait trépider le suricate empaillé posé sur le couvercle du piano. Maman détestait ce morceau. Joue quelque chose de joli, Esme, disait-elle, pas cet affreux…

… je le connaissais, ce mot, j'en suis sûre. Quelqu'un est entré pour allumer. Les autres se lèvent et tripotent le bouton du téléviseur. J'aimerais retourner dans ma chambre, mais, pour l'instant, il n'y a personne pour m'aider, je vais donc patienter en essayant de retrouver le mot pour cette chose qui pend au plafond. Une armature métallique tendue de tissu, avec une ampoule à l'intérieur, qui éclaire…

… vous ai peut-être parlé du blazer. J'en ai parlé ? J'ai oublié. Esme. C'est moi. Esme. Elle ne voulait pas lâcher, ont-ils dit. Difficile de savoir si…

… et quand je l'ai vu pour la première fois, j'ai cru que j'allais fondre comme du sucre dans de l'eau. Nous descendions du tram à Tollcross, il y avait eu une panne, le trolley n'était plus en contact avec le câble, et j'aidais maman à faire ses courses, de sorte que nous étions chargées de cartons et de paquets. Nous sommes descendues sur le trottoir, et il était là. À côté de sa mère. Chargé de cartons et de paquets. Nous étions presque des images inversées. Maman et Mme Dalziel ont parlé du temps, du tram, de la santé de leur mari, exactement dans cet ordre, puis

Mme Dalziel a présenté son fils. Voici mon James, a-t-elle dit, mais, bien sûr, je le savais déjà. Jamie Dalziel était un nom que connaissaient toutes les filles d'Édimbourg. James, ai-je dit, et il m'a pris la main. Ravi de faire votre connaissance, Kitty, a-t-il dit, et j'ai adoré sa façon de dire Kitty, de me faire un clin d'œil pendant que maman surveillait l'arrivée du prochain tram, de porter les cartons comme s'ils ne pesaient rien du tout. Ce soir-là, j'ai glissé sous mon oreiller le gant que j'avais porté dans la journée. Au moment de partir, Mme Dalziel m'a invitée à leur réception de la Saint-Sylvestre. Vous et votre sœur, a-t-elle dit. En partant, elle a recommandé à son fils : Jamie, fais attention aux paquets. À peine une semaine plus tard, je l'ai rencontré aux Meadows[1]. Il était avec un ami, Duncan Lockhart, mais, bien sûr, je l'ai reconnu aussitôt. Où alliez-vous ? m'a-t-il demandé en m'emboîtant le pas. J'attends ma sœur, lui ai-je répondu. J'ai une petite sœur, moi aussi, a-t-il dit. Oh, la mienne n'est plus si petite que ça, elle me dépasse et elle va bientôt quitter l'école, et, pendant que je disais ça, je l'ai aperçue sur la route. Elle s'est avancée vers nous et, vous ne me croirez pas, elle lui a à peine jeté un coup d'œil quand elle m'a dit bonjour. C'est ma sœur, Esme, lui ai-je déclaré, alors il lui a adressé son fameux sourire, lui a serré la main, et a dit : charmé. Voilà ce qu'il a dit : charmé. Elle s'est mise à rire, je ne mens pas, à rire, et elle a retiré sa main et a répondu : non, mais, écoutez-le, et elle a ajouté : idiot, juste assez fort pour qu'il l'entende. Quand je me suis retournée vers lui, j'ai vu qu'il la regardait, j'ai vu de quelle façon, on aurait dit qu'il allait fondre comme du sucre dans de l'eau, alors, quand j'ai vu ça…

1. Les Prairies, grand parc situé dans le sud d'Édimbourg.

... problème chaque fois que nous allions quelque part, toutes les deux, et nous étions régulièrement invitées, à cause de notre nom, bien sûr, même si elle avait refusé de se faire des amies parmi les filles de son école. Des harpies, voilà de quoi elle les traitait. Mais chaque fois que nous allions quelque part, une partie de tennis, un thé, un bal, elle faisait toujours quelque chose d'étrange, d'inattendu. Taper sur le piano, parler au chien pendant tout le temps, une fois, grimper à un arbre et rester là à regarder dans le vague et à tortiller ses cheveux rebelles. Certaines personnes, j'en suis certaine, ont cessé de nous inviter à cause de son comportement. Et je dois dire que j'en ai été très affectée. Maman m'a donné raison. Quand je pense que tu dois souffrir à cause d'elle, alors que tu te conduis de la manière la plus parfaite qui soit. Ce n'est pas juste. Un jour, j'ai entendu quelqu'un...

... la mienne était en organdi blanc souligné de grège, et j'avais peur que le houx ne la déchire, si bien que c'est elle qui a porté la couronne. Elle ne se souciait pas de sa robe. Du velours écarlate, voilà ce qu'elle voulait. Cramoisi. Mais elle a eu du taffetas bordeaux. Et elle a dit qu'elle ne lui allait pas bien, que les coutures n'étaient pas droites, même moi, je le voyais, sauf que certaines choses prenaient une telle importance pour elle que...

... une fille vient s'accroupir à mes pieds et je vois qu'elle délace mes souliers et les retire, alors je lui dis : je l'ai pris, je l'ai pris, et je ne l'ai jamais dit à personne. La fille me regarde, rit bêtement et réplique : vous nous le dites tous les jours. Je sais qu'elle ment, alors j'ajoute : c'était celui de ma sœur, vous comprenez. Elle se tourne alors pour parler à quelqu'un et...

•

… entendu quelqu'un qui se moquait d'elle. Une fille qui portait un corsage en crépon, très joli, avec des nervures sur le devant. Elle montrait du doigt Esme et donnait des petits coups de coude aux deux hommes qui étaient à côté d'elle. Regardez donc la Farfelue, disait-elle. La Farfelue, voilà comment elles l'appelaient. J'ai regardé, moi aussi, et, vous me croirez si vous voulez, elle était affalée, une jambe passée sur le bras d'un fauteuil, un livre sur les genoux, les cuisses écartées sous sa jupe. C'était un bal, pour l'amour du ciel ! J'avais été tellement contente d'être invitée, c'était une très bonne famille, et je savais que, après ça, ils ne voudraient plus jamais nous recevoir. J'ai été obligée de m'approcher d'elle, le visage brûlant, sous les regards de tous, je l'ai appelée deux fois, et elle était tellement absorbée dans sa lecture qu'elle ne m'a pas entendue. Il m'a fallu la secouer et, quand elle a levé les yeux, on aurait dit qu'elle se réveillait. Elle s'est étirée. Oui, vous avez bien entendu, elle s'est étirée et m'a dit : coucou, Kit. Elle a dû voir que j'étais au bord des larmes, parce que, la mine soudain allongée, elle m'a demandé quel était le problème. Toi, ai-je répondu. Tu gâches toutes mes chances. Et, vous ne savez pas, elle m'a demandé : quelles chances ? J'ai alors compris que si je voulais réussir…

… la manière dont il la regardait…

… le suricate qui trépidait dans sa cage de verre. C'était mon grand-père qui l'avait attrapé, paraît-il. Notre grand-mère aimait beaucoup ce petit animal à l'expression chagrinée, chagrinée ; c'était le mot qu'elle utilisait. Pas étonnant, ajoutait-elle en le regardant pendant qu'Esme jouait, qui aurait envie d'être enfermé dans une…

… DA-DI, da-da-da-da-da-di. Je m'en souviens…

*

Elles marchent toutes les deux, et Esme, derrière la fille, Iris, regarde les talons de ses chaussures rouges, la manière dont ils disparaissent et réapparaissent pendant qu'elle avance sur le trottoir de North Berwick. Iris lui a dit qu'elles retournaient à la voiture, et Esme a hâte d'y monter, de se pelotonner sur le siège. Peut-être la fille va-t-elle allumer la radio, et écouteront-elles de la musique en chemin.

Tout en marchant, elle repense à cette dispute avec son père, un soir, avant d'aller se coucher, alors que le feu mourait, que Kitty, sa mère et sa grand-mère s'affairaient à ce qu'elles appelaient leurs travaux d'aiguille, et que sa mère venait de lui demander où était passé l'ouvrage de tapisserie qu'elle lui avait donné. Esme ne pouvait pas répondre qu'elle l'avait caché, fourré sous les coussins du fauteuil dans sa chambre.

« Pose ton livre, Esme, lui avait dit sa mère. Tu as assez lu pour ce soir. »

Elle en était incapable, car les personnages et le lieu de l'action la captivaient. Soudain, voilà que son père se tenait devant elle, lui arrachait le livre, le fermait sans marquer la page. Ne restait plus alors que la pièce dans laquelle elle se trouvait. « Fais ce que dit ta mère, pour l'amour de Dieu », disait-il.

Elle se redressa, la rage bouillonnant en elle, et, au lieu de demander : « S'il te plaît, rends-moi mon livre », elle lâcha : « Je veux continuer l'école. »

Ce n'était pas prévu. Elle savait que le moment était mal choisi pour aborder ce sujet, que la discussion ne servirait à rien, mais ce désir était aigu en elle, et elle n'avait pas pu s'en empêcher. Les mots avaient jailli de leur cachette. Sans son livre, ses mains se sentaient curieuses et inutiles, et le besoin de continuer l'école s'était exprimé par sa bouche à son insu.

Un silence s'empara de la pièce. La grand-mère regarda son fils. Kitty leva les yeux sur leur mère, puis les baissa sur son ouvrage. À quoi travaillait-elle ? À une dentelle ridicule garnie de rubans, pour son « trousseau », comme elle disait en prenant un accent français affecté qui donnait à Esme envie de hurler. Quelques jours plus tôt, la domestique lui avait dit : il faudra d'abord que tu te trouves un mari, ma cocotte, et Kitty avait été tellement ulcérée qu'elle était sortie de la pièce à toutes jambes. Esme savait donc qu'il valait mieux ne pas critiquer l'amoncellement toujours plus important de dentelle et de soie dans leur placard.

« Non, répondit son père.

— S'il te plaît. » Esme se leva, s'étreignant les mains pour les empêcher de trembler. « Mlle Murray dit que je pourrais obtenir une bourse et ensuite, peut-être, tenter l'université et...

— Ça ne servirait à rien, trancha son père en se rasseyant dans son fauteuil. Pas question que mes filles travaillent pour vivre. »

Elle avait frappé du pied – *boum* – et ça l'avait un peu soulagée, même si elle savait que ça n'arrangeait rien, bien au contraire.

« Pourquoi ? » s'écria-t-elle parce que, depuis quelque temps, elle sentait que quelque chose se refermait sur elle. Elle ne supportait pas l'idée que, dans quelques mois, elle serait bloquée dans cette maison, sans raison d'en sortir, surveillée toute la journée par sa mère et sa grand-mère. Kitty partirait bientôt en emportant sa dentelle et ses rubans. Il n'y aurait aucun moyen de s'échapper, aucun soulagement à attendre de ces murs, de cette pièce, de cette famille, jusqu'à son mariage, sort peut-être pire encore.

Elles sont arrivées à la voiture. Iris ouvre la portière et Esme remarque qu'une lumière orange clignote de son côté. Elle ouvre la portière et monte.

Un ou deux jours plus tard, Kitty et elle étaient assises dans leur chambre. Kitty cousait de nouveau quelque chose – une chemise de nuit, une combinaison, qui sait ? Devant la fenêtre, Esme observait son souffle qui s'aplatissait et blanchissait sur la vitre, puis en effaçait la trace en faisant crisser ses doigts.

Leur grand-mère fit irruption dans la pièce, un sourire inhabituel aux lèvres. « Kitty, remue-toi, tu as de la visite. »

Kitty posa son aiguille. « Qui ? »

Leur mère apparut derrière leur grand-mère. « Kitty, vite, range ça. Il est en bas…

— Qui ? répéta Kitty.

— Le fils Dalziel. James. Il lit un journal, mais nous ne devons pas traîner. »

Assise sur la banquette de la fenêtre, Esme observait sa mère qui se mit à tripoter les cheveux de Kitty, à les tirer derrière les oreilles, puis à les remettre en place.

« Je lui ai dit que je montais te chercher, expliquait Ishbel, la voix frémissante, et il a dit : "Magnifique." Tu entends ? "Magnifique." Alors, dépêche-toi, dépêche-toi. Tu es très jolie et nous allons venir avec toi, tu n'as pas besoin de… » Ishbel se tourna et, en voyant Esme à la fenêtre, ajouta : « Toi aussi. Viens vite. »

Esme descendit l'escalier sans se presser, peu désireuse de rencontrer un prétendant de sa sœur. À ses yeux, ils se ressemblaient tous : des jeunes gens nerveux aux cheveux plaqués sur le crâne, aux mains bien récurées et à la chemise bien repassée. Ils venaient, prenaient le thé, et Kitty et elle devaient leur faire la conversation pendant que leur mère était assise, tel un arbitre, dans un fauteuil au bout de la pièce. Tout ce cirque donnait à Esme envie de hurler la vérité, de dire : allons, oublions ce petit jeu, vous voulez l'épouser oui ou non ?

Elle flânait sur le palier, regardait une sinistre aquarelle représentant la péninsule de Fife sous un ciel gris. Discrètement, sa grand-mère l'appela d'en bas et Esme dégringola le reste des marches.

Dans le salon, elle s'affala dans un fauteuil aux accoudoirs hauts, placé dans un coin. Tout en enroulant les chevilles autour des pieds cirés, elle examinait le prétendant. Le même genre que d'habitude. Peut-être un peu plus beau que certains autres. Blond, un front arrogant, des manchettes très soignées. Il parlait à Ishbel du bouquet de roses posé sur la table. Esme se retint de lever les yeux au ciel. Assise toute droite sur le canapé, Kitty servait le thé, et son cou s'empourprait.

Esme se mit alors à jouer à un jeu auquel elle s'amusait souvent en de telles circonstances. Balayant du regard la pièce, elle se demandait comment en faire le tour sans poser le pied par terre. Elle pourrait passer du canapé à la table basse, de là au petit banc du pare-feu. Ensuite…

Sa mère la regardait et lui parlait.

« Pardon ?

— James s'adressait à toi, dit sa mère et, en voyant le léger frémissement de ses narines, Esme comprit qu'elle ferait mieux de bien se conduire si elle ne voulait pas avoir d'ennuis.

— Je disais seulement… », commença ce James en s'asseyant tout au bord de son fauteuil, les coudes sur ses genoux. Soudain, quelque chose en lui lui parut familier. Esme l'avait-elle déjà vu ? Elle n'en était pas sûre. « … que le jardin de votre mère était très beau. »

Il y eut un silence et Esme se rendit compte que c'était son tour de prendre la parole. « Oh ! » lâcha-t-elle, car rien ne lui venait à l'esprit.

« Peut-être accepteriez-vous de me le faire visiter ? »

Toujours sur son fauteuil, Esme cilla. « Moi ? »

Soudain, tout le monde la regardait. Sa mère, sa grand-mère, Kitty, James. Et l'expression de sa mère était tellement déconcertée, tellement consternée que, l'espace d'un instant, Esme faillit éclater de rire. La tête de sa grand-mère oscillait de James à Esme, puis à Kitty, avant de pivoter de nouveau vers James. On voyait qu'une idée faisait son chemin dans son esprit. Elle déglutit plusieurs fois et attrapa sa tasse de thé.

« Je ne peux pas », répondit Esme.

James lui sourit. « Pourquoi ?

— Je... » Esme réfléchit un instant. « ... je me suis fait mal à la jambe.

— Ah bon ? » James se carra dans son fauteuil et laissa son regard descendre sur ses genoux, ses chevilles. « Je suis navré de l'apprendre. Comment est-ce arrivé ?

— Je suis tombée », marmonna Esme avant de fourrer un morceau de cake aux fruits entre ses dents pour bien montrer que la conversation était terminée.

Par chance, sa mère et sa grand-mère se portèrent à son secours et se mirent en quatre pour proposer la compagnie de sa sœur.

« Kitty serait heureuse de...

— Pourquoi n'iriez-vous pas avec Kitty, elle...

— ... vous montrer des plantes intéressantes au fond du jardin...

— ... s'y connaît très bien en jardinage, elle m'aide très souvent, voyez-vous... »

James se leva. « Très bien. » Il offrit son bras à Kitty. « Allons-y, voulez-vous ? »

Dès leur départ, Esme déplia ses jambes enroulées autour des pieds du fauteuil et s'autorisa à lever les yeux au ciel. James avait cependant dû surprendre sa mimique car, en franchissant le seuil avec Kitty, il se retourna pour la regarder.

Esme ne se rappelle pas combien de jours s'étaient écoulés depuis cette visite lorsqu'elle rentrait à la maison sous le couvert des arbres. C'était la fin de l'après-midi, elle s'en souvient. Elle s'était attardée à l'école pour terminer un devoir. Le brouillard écrasait la ville, s'accrochait aux bâtiments, aux rues, aux réverbères, aux branches noires qu'il rendait floues. Sous son béret d'uniforme, elle avait les cheveux humides, et ses pieds étaient glacés dans ses chaussures.

Alors qu'elle changeait son cartable d'épaule, elle remarqua une silhouette sombre qui filait sous les arbres des Meadows. S'efforçant de ne pas se retourner, elle accéléra le pas. Le brouillard était de plus en plus épais, gris et humide.

Juste au moment où elle soufflait sur ses doigts gelés, quelqu'un surgit à côté d'elle dans la pénombre et lui agrippa le bras. Elle hurla, attrapa son cartable par la bandoulière et abattit son poids conséquent de livres sur la tête de l'assaillant. Le fantôme grogna, puis jura, et recula d'un pas chancelant. Esme s'éloignait déjà quand elle entendit son nom.

Elle s'arrêta et attendit en scrutant l'obscurité. Le spectre se matérialisa bientôt, émergeant du brouillard gris, et, cette fois, il portait une main à sa tête.

« Quel besoin aviez-vous de faire ça ? » grommela-t-il.

Perplexe, Esme le dévisagea sans parvenir à croire qu'il s'agissait de l'horrible fantôme entrevu dans la pénombre. Il avait des cheveux blonds, un visage lisse, un beau manteau, et l'accent d'un fils de bonne famille.

« Est-ce que je vous connais ? » demanda-t-elle.

Il avait sorti un mouchoir de sa poche et se tamponnait la tempe. « Regardez ! s'exclama-t-il. Du sang. Vous avez fait couler le sang. »

Trois gouttes écarlates tachaient le mouchoir, constata Esme. Soudain il revint à sa question.

« "Est-ce que je vous connais" ? répéta-t-il, atterré. Vous ne vous en souvenez pas ? »

De nouveau, elle l'examina. Il faisait naître en elle un sentiment d'étouffement, de silence et d'ennui. Puis un déclic joua dans sa tête et elle le reconnut. James. Le prétendant qui aimait le jardin.

« Je suis venu chez vous, disait-il. Vous étiez là, avec votre sœur Katy...

— Kitty.

— C'est ça, Kitty. Il n'y a pas longtemps. J'ai peine à croire que vous ne vous en souveniez plus.

— Avec le brouillard... », lâcha Esme d'un air vague en se demandant ce qu'il voulait et dans combien de temps elle pourrait décemment le planter là. Elle avait les pieds gelés.

« Mais la première fois que je vous ai vue, c'était là-bas. » Il fit un geste derrière lui. « Vous vous rappelez ? »

Elle le confirma en réprimant un sourire. « Ah oui, monsieur Charmé. »

Il exécuta une parodie de révérence et lui prit la main comme s'il voulait y déposer un baiser. « C'est bien moi. »

Elle repoussa sa main. « Bon. Je dois partir. Au revoir. »

Il la retint en lui prenant le bras et en le passant sous le sien, puis avança avec elle sur le trottoir. « De toute façon, ça n'a aucune importance, reprit-il comme s'ils continuaient leur conversation, comme si elle ne lui avait pas dit au revoir. Ce qui compte, c'est de savoir quand vous allez m'accompagner au cinéma.

— Il n'en est pas question.

— Je peux vous assurer que si », affirma-t-il avec un sourire.

Esme fronça les sourcils. Son pas vacilla. Elle essaya de dégager sa main, mais il la tenait fermement. « Eh bien, moi, je peux vous assurer que non. Et je suis bien placée pour le savoir.

— Pourquoi ?

— Parce que c'est à moi d'en décider.

— Ah bon ?

— Bien entendu.

— Et si je demandais la permission à vos parents ? suggéra-t-il en exerçant une pression plus forte sur ses doigts. Qu'en dites-vous ? »

D'un geste brusque, Esme retira sa main. « Vous ne pouvez pas demander à mes parents si je peux aller au cinéma avec vous.

— Tiens donc ?

— Non. D'ailleurs, même s'ils acceptaient, je n'irais pas. J'aimerais encore mieux… » Elle essaya de penser à quelque chose d'énorme, qui soit susceptible de le décourager. « … j'aimerais encore mieux me planter des aiguilles dans les yeux. » Voilà qui devrait suffire.

Mais, à voir son grand sourire, on aurait dit qu'elle venait de le flatter. Qu'est-ce qui n'allait pas chez ce garçon ? Il tira sur son gant, remit en place une manchette d'un petit coup sec, regarda Esme de haut en bas en ayant l'air de se demander s'il allait ou non la manger.

« Allons bon, des aiguilles ! On ne vous apprend donc pas les bonnes manières dans cette école où vous allez ? Mais j'aime bien le défi. Je vais vous poser une nouvelle fois la question. Quand viendrez-vous avec moi au cinéma ?

— Jamais », répliqua-t-elle. Cette fois encore, elle fut stupéfaite de le voir sourire. Elle pensait n'avoir jamais été aussi grossière avec quiconque.

Quand il se rapprocha d'elle, elle s'apprêta à ne pas céder un pouce de terrain. « Vous n'êtes pas comme les autres filles, hein ? » murmura-t-il.

Cette affirmation suscita son intérêt malgré elle. « Vous trouvez ?

— Oui. Vous n'êtes pas une petite âme sensible de salon. J'aime ça. J'aime que les gens aient un peu de tempérament. Autrement, la vie serait monotone, ce n'est pas votre avis ? » Ses dents blanches luisaient dans l'obscurité et elle sentait son souffle sur son visage. « Mais, plaisanterie mise à part… » Son ton était ferme, assuré, et Esme se dit qu'il devait l'employer pour s'adresser à ses chevaux. Cette idée lui donna envie de rire. La famille Dalziel n'était-elle pas réputée pour ses prouesses équestres ? « Je ne vais pas m'épuiser en belles paroles et en formules persuasives. Je sais que vous n'en avez cure. Je veux vous emmener au cinéma, alors quand ?

— Je vous ai déjà répondu, dit-elle en soutenant son regard. Jamais. »

Lorsqu'il lui attrapa le poignet, elle fut étonnée par la force, l'insistance de son geste. « Lâchez-moi ! » Elle s'écarta de lui, mais il tint bon. Elle se débattit. « Lâchez-moi ! Vous voulez que je vous frappe une nouvelle fois ? »

Il la libéra. « Je n'aurais rien contre », répondit-il d'une voix traînante. Au moment où elle s'éloigna, elle l'entendit lui lancer : « Je vais vous inviter à prendre le thé.

— Je ne viendrai pas, rétorqua-t-elle par-dessus son épaule.

— Bon sang, oui, vous viendrez. Je vais demander à ma mère d'inviter votre mère. Vous serez donc obligée de venir.

— Non !

— Nous avons un piano sur lequel vous pourriez jouer. Un Steinway. »

Les pas d'Esme ralentirent et elle se tourna à demi. « Un Steinway ?

— Oui.

— Comment savez-vous que je joue du piano ? »

Elle entendit son éclat de rire ricocher sur le trottoir mouillé pour remonter jusqu'à elle.

« J'ai pris quelques renseignements sur vous. Ce n'était pas très difficile. Vous semblez assez renommée. J'ai découvert des tas de choses. Mais je ne vous dirai pas quoi. Alors, vous viendrez prendre le thé ? »

Elle pivota en direction de sa maison. « J'en doute. »

Iris quitte la route du littoral pour retourner à Édimbourg. Esme est assise à côté d'elle. Soudain, elle se dit qu'elle devrait peut-être appeler Luke. Juste pour vérifier qu'il n'a pas fait de bêtise.

Tout en accélérant sur la bretelle d'accès, elle sort de sa poche son téléphone, les yeux sur la route, le pied sur la pédale. Au début, elle avait affirmé à Luke qu'elle ne l'appellerait jamais pendant le week-end. Elle connaît les règles à respecter. Mais s'il avait vraiment parlé à sa femme ? Impossible. Il ne peut pas avoir fait une chose pareille. Non, sûrement pas.

Iris soupire et jette le portable sur le tableau de bord. Il est peut-être temps d'évacuer Luke de ma vie, songe-t-elle.

Esme s'agita dans le fauteuil recouvert d'un lourd tissu marron, pelé sur les accoudoirs. Des tuyaux de plumes qui pointaient du siège lui rentraient dans les cuisses. Lorsqu'elle remua une nouvelle fois, sa mère lui lança un coup d'œil. Elle réprima l'envie de lui tirer la langue. Pourquoi l'avait-elle obligée à venir ?

La conversation roulait sur la prochaine réception, la difficulté de lancer des invitations à Édimbourg, le meilleur fournisseur de crème fraîche. Esme s'efforça d'écouter. Peut-être devrait-elle dire son mot. Pour l'instant, elle n'avait pas encore pris la parole, et elle avait l'impression qu'il était sans doute temps d'ouvrir la bouche. Assise sur le canapé à côté de leur mère, Kitty réussissait à glisser quelques remarques, et pourtant, Dieu seul savait ce qu'elle pouvait trouver à dire sur l'achat de crème fraîche. Mme Dalziel évoqua la coupure que Jamie s'était faite au visage en heurtant une branche basse dans le brouillard. Esme se figea et sentit toute possibilité d'intervention s'étouffer dans sa gorge.

« Cette plaie doit être très douloureuse, dit la mère d'Esme.

— Non, je vous assure. J'en ai eu de plus vilaines.

— J'espère que vous serez guéri pour votre réception. Sauriez-vous retrouver l'arbre ? Il faudrait peut-être en parler aux autorités. Cette branche semble dangereuse. »

Jamie s'éclaircit la gorge. « Oui, elle est dangereuse. Je crois que je vais en effet prévenir les autorités. Bonne idée ! »

Le visage empourpré, Esme chercha un endroit pour poser sa tasse. Il n'y avait ni table ni support quelconque à proximité. Sur le sol ? Par-dessus le bras du fauteuil, elle scruta le parquet. Il semblait affreusement loin, et elle n'était pas sûre de parvenir à y descendre tasse et soucoupe sans dommage. Imaginez un peu, casser une tasse de Mme Dalziel ! Kitty et leur mère avaient posé la leur sur un guéridon placé devant elles. D'un air désespéré, Esme chercha une fois de plus s'il n'y avait pas un endroit adéquat de l'autre côté de l'énorme fauteuil et, soudain, Jamie était là, la main tendue.

« Voulez-vous que je vous débarrasse ? » demandait-il.

Esme lui remit sa tasse. « Oh ! merci. »

Il lui fit alors un clin d'œil et Esme vit que Mme Dalziel leur lançait un regard foudroyant.

« Dites-moi, madame Lennox, que comptez-vous faire d'Esme quand elle aura quitté l'école ? demanda Mme Dalziel en élevant quelque peu la voix.

— Eh bien… », commença sa mère.

Une bouffée d'indignation gagna Esme. Pourquoi n'était-ce pas à elle qu'on posait la question ? Elle avait pourtant une langue. Lorsqu'elle ouvrit la bouche, elle ignorait encore ce qui allait en sortir et s'entendit déclarer : « Je vais parcourir le monde. » Cette idée lui apportait une certaine satisfaction.

Sur le fauteuil d'en face, Jamie fut secoué par un rire qu'il étouffa en toussant dans son mouchoir. Kitty la considéra d'un air ébahi, et Mme Dalziel chaussa des lunettes pour la toiser longuement de bas en haut, et son regard s'arrêta sur un point situé au-dessus de sa tête.

« Vraiment ? dit-elle. Voilà qui devrait vous occuper. »

Quand la mère d'Esme posa sa tasse sur sa soucoupe, on entendit la porcelaine cliqueter. « Esme… est encore si jeune… Elle a des idées plutôt… excessives sur…

— Je m'en aperçois. »

Mme Dalziel lança un coup d'œil à son fils, qui tourna alors la tête vers Esme, et, au même moment, Esme vit sa sœur. Ses yeux étaient baissés, mais, l'espace d'une fraction de seconde, elle les leva sur Jamie, puis les ramena au sol. Esme vit le changement qui s'opérait en elle, son cou empourpré, ses lèvres pincées. Ce spectacle lui porta un coup, la pétrifia, puis elle se redressa et se leva.

Tous les visages se tournèrent vers elle. Mme Dalziel fronçait les sourcils et attrapait de nouveau ses lunettes. Esme s'avança au milieu du tapis. « Puis-je jouer sur votre piano ? » demanda-t-elle.

Mme Dalziel pencha la tête sur le côté et appuya deux doigts sur ses lèvres avant de regarder son fils. « Bien entendu », répondit-elle en inclinant la tête.

Jamie se leva d'un bond. « Je vais vous montrer où il est, dit-il en entraînant Esme dans le couloir. Vous lui plaisez, murmura-t-il dès qu'il referma la porte derrière eux.

— Non. Pour elle, je suis le diable en personne.

— Ne soyez pas ridicule. C'est ma mère. Je la connais. Vous lui plaisez. » Il mit une main sur son épaule. « Par ici. » Il l'emmena vers une pièce située au fond de la maison, où des feuilles pressées contre les vitres donnaient un reflet verdâtre aux murs.

Esme s'assit sur le tabouret et effleura le couvercle en bois noir pourvu de l'inscription « STEINWAY » en lettres dorées. Lorsqu'elle le souleva, elle lâcha : « De toute façon, ça n'a aucune importance.

— Vous avez raison, dit-il en s'appuyant au piano. Je peux choisir qui je veux. »

Elle lui lança un coup d'œil. Un sourire aux lèvres, une mèche sur les yeux, il l'examinait, et elle se demanda un instant l'effet que ça ferait d'être mariée avec lui, essaya de s'imaginer dans cette grande maison aux murs sombres, aux fenêtres écrasées par les plantes, à l'escalier en courbe, avec, à l'étage, une chambre qui pourrait lui être réservée, et une autre, tout près, qui serait à lui. C'était à sa portée, constata-t-elle avec surprise. Tout cela pouvait être à elle. Elle pouvait devenir Esme Dalziel.

Ses longs doigts s'écartèrent pour jouer un accord tout bas. « Ça n'a aucune importance, reprit-elle sans le regarder. Parce que je ne vais pas me marier. Avec personne. »

Il se mit à rire. « C'est vrai ? » Il vint s'asseoir à côté d'elle sur le tabouret. « Laissez-moi vous dire une chose », lui murmura-t-il à l'oreille.

Esme fixa les yeux sur le support du pupitre, sur le « Y » orné de « STEINWAY », sur le pli impeccable du pantalon de Jamie. Jamais encore elle n'avait été aussi près d'un homme. Il lui enlaçait la taille. Son odeur était piquante, mélange d'eau de Cologne et de cuir neuf. Pas désagréable.

« De toutes les filles que j'ai rencontrées, vous semblez la plus apte au mariage. »

Esme en fut déconcertée. Ce n'était pas du tout ce qu'elle s'attendait à entendre. Elle pivota vers lui. « Ah bon ? » Mais son visage était si près du sien qu'il en devenait flou, et elle songea que James pourrait essayer de l'embrasser, de sorte qu'elle tourna la tête.

« Oui, lui souffla-t-il à l'oreille. Vous avez l'énergie nécessaire. Vous êtes de taille à rivaliser avec un homme, à faire jeu égal avec lui. Vous ne vous laisseriez pas intimider.

— Par le mariage ?

— La plupart des femmes le sont. On voit ça tout le temps. De jolies jeunes filles qui se transforment en dames ennuyeuses à mourir dès qu'on leur a passé la bague au doigt. Vous ne seriez pas comme elles. Vous ne changeriez pas. Je ne vous imagine pas transformée par quoi que ce soit. Et c'est ce qui me plaît. C'est pour ça que je vous veux, vous. »

La main posée sur sa taille exerça une pression, attira Esme, qui sentit des lèvres sur sa peau à l'endroit où son chemisier se terminait et où son cou commençait.

L'effet fut électrisant. Personne ne s'était encore montré intime à ce point avec elle. Sidérée, elle se tourna pour étudier le jeune homme. La poitrine collée à son épaule, il riait, et elle avait envie de demander : c'est donc ça, voilà ce dont il s'agit, voilà à quoi ressembleraient les choses ? Mais elle entendit la porte du salon s'ouvrir et la voix de Mme Dalziel qui suggérait :

« Pourquoi n'iriez-vous pas les rejoindre, ma chère Kitty ? »

Juste à temps, elle détacha son regard de Jamie et vit sa sœur franchir le seuil et lever la tête. Elle la vit ciller, très lentement, puis détourner les yeux. Prenant appui sur le tabouret, Esme se leva, s'approcha de sa sœur et passa un bras sous le sien, mais Kitty garda la tête tournée et son bras était lourd, sans vie.

Revenue au présent, Esme se trouve dans la voiture et revient d'une balade au bord de la mer. Elle fait semblant de dormir. Non qu'elle soit fatiguée, mais elle a besoin de réfléchir. La tête renversée en arrière, elle ferme les yeux. Au bout d'un moment, la fille, Iris, se penche pour éteindre la radio. La musique orchestrale, qu'Esme appréciait, à la vérité, est réduite au silence.

C'est là l'unique attention qu'on ait témoignée à Esme depuis bien longtemps. Un peu plus et elle se mettrait à pleurer, ce qui ne lui arrive plus jamais. L'envie d'ouvrir les yeux et de prendre la main de la fille l'envahit. Mais elle n'en fait rien. La fille ne sait pas à quoi s'en tenir sur son compte, elle préférerait qu'elle ne soit pas là… Esme le sait. N'empêche. Elle craignait que la musique ne trouble son sommeil. Vous vous imaginez ?

Pour ne pas pleurer, elle réfléchit. Elle se concentre.

Dans l'après-midi du 31 décembre, sa mère et Kitty vont chercher les robes chez la couturière, une petite femme au chignon. Pendant leur absence, Esme s'aventure dans la chambre de sa mère, coule un regard dans son coffret à bijoux, ouvre les flacons posés sur la coiffeuse, essaie un chapeau de feutre. Elle a seize ans.

Un coup d'œil dans la rue. Personne. Esme tend l'oreille pour guetter un bruit dans la maison. Rien. Elle enroule ses cheveux et les fixe au sommet du crâne, puis ouvre l'armoire de sa mère. Tweed, fourrure, laine, tartan, cachemire. Elle sait ce qu'elle cherche, elle le sait depuis qu'elle a entendu la porte d'entrée se refermer, même si elle ne l'a aperçu que quelques rares fois, tard le soir, au moment où sa mère passait dans le couloir pour se rendre de la chambre de son père à la sienne. Un déshabillé en soie bleu-vert. Elle veut savoir si l'ourlet s'enroulera autour de ses chevilles en bruissant, si les étroites bretelles ne glisseront pas de ses épaules. Elle veut voir de quoi elle aura l'air sous la dentelle couleur de mer. Elle a seize ans.

Avant même de voir la soie, elle sent sa froide caresse. Le vêtement est tout au fond, derrière les tailleurs ordinaires. Quand Esme essaie de le décrocher du cintre, il s'efforce de lui échapper, lui glisse des doigts et tombe, mais elle le rattrape par la taille et le jette sur le lit. Sans détacher les yeux de la flaque de soie, elle ôte son pull et s'apprête à s'immerger dans l'étoffe. Va-t-elle oser ?

Voilà toutefois qu'elle tourne la tête vers la vitre, dans la voiture, et ouvre les yeux. Elle ne veut pas y repenser, non. Pourquoi le ferait-elle ? Alors que le soleil brille ? Alors qu'elle est avec la fille qui se soucie de son sommeil ? Alors qu'on la conduit sur une route qu'elle ne reconnaît pas ? La ville, oui, elle la reconnaît, les bâtiments, la ligne que forment les toits, mais rien d'autre. Ni la route, ni les guirlandes de lumières orange, ni les devantures des magasins. Pourquoi y repenserait-elle ?

… une honte peu commune, je vous assure. Jamais une telle chose ne s'était produite dans notre famille, jamais. Et en plus, il fallait que ça tombe sur mon fils. Les temps ont changé, m'a-t-il dit, et je lui ai répondu : une vie conjugale réclame des efforts, pour l'amour du ciel, ton père et moi en avons fait, et je me disais, si seulement il savait. Enfin. Dois-tu absolument divorcer, ne pourrais-tu pas… Il m'a interrompue. Nous ne sommes pas mariés, alors il ne s'agit pas d'un divorce au sens propre du terme. Bon. Bien entendu, je ne suis pas allée le crier sur les toits. Par égard pour l'enfant. Je n'ai jamais aimé la femme, quelle que soit la manière dont on voudra l'appeler. Des vêtements informes et des cheveux peu soignés. Il dit que tout se passe à l'amiable. Et je dois reconnaître qu'il fait beaucoup pour garder le contact avec sa fille. Une jolie petite, elle ressemble à ma mère, mais pour ce qui est du caractère, elle me rappelle surtout…

… je ne sais pas si j'aime le yaourt. Une femme me pose la question et je ne connais pas la réponse. Que faut-il dire ? Je vais dire non. Elle l'emportera et je n'y penserai plus. Mais elle n'a pas attendu et l'a laissé à côté de mon assiette. Je l'attrape, avec cette longue chose luisante qu'elle a laissée aussi, en argent, avec une tête ronde, et qui s'appelle…

… il les comptait toujours quand il y avait eu des invités à dîner. Il les enroulait encore humides dans un torchon, les essuyait et les comptait en les remettant dans le coffret à argenterie tapissé de velours. Ça me rendait malade, j'étais obligée de quitter la pièce. Je ne supportais pas de l'entendre compter tout bas, de le voir les aligner par bataillon de dix sur la table desservie. Je ne vois rien qui puisse vous mettre à ce point hors de…

… cailloux. Je lui ai appris à compter avec des cailloux que j'avais gardés de notre jardin en Inde. J'en ai trouvé dix jolis, bien lisses, que j'ai alignés sur le chemin. Regarde, lui ai-je dit, un, deux, trois, tu vois ? Elle avait les pieds nus et un ruban dans les cheveux. Undeuxt'oi, a-t-elle répété en souriant. Non, l'ai-je corrigé, un, deux, trois. Elle a ramassé les cailloux, quatre dans une main et six dans l'autre. Avant que j'aie pu l'en empêcher, elle les avait lancés en l'air. Lorsqu'ils sont retombés en pluie, je me suis écartée. C'est miraculeux, vraiment, qu'elle n'en ait pas reçu un sur elle, si on pense à…

… la mère m'amène la petite. Nous n'avons pas grand-chose à nous dire, mais j'avoue, à ma grande surprise, avoir conçu de la tendresse pour la petite. Grand-mère, m'a-t-elle dit l'autre jour en faisant des moulinets avec son bras tout en le regardant. Quand je fais quelque chose, mon squelette le fait aussi. — Tu as raison, ma chérie, ai-je confirmé. Mon fils aura peut-être d'autres enfants, pourquoi pas, il est encore jeune. S'il rencontre quelqu'un de bien, qui lui convienne davantage. J'en serais ravie. Ce serait mieux pour Iris de ne pas être fille unique, et je sais de quoi je parle parce que…

… et quand je les ai vus, quand je suis tombée sur eux assis côte à côte, sur le tabouret du piano, pendant qu'il la regardait comme un objet rare, précieux, désirable, j'ai eu envie de frapper du pied, de hurler : vous savez comment on l'appelle ? On l'appelle la Farfelue, les gens se moquent d'elle dans son dos, vous l'ignoriez ? J'ai compris que ça ne pouvait pas se produire, qu'il ne fallait pas, que je devais…

... je n'aime pas le yaourt. C'est froid, trop sucré et il y a des morceaux cachés au fond, des fruits trempés, glissants. Je n'aime pas ça. Je laisse la cuillère tomber par terre, le yaourt dessine une forme intéressante, en éventail, sur le tapis, et...

Tel un coup de tonnerre, un bruit claque soudain, et elle est projetée en arrière. Esme sent le froid du miroir contre la peau nue de son bras, une douleur cuisante au visage, et elle se rend compte que son père vient de la gifler.

« Enlève-moi ça ! hurle-t-il. Tout de suite ! »

Le choc lui paralyse les doigts. À tâtons, elle cherche les boutons du col, mais ils sont minuscules, recouverts de soie, et elle a les mains qui tremblent. Son père se rue sur elle et essaie de lui arracher le déshabillé en le lui passant par la tête. Esme plonge dans un océan de soie, suffoque, se noie. Ses cheveux et la soie la bâillonnent, l'étouffent, elle ne voit plus rien, perd l'équilibre, se heurte à l'angle d'un meuble, et, durant tout ce temps, son père braille des mots horribles qu'elle n'avait encore jamais entendus.

Soudain, la voix de sa mère fait irruption dans la pièce. « Ça suffit. »

Esme entend ses chaussures avancer sur le parquet. Le nœud coulant de soie se relâche pour lui dégager le visage, on le tire d'un coup sec. Sa mère se tient devant elle, mais ne la regarde pas. Après avoir déboutonné le déshabillé, elle le lui arrache d'un seul geste qui rappelle à Esme un homme qu'elle a vu un jour dépiauter un lapin.

Elle cille et regarde autour d'elle. À peine quelques secondes plus tôt, elle était seule devant le miroir, l'ourlet du déshabillé dans une main, et se tournait sur le côté pour voir ce que ça donnait vu de dos. À présent, elle est en sous-vêtements, ses cheveux retombent sur ses épaules, elle serre les bras autour de son corps. Toujours en manteau, Kitty est plantée sur le seuil et tripote ses gants. Son père se tient devant la fenêtre et lui tourne le dos. Personne ne parle.

Sa mère secoue le déshabillé et prend son temps pour le plier en alignant bien les coutures et en lissant les plis avant de le poser sur le lit.

« Kitty, veux-tu aller chercher la robe d'Esme, s'il te plaît ? » demande sa mère sans regarder personne.

Ils entendent les pas de Kitty décroître dans le couloir.

« Ishbel, après ça, pas question qu'elle aille au bal, marmonne son père. Je crois vraiment… »

Sa mère l'interrompt. « Si. Elle va y aller.

— Mais pourquoi, au nom du ciel ? demande son père en fouillant dans sa poche pour trouver un mouchoir. Quel est l'intérêt d'envoyer une fille comme elle à une réception ?

— Un grand intérêt. » Sa mère parle tout bas, avec détermination. Elle prend Esme par le bras et l'entraîne vers la coiffeuse. « Assieds-toi, ordonne-t-elle en la poussant sur le tabouret. Nous allons la préparer. » Elle attrape une brosse. « Nous allons la faire belle, l'envoyer au bal et… » Ses coups de brosse s'abattent sans douceur sur la tête d'Esme. « … nous la marierons au fils Dalziel.

— Maman, je ne veux pas me… », commence Esme d'une voix tremblante.

Sa mère se penche vers elle. « Ce que tu veux ou ne veux pas n'entre pas en ligne de compte, lui murmure-t-elle à l'oreille d'un ton presque caressant. Ce garçon tient à toi. Dieu sait pourquoi, mais c'est un fait. Ton comportement n'a jamais été toléré sous notre toit et ne le sera jamais. Nous allons donc voir si quelques mois de mariage avec James Dalziel suffiront à te mater. Allez, lève-toi et habille-toi. Voilà ta sœur avec ta robe. »

La vie réserve parfois d'étranges surprises. Esme ne parle jamais d'heureux concours de circonstances, elle déteste cette expression. Mais il lui arrive de penser qu'il doit y avoir une impulsion quelconque à l'œuvre, des forces contraires qui bousculent la chronologie.

Au moment même où elle y réfléchit, elle s'aperçoit soudain que la voiture passe devant cette maison. Coïncidence ? Ou autre chose ?

Esme pivote sur son siège pour mieux voir. La maçonnerie est sale, maculée de taches sombres ; une affiche déchirée est collée sur le mur du jardin. De grosses poubelles en plastique marron bouchent l'allée. La peinture des fenêtres s'écaille.

Elles avançaient dans leurs souliers habillés. Kitty adorait sa robe, si bien qu'elle ne voulait pas porter la couronne de houx, c'est donc Esme qui s'en chargea. Kitty tenait le sac de sa sœur, sur lequel elle avait cousu des paillettes. Une fois dans le hall, elles retirèrent leur manteau, Esme tendit la main vers son sac. Kitty desserra ses doigts pour lui permettre de s'en saisir, mais détourna les yeux. Esme aurait sans doute dû comprendre, voir la toile invisible qui se tissait pour la prendre au piège, entendre les fils qui se resserraient. Que se serait-il alors passé ? se demande-t-elle toujours. Sa vie a été à moitié étouffée sous ce genre d'interrogations. Mais que se serait-il passé si la chronologie avait été bousculée et si elle avait entrevu la suite des événements ? Qu'aurait-elle fait ? Demi-tour pour rentrer à la maison ?

Sauf que ce ne fut pas le cas. Elle abandonna son manteau au vestiaire, attrapa le sac à paillettes, patienta pendant que sa sœur se tapotait les cheveux devant le miroir, puis salua une fille qu'elles connaissaient. Kitty la rejoignit bientôt et toutes deux montèrent l'escalier qui menait aux lumières, à la musique, au grondement assourdi des conversations.

Deux jeunes filles à un bal, donc. L'une assise, l'autre debout. Il était tard, presque minuit. La robe de la plus jeune était trop serrée sur sa cage thoracique. Les coutures tiraient, menaçaient de céder si elle respirait à fond. Elle tenta de voûter le dos, mais ce fut en vain : la robe bâillait à l'encolure comme de la peau flasque, se rebellait, on aurait dit qu'elle ne lui appartenait pas. La porter était un peu disputer une course à trois pieds, une jambe attachée à celle d'un coureur qu'on n'aime pas.

Elle s'était levée pour observer les danseurs. Une danse traditionnelle écossaise compliquée dont elle ignorait les pas. Les femmes passaient d'un homme à l'autre, puis retrouvaient leur partenaire. Elle se tourna vers sa sœur. « Combien de temps reste-t-il jusqu'à minuit ? »

Kitty était assise à côté d'elle, son carnet de bal ouvert sur ses genoux. De ses doigts gantés, elle tenait son crayon en équilibre au-dessus d'une page. « Plus ou moins une heure, répondit-elle, absorbée dans sa lecture des noms inscrits. Je n'en suis pas sûre. Va voir l'horloge dans le hall. »

Au lieu d'y aller, Esme continua à regarder les danseurs jusqu'au moment où ils s'immobilisèrent, où la musique cessa, où les rangées symétriques se rompirent et où hommes et femmes regagnèrent leur siège. Lorsqu'elle aperçut le beau garçon blond, le fils de la maison, qui se dirigeait de son côté, elle s'empressa de tourner le dos, mais il était trop tard.

« M'accorderez-vous cette danse ? » demanda-t-il en refermant la main sur la sienne.

Elle se dégagea. « Pourquoi n'invitez-vous pas ma sœur ? » souffla-t-elle.

Il fronça les sourcils et répondit à voix haute, si haute que Kitty l'entendit – Esme s'en aperçut : « Parce que je ne veux pas danser avec votre sœur, je veux danser avec vous. »

Elle prit place face à Jamie pour un *Strip the Willow*[1]. Ils étaient le premier couple sur la piste et, dès que la musique retentit, il s'avança vers elle, lui saisit les mains et la fit virevolter. Sa jupe se gonflait, la salle tournait autour d'elle. La musique battait, forte, rapide. Jamie prenait Esme par la main avant de la passer à la rangée d'hommes et, après chaque tourbillon, il était là, le bras tendu, prêt à la reprendre. À la fin, quand ils se retrouvèrent pour danser d'un bout à l'autre de la rangée, et que les autres danseurs frappèrent dans leurs mains, Jamie déploya tant d'énergie qu'ils se retrouvèrent sur le palier. Esme éclata de rire. Il la faisait tellement tournoyer qu'elle avait le vertige et devait s'accrocher à son bras pour ne pas perdre l'équilibre. Elle riait toujours, et il riait aussi quand il l'attira à lui, la fit tourner et tourner plus lentement sous le lustre, comme s'ils dansaient la valse. Elle rejeta alors la tête en arrière et vit un kaléidoscope d'éclats lumineux au-dessus de sa tête.

Quand la main devient-elle le poignet ? Quand l'épaule devient-elle le cou ? Par la suite, elle se dirait souvent que c'est à ce moment-là que tout avait basculé, qu'elle aurait encore pu changer le cours des choses

---

1. « Dépouillez le saule », danse folklorique originaire des Hébrides.

pendant qu'elle virevoltait sous un lustre, à la veille du nouvel an.

Il la serrait toujours étroitement et lui faisait décrire des cercles. Elle sentit un mur dans son dos, et ce mur sembla céder. Ils furent bientôt environnés d'obscurité, dans une sorte de petite pièce, la musique paraissant soudain très loin. Esme vit vaguement des meubles, un amoncellement de manteaux et de chapeaux. Jamie l'entourait de ses bras et murmurait son nom. Elle sentait qu'il allait l'embrasser, qu'une de ses mains lui touchait les cheveux, et se dit qu'elle était curieuse de savoir quelle impression faisait le baiser d'un homme, que c'était une expérience intéressante qui ne pouvait pas faire de mal et, lorsque le visage de Jamie s'approcha du sien, elle attendit sans bouger.

C'était une sensation curieuse. Une bouche qui effleurait la sienne, exerçait une pression, des bras qui l'enlaçaient toujours. Ses lèvres étaient glissantes, avaient un goût de viande, et elle fut frappée par le ridicule de la situation. Deux jeunes gens dans un placard, qui joignent leurs lèvres. Elle pouffa et détourna la tête. Mais il lui murmurait quelque chose à l'oreille. Je vous demande pardon, dit-elle. Il la renversa alors en arrière, peu à peu, tendrement, et elle se sentit basculer, ses pieds perdirent tout contact avec le sol. Ils atterrirent sur quelque chose de doux et moelleux, un tas de vêtements quelconques. Il riait tout bas, elle tenta de se relever et il la poussa en arrière en disant : tu m'aimes, n'est-ce pas ?, et ils souriaient encore tous les deux, pense-t-elle. Bientôt, tout changea, elle voulait vraiment se relever, il le fallait, et il l'en empêchait. Elle le repoussait, lui disait : Jamie, s'il vous plaît, retournons danser. Les mains de Jamie couraient sur son cou, puis, après avoir rabattu ses jupes, sur ses jambes.

De nouveau, elle le repoussa, de toutes ses forces cette fois. Elle dit : non, arrêtez. Quand il se débattit avec le décolleté de sa robe et lui pétrit les seins, la fureur monta en elle et elle donna des coups de pied et de poing. D'une main, il la bâillonna en lui disant « petite garce » à l'oreille, et alors la douleur fut tellement étonnante qu'elle eut l'impression d'être coupée en deux, brûlée, déchirée. Ce qui lui arrivait était inimaginable. Elle n'aurait pas cru qu'une telle chose était possible. La main de Jamie sur sa bouche, les coups de bélier de sa tête sur son menton. Esme se forçait à penser qu'elle allait peut-être se couper les cheveux, après tout, sentait de nouveau l'odeur des arbres à gomme, s'obligeait à respirer, se rappelait le coffret que Kitty et elle gardaient sous le lit pour y enfermer le programme des cinémas, comptait les dièses à la clé dans la gamme de *fa* dièse mineur.

Après ce qui lui parut un long moment, ils étaient de nouveau sur le palier. Jamie lui tenait le poignet et la ramenait vers la musique. De façon incroyable, on en était encore au *Strip the Willow*. S'imaginait-il qu'ils allaient se remettre à danser ? Esme le regarda, regarda les bougies qui se liquéfiaient, les danseurs qui tourbillonnaient et sautaient, le visage crispé de concentration et de plaisir.

Soudain, elle arracha son poignet à la main qui le serrait. Ce geste lui fit mal, mais elle était libre. Elle agita les doigts en l'air, fit deux, trois pas vers le seuil et, là, dut s'arrêter pour poser le front contre l'encadrement de la porte. Le bord de son champ visuel tremblait, comme la ligne d'horizon quand il fait très chaud. Un visage surgit près du sien, dit quelque chose, mais la musique était trop forte dans ses oreilles. La personne en question l'attrapa par le bras, la secoua, remit de l'ordre dans sa toilette. C'était Mme Dalziel. Esme écarta les lèvres pour dire qu'elle aimerait voir sa sœur, mais ce qui s'en échappa fut un bruit aigu qu'elle ne parvint ni à arrêter ni à maîtriser.

Ensuite, Esme se retrouva à l'arrière d'une voiture que conduisait Mme Dalziel, puis à la maison, et Mme Dalziel expliqua à sa mère qu'elle avait un peu trop bu, s'était ridiculisée, et se sentirait mieux le lendemain matin.

Pourtant, le lendemain matin, elle ne se sentait pas mieux. Loin de là. Quand sa mère entra dans sa chambre pour lui demander ce qui s'était exactement passé la veille, ma petite demoiselle, Esme se redressa dans son lit et le bruit recommença. Elle ouvrit la bouche et hurla, hurla, hurla.

Iris laisse Esme la précéder dans l'escalier et remarque qu'elle monte lentement, prend appui sur la rampe à chaque pas. L'excursion était peut-être trop fatigante pour elle.

Une fois sur son palier, Iris s'arrête. Sous la porte, elle aperçoit de la lumière. Il y a quelqu'un dans son appartement.

Après avoir écarté Esme et hésité un court instant, elle tourne la poignée. « Y a quelqu'un ? » demande-t-elle dans le couloir.

Le chien lui effleure les jambes. Iris referme la main sur son collier et sent l'animal se raidir avant de lever la tête et de lâcher un aboiement rauque.

« Y a quelqu'un ? » répète-t-elle, et sa voix faiblit avant d'arriver au bout de sa phrase. Une personne apparaît sur le seuil de la cuisine. Un homme.

« Tu n'as vraiment rien à manger chez toi ? » dit Alex.

Elle lâche le collier du chien, se précipite vers son frère pour s'immobiliser devant lui. « Tu m'as fichu la trouille, dit-elle en lui frappant le bras.

— Excuse-moi, réplique-t-il avec un grand sourire. Je me suis dit que je ferais bien de passer, vu que… » Il s'interrompt pour jeter un coup d'œil derrière Iris.

Elle se retourne et s'approche d'Esme. « C'est mon frère. »

Esme fronce les sourcils. « Vous avez un frère ?

— Un frère d'adoption, répond Alex en s'avançant. Elle oublie toujours le "d'adoption". Vous devez être Euphemia. »

Iris et Esme prennent une inspiration en même temps. « Esme », rectifient-elles.

… et comme elle ne s'arrêtait pas…

… c'était difficile car la famille regorgeait d'enfants uniques. Je n'avais pas de cousines, et l'homme que j'épousais était fils unique, donc je n'allais pas avoir de belles-sœurs. Il fallait bien que quelqu'un porte mes fleurs, m'aide avec ma traîne, même si elle n'était pas très longue, et reste avec moi juste avant la cérémonie. Tu ne peux pas te marier sans demoiselle d'honneur, m'a dit maman, il faut que tu trouves quelqu'un. J'aurais pu demander à une ou deux amies, mais ça semblait tellement curieux après…

… et comme elle n'arrêtait pas de hurler, maman m'a fait sortir de la pièce et…

… à peine quinze jours plus tard, Duncan Lockhart s'est présenté. Personne n'était venu nous voir. Ni visite pour souhaiter les vœux, ni coup de téléphone, rien. Sans elle, la maison était d'un calme mortel. Les heures s'écoulaient sans qu'on entende un seul bruit. D'une façon curieuse, nous n'étions plus une famille, juste des gens qui vivaient chacun dans une pièce. Duncan venait voir mon père, manifestement, mais je l'avais rencontré au bal, nous avions dansé ensemble. Le fringant sergent vêtu de blanc, je m'en souviens. Il avait des mains très sèches. Il m'a dit qu'il m'avait vue ce jour-là aux Meadows. Pour ma part, bien sûr, je ne l'avais pas remarqué. Le jour de sa visite, un après-midi froid de janvier, j'avais vu à mon réveil des morceaux de glace à l'intérieur des fenêtres. Et j'avais refermé les yeux parce que la chambre était encore pleine de ses affaires, de ses vêtements, de ses livres. Maman n'avait pas encore trouvé le temps de…

… rappelle avoir fait les cent pas avec le bébé en pleine nuit. Je ne connaissais rien aux bébés, quand on a le premier, on manque d'expérience, donc on s'en remet à son instinct. Ne cesse pas de marcher, me disait le mien. Il ne voulait pas manger, ce minuscule petit bout, il battait l'air de ses poings rouges. J'ai dû l'alimenter avec un morceau de mousseline trempé dans du lait. Le quatrième jour, il l'a tété, avec hésitation tout d'abord, puis avec avidité. Et ensuite, nous avions des casseroles d'eau sur le feu à toute heure du jour pour faire bouillir les biberons, des couches étaient étendues devant le feu et l'air était opaque à cause de la vapeur…

… comme elle ne s'arrêtait pas de hurler, maman a appelé le médecin. On m'a dit de sortir, mais j'ai écouté à la porte, l'oreille collée au cuivre glacé de la serrure. J'entendais seulement le médecin quand il s'adressait à Esme, peut-être la croyait-il dure d'oreille ou simple d'esprit. Maman et lui ont murmuré pendant plusieurs minutes, puis il a élevé la voix pour annoncer à Esme : nous allons vous emmener quelque part où vous pourrez vous reposer un peu, hein, qu'en dites-vous ? Et elle, bien sûr, avec ses façons, a rétorqué que ça lui ne plairait pas du tout, si bien qu'il a pris un ton sévère et a dit qu'elle n'avait pas le choix, alors…

… finalement, j'ai demandé à une cousine éloignée de Duncan, une fille que je n'avais vu que deux fois dans ma vie. Elle était plus jeune que moi et semblait ravie. Au moins, la mariée ne sera pas éclipsée, a dit ma grand-mère, mécontente. Je l'ai emmenée chez Mme Mac pour sa robe. Je ne suis pas restée, je ne pouvais pas…

… vous ai parlé du blazer ? Oui. Je crois que oui. Juste parce qu'on me l'avait carrément demandé. Je tâche toujours d'être franche. Et je vous ai aussi parlé de Canty Bay ? Mais quelle différence ça pouvait faire, en réalité ? Je tâche toujours d'être aussi franche que possible. Ça m'avait tellement marquée, de voir ça. Je n'ai jamais voulu qu'elle parte définitivement, juste le temps que je puisse…

… on m'a donc fait sortir de la pièce, et je me suis exécutée, bien sûr, mais je suis restée derrière la porte et j'ai tendu l'oreille. Maman s'entretenait à voix basse avec le médecin, je ne comprenais rien et j'avais peur que ma grand-mère monte et me surprenne là. Écouter aux portes était très vilain, je le savais. J'avais peine à saisir leur conversation, comme je le disais, mais maman a lâché qu'elle en avait plein le dos de ces crises de hurlements et de rage. Le médecin a marmonné quelque chose au sujet des jeunes filles et de l'hystérie, ce qui m'a un peu vexée car je ne me suis jamais comportée de la sorte. Il a parlé de « traitement », d'« endroit spécialisé » et d'« apprendre à bien se conduire ». Quand j'ai entendu ça, j'ai trouvé que c'était une bonne idée parce qu'elle avait toujours été tellement…

… m'a surtout surprise, c'est à quel point on les aime. Vous savez que vous allez les aimer et, quand ce sentiment se manifeste, quand vous tenez leur corps minuscule dans vos bras, on a l'impression d'être un ballon qui s'emplit d'air. La mère de Duncan a insisté pour que nous engagions une nurse, une créature terrifiante au tablier amidonné et à la conception très arrêtée sur les biberons à heures fixes, si bien que mes journées ont alors été bien vides. Robert me manquait. Je montais le voir dans la nursery, mais la nurse arrivait avant moi devant son petit lit. Nous dormons, me disait-elle, et j'avais toujours envie de répliquer : nous tous ? Naturellement, je ne l'ai jamais fait. Ma belle-mère disait que cette femme était en or et que nous devions faire attention à ne pas la perdre. Mais moi, je ne savais plus très bien à quoi j'étais censée occuper mes journées. La cuisinière et la gouvernante tenaient la maison, Duncan était au bureau avec mon père, et Robert était avec sa nurse. Parfois, j'errais dans la maison en pleine journée, en pensant que je devrais peut-être…

… démence précoce, voilà ce qu'ils lui ont trouvé. Papa me l'a dit quand je lui ai posé la question. Je lui ai fait écrire les mots. Des jolis mots, d'une certaine façon, plus beaux qu'ils n'auraient dû l'être. Bien sûr, personne ne les utilise plus. Je l'ai lu dans un article. « Expression vieillie », voilà ce qui était écrit. Aujourd'hui, on parlerait de « schizophrénie », un mot affreux, horrible, mais impressionnant aussi, surtout pour une chose qui, après tout…

… robe qu'elle avait faite pour la demoiselle d'honneur était en réalité plus belle que toutes celles qu'elle m'avait cousues. Je portais celle de maman, bien sûr, elle avait été retouchée, élargie pour moi. Beaucoup de gens ont fait des commentaires à ce sujet. Mais la robe de la demoiselle d'honneur avait des paillettes partout, sur de la mousseline…

… n'ai jamais voulu qu'elle parte définitivement, pas du tout. C'est juste que…

… elle se débattait, elle donnait des coups de pied. Mon père a dû aider le médecin et, à eux deux, ils ont réussi, mais, en bas de l'escalier, elle s'est accrochée à la rampe. Elle s'agrippait et le nom qu'elle hurlait était le mien. Je me bouchais les oreilles, ma grand-mère a mis les mains sur les miennes, mais je l'entendais encore. Kitty ! Kitty ! Kitty ! Kitty ! Je l'entends encore aujourd'hui. Plus tard, j'ai retrouvé une chaussure qui avait dû tomber pendant la lutte dans l'entrée, parce qu'elle était coincée sous le portemanteau. Je l'ai attrapée, je me suis assise, j'ai appuyé la tête contre la rampe et…

… par-dessus la rampe, je voyais mon père lui serrer la main dans le couloir. Mon père l'a emmené dans son bureau et, quand il a eu le dos tourné, Duncan a fait ce geste qu'il faisait toujours quand il était nerveux, je devais l'apprendre par la suite. Il a levé une main au-dessus de sa tête et a lissé sa tempe opposée. Ça semblait si curieux que j'ai souri. Je le voyais jeter un coup d'œil aux portes fermées autour de lui, au couloir qui menait au fond de la maison, et je pensais : est-ce qu'il est venu pour moi ? Mais je n'aurais jamais…

Dans la voiture, son père ne lui parle pas. Elle l'appelle, elle dit, papa, elle lui touche l'épaule, s'essuie le visage, essaie de dire, s'il te plaît. Mais, assis à côté du médecin, il garde les yeux fixés sur le pare-brise, ne prononce pas un mot lorsqu'il descend et la coince entre le médecin et lui pour l'obliger à avancer sur l'allée de gravier et à monter les marches d'un gros bâtiment perché sur une colline.

À l'intérieur règne un lourd silence. Le sol est en marbre, des dalles noires blanches noires blanches. Bruissement des papiers que son père et le médecin manient sans même avoir ôté leur chapeau. Une femme qu'elle n'a encore jamais vue, habillée en infirmière, lui prend alors le bras.

« Papa ! hurle-t-elle. Papa, s'il te plaît ! » D'un geste violent, elle dégage son bras, et l'infirmière émet une sorte de petit sifflement entre ses dents. Esme voit son père se pencher au-dessus de la fontaine, s'essuyer la bouche avec son mouchoir, puis traverser le damier en marbre pour gagner la porte. « Ne me laisse pas ici ! s'écrie-t-elle. S'il te plaît ! S'il te plaît ! Je serai sage, je te le promets. »

Avant que l'infirmière lui reprenne un bras, avant qu'une deuxième infirmière se matérialise pour lui attraper l'autre, avant qu'elles la soulèvent pour l'emmener, Esme voit son père à travers la porte vitrée. Il descend le perron, boutonne son manteau, coiffe son chapeau, lève les yeux vers le ciel comme pour vérifier s'il allait pleuvoir, et disparaît.

Les deux infirmières ont passé chacune un bras sous les siens et la traînent à l'étage inférieur, le long d'un couloir. Ses talons raclent le sol. Elles la maintiennent avec une telle force qu'elle ne peut pas bouger. L'hôpital lui fait l'effet d'un film projeté à l'envers. Elles franchissent des portes, Esme voit un plafond haut, une série de lampes, des rangées de lits, des formes humaines tassées sous des couvertures. Elle entend tousser, gémir. Quelqu'un parle tout seul, quelque part. Essoufflées, les infirmières la hissent sur un lit. Lorsqu'elle tourne la tête vers la fenêtre, Esme voit des barreaux qui montent et qui descendent.

Oh ! mon Dieu, lâche-t-elle dans l'air fétide. Elle se prend la tête. Oh ! mon Dieu. Le choc fait de nouveau jaillir les larmes. Ce n'est pas possible, ce n'est pas possible. Elle arrache le rideau, donne des coups de pied dans un petit meuble, hurle, c'est une erreur, c'est une erreur, je vous en prie, écoutez-moi. Les infirmières arrivent avec de larges courroies en cuir et l'attachent au lit, puis elles s'en vont en secouant la tête et en rajustant leur coiffe.

Un jour et deux nuits durant, elle reste attachée. Quelqu'un vient lui retirer ses vêtements. Armée d'une paire de grands ciseaux en argent, une femme, dans la pénombre, lui coupe les cheveux. Esme gémit, puis pleure, ses larmes coulent sur ses joues pour s'enfoncer dans l'oreiller. Elle voit la femme s'éloigner avec ses cheveux, qu'elle tient dans une main comme un fouet.

Ça sent le désinfectant et l'encaustique et, dans le lit placé dans un coin de la salle, quelqu'un grommelle toute la nuit. Un plafonnier clignote et ronronne. Esme hurle, se débat dans les courroies serrées, essaie de se libérer, crie : s'il vous plaît, s'il vous plaît, aidez-moi, jusqu'à ce que sa voix s'enroue. Elle mord une infirmière qui tente de lui donner à boire.

La vie qu'elle a menée jusque-là et à laquelle on l'a arrachée la hante. Au crépuscule, lorsque la pièce s'assombrit, elle se dit que sa grand-mère doit descendre les marches dallées de la cuisine pour vérifier si le dîner est en bonne voie, que sa mère doit prendre le thé dans le salon de devant, compter les morceaux de sucre avec une pince, que les filles, à l'école, doivent rentrer chez elles en tram. Il est inconcevable qu'elle ne prenne plus part à ces événements. Comment tout cela peut-il se dérouler sans elle ?

Dans la lumière bleutée du deuxième matin, une silhouette apparaît à son chevet. Floue, vêtue de blanc. Esme lève les yeux sur elle. Depuis des heures, une mèche tombée sur ses yeux la gêne et elle ne peut pas la ramener en arrière.

« Ne fais pas d'histoires, ne te débats pas, ma petite », souffle la silhouette. Esme ne voit pas son visage à cause de la pénombre et à cause de la mèche qui lui tombe sur les yeux. « Il ne faudrait pas que tu te retrouves en salle quatre.

— Mais c'est une erreur, lâche Esme d'une voix rauque. Je ne devrais pas être ici, je ne…

— Sois prudente. Ne te tortille pas comme un serpent. Si tu continues comme ça… »

Des pas frappent le sol et l'infirmière qui a coupé les cheveux d'Esme apparaît. « Encore vous ! s'écrie-t-elle. Retournez vous coucher immédiatement. »

La silhouette s'éloigne sans bruit au fond de la salle et s'évanouit.

Iris casse un œuf sur le bord d'un bol et observe le jaune qui tombe au fond. Appuyé contre le réfrigérateur, Alex enfourne des grains de raisin.

« Alors, commence-t-il, et Iris sent un picotement d'irritation car elle sait ce qu'il va dire. Qu'est-ce que tu as fait de beau ? Tu vois toujours ce type ?

— Quel type ? demande-t-elle au plafond.

— Tu sais bien de qui je veux parler, répond Alex d'un ton aimable. Cet avocat. »

Iris encastre les moitiés de coquille l'une dans l'autre. Elle lui est tellement reconnaissante de ne pas avoir dit « ce type marié » qu'elle cède à un élan de franchise. « Oui, dit-elle avant de s'essuyer les mains sur un torchon.

— C'est stupide », marmonne-t-il.

Elle pivote vers lui. « Et toi ?

— Quoi, moi ?

— Est-ce que tu n'es pas toujours marié avec quelqu'un que, d'après toi, tu n'aurais jamais dû épouser ? »

Il hausse les épaules. « Oui, je suppose.

— Alors, stupide toi-même », rétorque-t-elle.

Suit un bref silence. Avec une fourchette, Iris bat les œufs au bord du bol jusqu'à ce qu'ils forment un mélange mousseux.

Alex tire une chaise et s'assied à la table. « Ne nous fâchons pas. Tu vis ta vie, je vis la mienne. »

Iris moud un peu de poivre. « Parfait.

— Alors, que se passe-t-il entre monsieur l'avocat et toi ? »

Elle secoue la tête. « Je ne sais pas.

— Tu ne sais pas ?

— Non. Et je n'ai pas envie d'en parler. » D'un mouvement de tête, elle ramène en arrière les cheveux qui lui tombent sur les yeux et considère son frère attablé. Il l'observe à son tour pendant un long moment, puis tous deux se sourient.

« Je n'ai toujours pas compris ce que tu faisais ici, dit Iris. À propos, tu veux manger ou tu t'en vas ?

— Tu n'as pas compris ce que je faisais ici ? répète-t-il. Tu es folle ? Ou amnésique ? Hier, tu me téléphones pour me dire que tu es dans les griffes d'une démente, alors, à ton avis, qu'est-ce que je fais ? Je passe tout le week-end à traîner à la maison ou je viens ici pour t'arracher à cette démente ? Je n'ai pas imaginé une seconde que vous seriez allées vous amuser au bord de la mer. »

Iris pose la fourchette. « Tu ne plaisantes pas ? demande-t-elle calmement. Tu es venu parce que tu t'inquiétais pour moi ? »

Gêné, Alex croise et décroise les jambes. « Bien sûr. Qu'est-ce que tu crois que je fais ici ? »

Iris s'approche de lui, s'agenouille et l'enlace. Elle sent son torse mince, la texture douce de son T-shirt. Au bout d'un moment, il lui entoure les épaules, la berce, et elle sait qu'ils pensent tous les deux à une chose sur laquelle aucun ne veut s'appesantir. Elle exerce une légère pression et sourit, le visage enfoui dans sa poitrine.

« Tu t'es fait couper les cheveux, fait-il remarquer en tirant un peu dessus.

— Ouais. Tu aimes ?

— Non. »

Ils se mettent à rire. Iris s'écarte de lui et Alex désigne la pièce d'appoint. « Elle ne me semble pas aussi folle que ça.

— Écoute, je ne suis pas sûre qu'elle le soit », dit Iris en mettant les mains sur les hanches.

Aussitôt, Alex est sur ses gardes. « N'empêche qu'elle est restée dans un asile de fous pendant… rappelle-moi combien de temps ?

— Ça ne veut pas nécessairement dire qu'elle est folle.

— Euh… à mon avis, si.

— Pourquoi ?

— Doucement, doucement. » Alex lève les mains, comme s'il voulait calmer un animal. « De quoi parlons-nous exactement ? »

Soudain, Iris s'enflamme. « Nous parlons d'une gamine de seize ans qu'on a enfermée pour avoir essayé des vêtements, rien de plus, nous parlons d'une femme emprisonnée toute sa vie, à qui on a maintenant accordé un sursis, et c'est à moi d'essayer de… oh ! je ne sais pas. »

Bras croisés, Alex la dévisage un instant. « Mon Dieu !

— Quoi "mon Dieu" ?

— Voilà que tu commences.

— Que je commence quoi ?

— Que tu montes sur tes grands chevaux.

— Je ne sais pas ce que tu veux dire par là, s'écrie Iris. Pour moi, il y a vraiment quelque chose qui cloche quand…

— Elle n'est pas une de tes magnifiques trouvailles en matière d'antiquité rare. » De ses deux mains levées, il met toute l'expression entre guillemets.

L'espace d'un instant, elle reste sans voix. Puis elle saisit brusquement le bol d'œufs. « Je ne vois pas ce que tu veux dire, mais tu peux aller te faire voir.

— Écoute, reprend Alex d'un ton plus doux, promets-moi… » Il s'interrompt et soupire. « Promets-moi que tu ne vas rien faire d'idiot.

— Quoi, par exemple ?

— Eh bien… tu vas t'en séparer, hein… lui trouver un hébergement ? »

Elle abat une poêle sur la cuisinière et y verse de l'huile.

« Iris ? dit Alex, derrière elle. Dis-moi que tu vas lui trouver un endroit. »

La poêle à la main, elle se retourne. « Tu sais, si on y réfléchit, cet appartement lui appartient, en fait. »

Alex se cache le visage dans les mains. « Seigneur ! »

À travers la cloison, Esme les entend parler. Ou plutôt, elle entend un bourdonnement rappelant des abeilles enfermées dans un bocal à confiture. La voix de la fille ondule, monte et descend, celle du garçon est plus monotone. Peut-être se disputent-ils. La fille, Iris, en donne l'impression, mais pas lui.

Son frère, a-t-elle dit. Quand Esme l'a vu planté sur le seuil, elle s'est demandé s'il ne s'agissait pas de l'amant. Mais elle a jeté un coup d'œil à Iris et a compris que non. Il n'est pas un vrai frère non plus, pas un frère de sang. Une sorte de pièce rapportée.

Esme plie les jambes pour que ses genoux trouent l'eau, telles les îles d'une lagune. Le bain brûlant qu'elle a fait couler donne à sa peau un ton rose marbré. Restez tant que vous voudrez, lui a dit Iris, alors elle reste. La vapeur a envahi les murs, le miroir, les vitres, les flacons alignés sur l'étagère. Esme ne garde aucun souvenir de cette pièce. Que pouvait-elle bien être à son époque ? Les autres pièces, oui, elle peut les reconnaître, poser une plaque photographique dessus et les voir telles qu'elles étaient : sa chambre était la chambre de la domestique, le salon un endroit sous les toits où on rangeait les vêtements d'été dans des coffres en cèdre. Dans la chambre d'Iris, il y avait un mur réservé aux bocaux de conserve. Mais cette pièce, non, elle ne s'en souvient pas. Elle se rappelle l'ensemble comme un espace affreusement sombre et bas de plafond, alors que les pièces sont claires et ont une hauteur convenable. Voilà qui prouve à quel point la mémoire est faillible.

Elle attrape la savonnette posée sur son support et la frotte entre ses mains, comme Aladin frottait sa lampe. Sentant une délicieuse odeur sucrée monter à ses narines, elle l'approche de son visage pour mieux la respirer. Elle se demande ce que diraient les deux jeunes gens si elle leur avouait que c'est le premier bain qu'elle prend sans surveillance depuis plus de soixante ans. Lorsqu'elle aperçoit le rasoir au bord de la baignoire, elle sourit. La fille l'a laissé là sans se poser de question. Esme avait oublié ce que ça faisait de vivre au milieu de gens qui ne se méfiaient pas tout le temps. Elle s'en saisit et passe le bout du doigt sur son bord froid et, soudain, elle sait ce qu'il y avait dans cette pièce.

Des affaires de bébé. Un petit lit en bois, dont les barreaux rappelaient un squelette d'animal. Une chaise haute avec des boules colorées enfilées sur un cordon fixé au plateau. Des cartons de petites chemises de nuit, de bonnets, de chaussons, lâchant une odeur âcre de naphtaline.

Qui avait été le dernier bébé dans cette maison ? Pour qui avait-on tricoté ces petites vestes, cousu ces chemises ? Qui avait mis en place les boules de la chaise ? Sa grand-mère, pour son père, sans doute, mais elle a peine à l'imaginer. Cette idée lui donne envie de rire. Après une inspiration, elle retient l'air et s'enfonce sous l'eau en laissant ses cheveux flotter autour d'elle comme des algues.

Elle était attachée et observait la lente progression d'une mouche sur le mur vert pisseux, comptait les bruits qu'elle entendait : vrombissement d'une voiture dehors, babillage des étourneaux, vent qui s'acharnait sur une fenêtre, patenôtres de la femme couchée dans le coin, crissement des roues des chariots dans le couloir, bruissement des draps, soupirs et grognements des autres femmes. Une infirmière lui donnait des cuillerées de porridge tiède, grumeleux, qu'elle avalait alors même que son estomac, rebelle, semblait se fermer à chaque bouchée.

Au milieu de la matinée, deux femmes se querellèrent.

« C'est à moi.

— Jamais de la vie.

— C'est à moi. Donnez-le-moi.

— Lâchez-le, c'est à moi. »

Esme leva la tête et vit qu'elles se disputaient quelque chose. La plus grande, celle qui avait des cheveux grisonnants rassemblés en un chignon ébouriffé, gifla l'autre. Aussitôt, celle-ci glapit, lâcha l'objet qu'elles voulaient s'arracher, puis se cabra, tel un animal, et se jeta sur son adversaire. Elles roulèrent au sol, étrange créature à huit pattes, s'empoignèrent, hurlèrent, renversèrent une table, une corbeille de vêtements. Des infirmières surgirent de toutes parts, leur crièrent de cesser, donnèrent des coups de sifflet.

« Arrêtez ! hurla l'infirmière attachée à leur salle. Arrêtez tout de suite ! »

Les infirmières les séparèrent. La femme à cheveux gris abandonna toute résistance et s'assit docilement sur son lit. L'autre continua à se débattre, à beugler, à griffer au visage l'infirmière de leur salle. Sa chemise remonta et Esme vit ses fesses, pâles et rondes, tels des chapeaux de champignon, et, devant, les plis de son ventre. L'infirmière lui attrapa le poignet et le tourna jusqu'à ce qu'elle pousse un cri de douleur.

« Je vais vous passer la camisole, menaça l'infirmière. Je ne plaisante pas. Vous le savez. »

Esme vit que la femme réfléchissait et paraissait vouloir se calmer. Mais elle rua comme un cheval, décocha des coups de pied, attrapa le genou de l'infirmière, dévida un chapelet d'injures. Après avoir relâché son souffle, l'infirmière fit signe à ses collègues ; elles se saisirent de la femme, l'emmenèrent dans le couloir, et Esme entendit les bruits de lutte décroître.

« Salle quatre, entendit-elle quelqu'un murmurer. On l'emmène en salle quatre. »

Esme tourna la tête pour voir qui parlait, mais tout le monde avait grimpé sur son lit et se tenait bien droit, tête baissée.

Quand on détacha les courroies, Esme resta très calme. Assise sur son lit, les mains sous les fesses, elle pensait à des animaux capables de rester immobiles pendant des heures, tapis, à guetter. Elle pensa aussi à un jeu de société qui consiste à imiter un lion mort.

Un garçon de salle vint déposer sur chaque lit des chiffons humides et des tubes d'encaustique jaune à l'odeur âcre. Esme glissa de son lit et hésita un instant en voyant les autres femmes s'agenouiller comme si elles s'apprêtaient à prier, puis se mettre à cirer le sol en reculant vers la porte. Ses jambes étaient encore raides et flageolantes pour avoir été maintenues par les courroies. Elle allait attraper le chiffon et le produit sur son lit quand elle vit une infirmière la montrer du doigt.

« Regardez un peu cette grande dame, railla-t-elle.

— Euphemia ! lança leur infirmière, Mme Stewart. À genoux ! »

Ce hurlement fit sursauter Esme. Pendant quelque peu, elle se demanda pourquoi tout le monde avait les yeux braqués sur elle. Puis elle se rendit compte que c'était à elle que l'infirmière parlait. « En fait, je m'appelle…

— À genoux, et mettez-vous au travail ! Vous ne valez pas mieux que les autres, vous savez. »

Tremblante, Esme s'agenouilla, enroula le chiffon autour de son poing et commença à frotter le sol.

Plus tard, les autres femmes vinrent lui parler. Il y avait Maudie, qui avait épousé Donald, puis Archibald, alors qu'elle était encore la femme de Hector, quand bien même celui qu'elle aimait vraiment était Frankie, tué dans la bataille des Flandres. Dans ses bons jours, Maudie régalait tout le monde avec le récit de ses mariages, dans ses mauvais jours, elle arpentait la salle vêtue d'un jupon remonté sous le menton, jusqu'au moment où Mme Stewart le lui retirait et lui disait de s'asseoir sagement, sinon gare. Les lits voisins étaient occupés par Elizabeth, qui avait vu son enfant se faire écraser par une charrette, et Dorothy, qui, de temps à autre, ne pouvait s'empêcher de se déshabiller. Tout au bout, il y avait une vieille femme que les infirmières appelaient Agnes, mais qui les corrigeait toujours en disant : « Mme Dalgleish, s'il vous plaît. » D'après Maudie, elle n'avait pas pu avoir d'enfant, et, parfois, Elizabeth et elle se disputaient.

Après le repas consistant en une soupe grise de nature indéterminée, un certain Dr Naysmith arriva. Il avançait entre les lits, Mme Stewart à deux pas derrière lui, leur faisait un signe de tête et lâchait parfois un : « Comment vous sentez-vous aujourd'hui ? » Les femmes, surtout Elizabeth, s'agitèrent beaucoup, les unes se lançant dans des monologues embrouillés, les autres fondant en larmes. Deux furent emmenées pour qu'on leur donne un bain froid.

Le médecin s'arrêta devant le lit d'Esme, lut le nom sur le petit tableau accroché au mur. Esme se redressa, se passa la langue sur les lèvres et allait lui dire, lui dire que c'était une erreur, qu'elle ne devrait pas se trouver là, quand Mme Stewart se haussa sur la pointe des pieds pour murmurer quelque chose à l'oreille du médecin.

« Très bien », dit-il avant de continuer sa visite.

… et quand il a fait sa demande, et je parle de demande alors qu'en fait il a dit : je trouve que ce serait une excellente idée de nous marier. Il l'a dit sur le trottoir de Lothian Road. Nous sortions du cinéma et j'avais attendu en vain qu'il me prenne la main. J'avais laissé mon bras sur l'accoudoir, retiré mes gants, mais il n'avait pas paru le remarquer. Je suppose que j'aurais dû y voir un…

… un sablier avec du sable rouge, posé en haut de…

… et, parfois, j'emmenais la petite au cinéma. Elle était très sérieuse, assise les mains sur les genoux, fronçait légèrement les sourcils, se concentrait sur les nains qui descendaient un par un dans la mine, leurs petits bâtons sur le dos. « On a fabriqué le film en faisant défiler des dessins très vite », m'a-t-elle dit la dernière fois, et j'ai confirmé ses propos, alors elle m'a demandé qui l'avait fait, je lui ai dit : un homme intelligent, ma chérie, et elle a répliqué : comment sais-tu que c'était un homme ? J'ai ri, parce que, bien sûr, je ne le savais pas, mais d'une certaine façon, je…

… regarder le sable rouge qui s'écoulait grain par grain, et elle m'a demandé : est-ce que ça veut dire que le trou a la taille exacte d'un grain ? Je n'en avais aucune idée. Je n'y avais jamais pensé de cette manière. Maman a dit…

… le garçon, je n'en saurai jamais rien. Je l'appelais l'enfant échangé, mais seulement en moi-même ou pour parler de lui à la domestique. La femme m'a dit : ce serait merveilleux si vous pouviez être aussi sa grand-mère. Non mais ! Jamais au grand jamais je ne pourrais le considérer comme un parent. Un enfant aussi maussade, avec des yeux méfiants. Il n'est pas de mon sang. Il est vrai que la petite fille l'aime beaucoup, et qu'il a eu une vie difficile, c'est indéniable. Une mère qui le plante là ; comment une femme peut-elle faire ça, voilà qui me dépasse. C'est vraiment contraire à ma nature. La petite le tient par la main, même s'il a un an ou deux de plus qu'elle, et il ne la quitte pas d'une semelle. J'ai toujours envie de l'arracher à elle, d'ôter les pattes moites du garçon, mais, bien sûr, il faut se conduire en adulte dans ces…

… une chose terrible de vouloir un…

… dans Lothian Road, j'ai fait claquer le fermoir de mon sac. Je voulais fermer les yeux un instant. Les lumières des voitures et des trams étaient très fatigantes, surtout après le film que nous venions de voir. Il attendait ma réponse, je l'ai regardé et j'ai vu que son col était trop serré, qu'une maille se défaisait dans son écharpe, je me suis demandé qui la lui avait tricotée, qui l'aimait à ce point. Sa mère, sans doute, mais j'avais envie de lui poser la question. Je voulais savoir qui l'aimait. J'ai répondu : oui, bien sûr. Je l'ai murmuré comme on est censé le faire, avec un sourire timide, comme si tout avait été parfait, comme s'il s'était agenouillé devant moi, avec un bouquet de roses dans une main et une bague en diamant dans l'autre. Je ne supportais plus les nuits dans cette chambre sans…

… était parti, à ce qu'on racontait. À Paris, m'a dit une fille. En Amérique du Sud, m'a dit une autre. Le bruit courait que Mme Dalziel l'avait envoyé chez son oncle en Angleterre. Même si je n'avais pas souvent l'occasion de le voir, l'idée de ne plus pouvoir le croiser dans la rue, l'idée qu'il n'était plus en ville suffisait à…

… et j'ai trouvé un paquet de lettres au fond d'un carton à chapeau. C'était quelques mois plus tard, sans doute. J'étais alors mariée et je cherchais un chapeau pour un baptême. Juste avant mon mariage, papa et maman avaient dit qu'il ne fallait plus prononcer son nom et qu'ils me seraient reconnaissants de me conformer à cette règle. J'ai fait ce qu'ils m'ont demandé, et pourtant je pensais beaucoup plus à elle qu'ils ne s'en doutaient. Donc, j'ai sorti les lettres et…

… jamais pensé que ce serait pour toujours. Je voudrais que ce soit bien clair. Je croyais que c'était temporaire. Je suis entrée dans le salon quand ma mère m'a appelée et que le médecin était là. Elle était à l'étage, hurlait, faisait une scène. En bas, tous deux murmuraient, et j'ai surpris le mot « éloigner ». Kitty est celle qui la connaît le mieux, a dit ma mère, et le médecin de l'hôpital m'a demandé : y a-t-il quelque chose qui vous inquiète chez votre sœur ? Quelque chose qu'elle vous aurait confié et que vous sentez que vous devriez nous dire ? Je me suis creusé la tête, puis j'ai levé les yeux en prenant un air un peu triste, un peu hésitant, et j'ai dit : elle croit qu'elle s'est vue un jour sur la plage alors qu'elle était dans l'eau. À en juger par l'expression du médecin, j'ai compris que j'avais dit ce qu'il fallait, que j'avais…

… la manière dont le fermoir a claqué. Ce bruit me plaisait. Je portais toujours ce sac à mon poignet, jamais trop…

Iris apporte la salade à table et la pose entre Esme et Alex en présentant les couverts à Esme. Un petit sourire discret s'esquisse sur ses lèvres à l'idée qu'on ne pourrait pas trouver deux convives plus dissemblables.

« Où habitez-vous ? demande Esme.

— À Stockbridge. Avant, j'ai vécu à New York.

— Aux États-Unis d'Amérique ? » veut savoir Esme en se penchant par-dessus son assiette.

Alex sourit. « Exactement.

— Comment êtes-vous allé là-bas ?

— En avion.

— En avion, répète-t-elle en semblant réfléchir à ce mot. J'ai vu des avions. »

Alex se penche pour choquer son verre contre le sien. « Savez-vous que vous ne ressemblez pas du tout à votre sœur ? »

Esme, qui examinait le saladier et le tournait d'un côté, puis de l'autre, s'immobilise. « Vous connaissez ma sœur ? »

Alex agite une main. « "Connaître" est un bien grand mot. Disons que je l'ai rencontrée plusieurs fois. Elle ne m'aimait pas.

— Ce n'est pas vrai ! proteste Iris. C'est juste qu'elle n'a jamais... »

D'un air de conspirateur, il se penche vers Esme. « Elle ne m'aimait pas. Quand mon père et Sadie, la mère d'Iris, étaient ensemble, Sadie a pensé que ce serait bien si j'allais moi aussi rendre visite à la grand-mère d'Iris. Dieu seul sait pourquoi. Sa grand-mère se demandait visiblement ce que je faisais là. Elle me considérait comme un intrus et n'appréciait pas de me voir fraterniser avec sa petite-fille chérie. Notez bien qu'elle n'éprouvait pas un amour débordant pour Sadie, si vous voulez que je vous dise. »

Esme jette un long regard à Alex. « Je vous aime bien, conclut-elle. Je vous trouve amusant.

— Quand l'avez-vous vue pour la dernière fois ?

— Qui ?

— Votre sœur. »

Alex sauce son assiette avec un morceau de pain, si bien que seule Iris voit l'expression qui se peint sur les traits d'Esme.

« Il y a soixante et un ans, cinq mois et six jours. »

Le morceau de pain qu'Alex portait à sa bouche s'arrête à mi-chemin. « Vous voulez dire…

— Elle n'est jamais venue vous voir ? » demande Iris.

Les yeux baissés sur son assiette, Esme secoue la tête. « Je l'ai vue une fois, peu après mon entrée là-bas, mais…

— Mais quoi ? » dit Alex pour l'encourager.

Iris voudrait le faire taire, mais, en même temps, elle aimerait elle aussi connaître la réponse.

« Nous n'avons pas parlé… » La voix d'Esme est égale, semblable à celle d'une actrice qui dit sa réplique. « … en cette occasion. Je me trouvais dans une autre pièce. Derrière une porte. Elle n'est pas entrée. »

Alex jette à Iris un regard qu'elle croise en silence. Il tend la main vers son verre de vin, puis paraît changer d'avis, la pose sur la table, puis se gratte la tête. « Tu vois ? marmonne-t-il. Je t'ai toujours dit que c'était une garce.

— Alex, je t'en prie ! » Iris se lève et débarrasse les assiettes.

Les jambes enroulées autour des pieds de sa chaise, Esme est assise à une table, dans la salle commune. Elle ne doit pas pleurer, non, surtout pas. Ne jamais pleurer en public ici. Sinon, on vous menace d'un traitement, ou de piqûres qui vous font dormir, et vous vous réveillez l'esprit embrouillé, le corps disjoint.

Pour retenir ses larmes, elle s'étreint les mains et regarde un morceau de papier posé devant elle. « Chère Kitty », a-t-elle écrit. Derrière elle, Agnes et Elizabeth se chamaillent.

« Bon, moi, au moins, j'ai eu un enfant. Certaines femmes ne…

— Et moi, au moins, je n'ai pas assassiné mon enfant par négligence. Imaginez un peu, laisser le fruit de sa chair aller se balader sous une charrette ! »

Pour étouffer leurs voix, Esme attrape son crayon. « S'il te plaît, viens. Les visites sont autorisées le mercredi. S'il te plaît, s'il te plaît s'il te plaît. » Elle appuie le front sur sa main. Pourquoi ne vient-elle jamais ? Esme imagine que les infirmières ne postent pas ses lettres. Pour quelle autre raison ne viendrait-elle pas ? Quelle autre explication pourrait-il y avoir ? Vous n'êtes pas bien, lui disent les infirmières. Vous n'êtes pas bien, dit le médecin. Esme pense qu'elle commence peut-être à le croire. Soudain, un frémissement la parcourt. Elle peut se mettre à pleurer pour un rien, parce que Maudie lui pince le bras, ou Dorothy lui chipe son petit gâteau de l'après-midi. Il y a des moments où elle regarde en bas par la fenêtre et où elle songe au soulagement qu'il y aurait à tomber, à la fraîcheur de l'air. Son corps est à vif, lui fait mal, sa tête est cotonneuse, ses idées embrouillées. Son odorat s'est développé d'une manière aiguë, gênante. L'odeur d'encre d'un magazine que lit quelqu'un à l'autre bout de la pièce peut l'oppresser. Elle sait ce qu'on leur servira au déjeuner en humant l'air. Si elle avance dans l'allée de la salle, elle est capable de dire qui a pris un bain cette semaine, et qui n'en a pas pris.

Pour essayer de s'éclaircir les idées, de mettre un peu d'espace entre elle et les autres, elle se lève et s'approche de la fenêtre. Dehors, la journée est calme. Curieusement calme. Pas une seule feuille d'arbre ne bouge et, dans les plates-bandes, les fleurs se dressent toutes droites, immobiles. Sur la pelouse, les patientes de la salle quatre prennent de l'exercice. Esme colle le front à la vitre pour les observer. Vêtues de chemises pâles, elles se déplacent comme des nuages. Difficile de dire s'il s'agit d'hommes ou de femmes car leurs chemises sont lâches et leurs cheveux coupés court. Certaines regardent droit devant elles, sans bouger. L'une sanglote dans ses mains. Une autre pousse un cri rauque qui se termine en marmonnement.

Bientôt, elle se tourne vers la salle. Au moins, ici, elles portent leurs vêtements, au moins, elles se brossent les cheveux tous les matins. Elle n'est pas malade, elle le sait. Elle a envie de s'enfuir, de franchir les portes du couloir, de courir dehors pour ne jamais revenir. Elle a envie de hurler : laissez-moi sortir, comment osez-vous me garder ? Elle a envie de casser quelque chose, la fenêtre, ce tableau encadré qui représente du bétail dans la neige, n'importe quoi. Malgré cette envie, malgré tout ce qu'elle ressent, elle s'oblige à retourner à la table, s'oblige à traverser la salle, à plier les genoux et à s'asseoir. Comme quelqu'un de normal. Cet effort lui fait trembler les membres. Prenant une profonde inspiration, elle appuie les mains sur la table, au cas où on l'observerait. Il faut qu'elle sorte d'ici, il faut qu'elle les persuade de la laisser sortir. Elle fait semblant de relire ce qu'elle a écrit.

Plus tard, pendant le rendez-vous longtemps attendu avec le médecin, elle lui dit qu'elle va mieux. Ce sont les mots qu'elle a décidé d'employer. Il faut leur faire croire qu'elle pensait elle aussi être malade, il faut leur donner raison. Il y avait quelque chose qui n'allait pas en elle, mais maintenant elle est guérie. Elle se l'est tellement répété qu'elle commence presque à s'en convaincre, à étouffer ses protestations intérieures qui clament qu'elle est saine d'esprit, qu'elle l'a toujours été.

« Mieux en quel sens ? » lui demande le Dr Naysmith, le stylo en l'air, luisant au rayon de soleil qui se déverse sur son bureau. Une envie impérieuse de tendre la main vers cette chaleur, de poser la tête sur les documents étalés, de sentir son visage brûler s'empare d'Esme.

« Juste mieux, répond-elle, pendant que son esprit tourne à toute vitesse. Je… je ne pleure plus jamais, ces temps-ci. Je dors bien. J'attends certaines choses avec impatience. » Quoi d'autre, quoi d'autre ? « J'ai bon appétit, je… j'ai hâte de reprendre mes études. »

Elle voit le Dr Naysmith froncer les sourcils.

« Ou… ou… » Elle s'embrouille. « … ou j'aimerais peut-être aider ma mère pendant un moment. À la maison.

— Vous arrive-t-il de penser aux hommes ? »

Esme déglutit. « Non.

— Et avez-vous encore des moments de trouble hystérique ?

— Que voulez-vous dire par là ? »

Le Dr Naysmith consulte ses notes. « Vous affirmiez que des vêtements qui vous appartenaient n'étaient pas à vous, un blazer d'uniforme scolaire, notamment, lit-il d'une voix monocorde. Vous prétendiez vous voir assise sur une couverture avec votre famille alors que vous étiez en fait un peu plus loin. »

Esme regarde les lèvres du médecin, qui ne cessent de bouger, puis se referment sur ses dents. Elle regarde le dossier ouvert devant lui. La pièce semble n'avoir que très peu d'air, et Esme doit emplir ses poumons sans pour autant arriver à respirer à fond. Son crâne la comprime et le frisson s'est de nouveau emparé de ses membres. On dirait que le médecin l'a dépiautée et scrute à l'intérieur d'elle. Comment peut-il savoir ces choses quand la seule personne à qui elle en a parlé est…

« Comment le savez-vous ? » Elle entend sa voix trembler, monter à la fin de la phrase, et elle se dit, attention, fais très attention. « Comment savez-vous ces choses-là ?

— Là n'est pas la question. La question est de savoir si vous avez encore ces hallucinations. »

Elle plante ses ongles dans la chair de ses cuisses, elle cille pour s'éclaircir les idées. « Non, docteur. »

Le Dr Naysmith écrit à toute vitesse, et elle doit avoir répondu à son attente, car, à la fin du rendez-vous, il se carre dans son fauteuil, joint le bout des doigts et déclare : « Très bien, ma petite demoiselle. Est-ce que vous aimeriez retourner bientôt à la maison ? »

Esme ravale un sanglot. « Oui. J'aimerais beaucoup retourner à la maison. » Elle réussit à prononcer ces mots d'une voix pensive, sans trop d'impatience, sans trop d'hystérie.

En sortant, elle court vers la fenêtre du couloir, baignée d'une douce lumière printanière. Avant d'arriver à la porte de la salle, elle ralentit le pas pour adopter une démarche mesurée, normale. Normale, normale, voilà le mot qu'elle se chantonne lorsqu'elle entre, se dirige vers son lit et s'y assied posément, en petite fille sage.

… une chose terrible de vouloir…

… cousu les paillettes sur sa pochette du soir. Elle ne savait pas s'y prendre. À vrai dire, elle ne faisait aucun effort. Après en avoir cousu à peine deux, elle s'est piqué le doigt, a emmêlé son fil et fait tomber la boîte de paillettes. Furieuse, elle a tout envoyé valser en disant : comment peut-on supporter une tâche aussi ennuyeuse ? Je m'en suis chargée, parce qu'il fallait bien le faire. J'étais assise près du feu, et elle, elle passait de la fenêtre à la table, au piano, pour revenir à la fenêtre, et continuait à se plaindre de ces travaux assommants qu'elle ne pouvait souffrir. Je lui ai dit : tu fais tomber des gouttes de sang sur le tapis, alors elle s'est sucé le doigt. Ça m'a pris toute la soirée de coudre les paillettes, et j'ai proposé de dire à maman que c'était elle qui l'avait fait, mais il a suffi à maman de jeter un coup d'œil pour…

… lâché les fleurs en remontant l'allée. Je ne sais pas pourquoi. Je n'étais pas nerveuse ; je me sentais très lucide et j'avais froid dans ma robe fine, la robe de maman. Tout le monde en a eu le souffle coupé quand je les ai lâchées, et ma demoiselle d'honneur a filé les ramasser. J'ai entendu quelqu'un marmonner que c'était mauvais signe et j'ai eu envie de répliquer : je n'y crois pas, je ne suis pas superstitieuse, je me marie, je me marie, et…

… une chose terrible de vouloir…

… me rappelle parfaitement la première fois que je l'ai vue. L'*ayah*, j'ai oublié son nom, est arrivée, m'a effleuré la nuque et m'a dit : tu as une petite sœur. Main dans la main, nous avons contourné la cour pour entrer dans la chambre. Maman était couchée sur le côté, et papa a dit : chut, elle dort, et il m'a soulevée au-dessus du berceau. Le bébé était réveillé et se débattait avec sa couverture, sa peau avait un aspect pâle, détrempé, on aurait dit qu'il n'était pas fait de chair. Il avait des yeux aussi sombres que des grains de café et les fixait sur un point situé au-dessus de nos têtes. Papa m'a demandé comment je trouvais ma petite sœur, et j'ai dit : je n'ai jamais rien vu d'aussi beau, et elle était vraiment belle…

… une chemise de nuit en soie rosée et j'imaginais qu'il me dirait : je n'ai jamais rien vu d'aussi beau que toi. Quand il est sorti de la salle de bains, j'étais allongée sur le lit, prête dans ma chemise de nuit en soie couleur pétales de rose, je ne ressentais aucune nervosité. Je voulais seulement en finir pour aborder notre vie, pour pouvoir commencer ma nouvelle vie et tourner la page. Dans le train, je m'étais exercée à écrire mon nom d'épouse, Mme Duncan Lockhart, Mme K. E. Lockhart, Mme D. A. Lockhart. Pour m'amuser, je lui ai montré mes gribouillages. Il m'a dit qu'il n'aimait pas tellement mon nom. Kitty, m'a-t-il dit, évoquait un animal familier, un chat. Kathleen convenait peut-être davantage maintenant que j'étais…

… une chose terrible, terrible…

… je suis donc restée allongée pendant ce qui m'a paru une éternité. Je n'entendais rien, ni eau qui coulait ni déplacements. Rien. J'avais envie d'aller à la porte de la salle de bains pour y coller l'oreille, juste pour vérifier s'il y était toujours, et une horrible pensée m'a traversé l'esprit : s'il s'était échappé par la fenêtre pour se sauver dans la nuit ? Mais la porte s'est enfin ouverte, la lumière jaune s'est glissée dans la chambre avant qu'il l'éteigne, j'ai vu sa silhouette en pyjama traverser la pièce, et j'ai senti le matelas s'affaisser sous son poids. Il s'est éclairci la gorge. Tu dois être très fatiguée, m'a-t-il dit, assis, le dos tourné. J'ai répondu : non, pas vraiment. J'ai essayé d'ajouter : mon chéri, mais ça ne voulait pas sortir. Alors, une chose horrible s'est produite. Je me suis surprise à penser à Jamie, à son sourire rayonnant, à l'épi qu'il avait près du front, j'ai tourné la tête, et je crois qu'il s'en est aperçu parce qu'il était en train de s'allonger. Je l'ai donc tournée de nouveau vers lui et je voulais lui dire que je ne m'écartais pas de lui, mais je n'en ai pas eu le temps car il s'est penché vers moi et m'a embrassée sur la joue. Il avait une main posée sur mon bras, il m'embrassait sur la joue, il a hésité un moment, et je me disais : c'est maintenant que ça va se passer. Je retenais mon souffle, et alors il m'a dit bonne nuit. Je ne comprenais pas ce qui…

… j'étais plantée dans la chambre de maman, les lettres à la main, j'ai vu mon nom sur les enveloppes, j'ai reconnu l'écriture. Comme elles n'avaient pas été ouvertes, j'ai glissé mon doigt sous le rabat de la première, la colle a cédé sans difficulté, j'ai déplié la feuille et tout ce que j'ai lu, c'était : s'il te plaît, s'il te plaît, viens vite, et quand j'ai vu ça…

… me rends compte que je parle toute seule. C'est une chose terrible, dis-je tout haut, de vouloir un enfant et de ne pas pouvoir en avoir. Une infirmière plantée à côté de la table regarde quelque chose sur le mur et me lance un drôle de regard. Elle est jeune. Qu'est-ce qu'elle en sait ? Je lui demande : qu'en savez-vous, et je…

Iris est campée sur le seuil de la salle de séjour. Alex est affalé sur le canapé, dans le coin de la pièce, le bras tendu pour manœuvrer la télécommande. Le téléviseur s'allume, un homme, dans un studio, les regarde en fronçant les sourcils et montre les cercles concentriques d'un orage qui approche d'une autre partie du pays.

Elle vient s'asseoir à côté de lui, remonte et plie les jambes sous elle, appuie la tête sur son épaule, et ils regardent tous les deux la carte météo.

Alex se gratte le bras et remue. « J'ai dit à Fran que j'allais sûrement rester.

— "Rester" ?

— Cette nuit.

— Oh ! » Iris est surprise, mais s'efforce de le cacher. « Bon, si tu veux.

— Non. » Il secoue la tête. « Si toi, tu veux.

— Quoi ?

— Je passe la nuit ici si tu veux. »

Elle se redresse. « Alex, qu'est-ce que tu racontes ? Tu sais bien que tu es le bienvenu si tu veux rester, mais… »

Il l'interrompt de la voix calme, raisonnable, qui ne manque jamais de la mettre en fureur. « Tu ne le remarques donc jamais quand on essaie de te rendre service ? Je pensais dormir ici au cas où tu t'inquiéterais. Tu sais bien. Du fait que tu es seule avec Esme.

— Ne sois pas ridicule, voyons, grogne-t-elle. Elle est parfaitement… »

Alex lui attrape le visage à deux mains et l'approche du sien. L'espace d'un instant, elle est tellement décontenancée qu'elle en est pétrifiée. Puis, furieuse, elle se débat. Il ne la lâche pas. « Iris, écoute-moi, dit-il tout près d'elle. Je te propose de rester pour t'aider. Peut-être que tu l'ignores, mais, dans ce genre de situation, on est censé répondre "oui" et "merci". Veux-tu, oui ou non, que je passe la nuit ici ? » Il lui incline la tête pour signifier son accord. « Bon, alors c'est entendu. Dis-moi "merci, Alex", s'il te plaît.

— Merci, Alex, s'il te plaît.

— C'est avec plaisir. » Il lui tient toujours le visage. Ils se dévisagent un instant, puis Alex s'éclaircit la gorge. « Sur le canapé, bien sûr, s'empresse-t-il de préciser.

— Pardon ?

— Je dormirai sur le canapé. »

Iris se libère et lisse ses cheveux. « Bien entendu. »

Elle reporte son attention sur l'écran de télévision. On y voit un bâtiment à moitié effondré, un fleuve qui déborde, une voiture ratatinée, des arbres violemment agités.

« Tu te rappelles la dernière fois que nous avons dormi sous le même toit ? » demande soudain Alex.

Les yeux fixés sur les images de tempête, elle secoue la tête.

« Il y a onze ans. La veille de mon mariage. »

Sans bouger, Iris fixe les yeux sur le bord effrangé de la manche d'Alex ; on dirait une tache d'encre, là, et le tissu commence à s'effilocher, à boulocher sur la trame.

« Sauf que c'était toi qui dormais sur le canapé cette nuit-là, pas moi. »

Iris se rappelle le ronronnement d'une lampe défectueuse dans le couloir de son minuscule appartement du Lower East Side, à Manhattan, les longues heures pendant lesquelles elle ne parvenait pas à dormir en raison du décalage horaire, une barre métallique qui semblait parcourir la largeur du canapé juste sous le tissu. Elle se rappelle la clameur gémissante de la ville, qui montait par la fenêtre ouverte. Et elle se rappelle Alex qui apparut à côté d'elle en pleine nuit. Non, avait-elle dit, non. Pas question. Et elle s'était débattue. Pourquoi, qu'est-ce qu'il y a ? avait-il demandé. Elle ne l'avait pas vu depuis près de neuf mois – la période de séparation la plus longue qu'ils avaient jamais connue. Iris était allée à Moscou pour effectuer un stage obligatoire pour l'obtention de son diplôme et s'efforçait d'enseigner les subtilités du plus-que-parfait anglais à de jeunes Russes maussades.

Tu te maries demain, Alex ! avait-elle hurlé. Tu l'as oublié ? Et il avait répliqué : je m'en fiche, je ne veux pas me marier avec elle. Eh bien, ne te marie pas. Il le faut, tout est organisé, on ne peut pas annuler. Bien sûr que si, on peut, si c'est ce que tu veux. Mais il lui avait alors lancé : pourquoi es-tu allée en Russie, comment as-tu pu partir comme ça ? J'étais obligée, je devais y aller, mais toi, tu n'étais pas obligé de venir à New York, tu n'es pas obligé d'y rester et d'épouser Fran. Si, avait-il répondu, si.

Iris déplie les jambes, pose les pieds par terre. Sans mot dire.

« Alors, qu'est-ce que tu vas faire avec ce Lucas ? » demande Alex en tripotant la télécommande.

Iris laisse passer un moment avant de rectifier : « Luke.

— Luke, Lucas, comme tu voudras. » Il agite la main. « Qu'est-ce que tu vas faire ?

— À quel sujet ? »

Alex soupire. « Tu fais exprès de ne pas comprendre ? Essaie. Pour une fois. Juste pour voir l'effet que ça fait.

— Rien », répond-elle en regardant fixement le téléviseur. Si elle ne veut pas davantage en parler qu'elle ne veut parler de la nuit précédant le mariage d'Alex, elle est néanmoins soulagée de voir qu'ils sont revenus au présent. « Je ne vois pas ce que tu veux dire. Je n'ai rien l'intention de faire.

— Alors… tu vas continuer tout bonnement à être la maîtresse de ce type ? Seigneur ! Iris ! » Alex jette la télécommande sur le bras du canapé. « Tu n'as pas l'impression de te vendre au-dessous de ta valeur ? »

Piquée au vif, elle se redresse brusquement. « Je ne me vends pas, quelle que soit ma valeur. Et je ne suis pas sa maîtresse. Quel mot horrible ! Si tu crois…

— Iris, je ne te critique pas. Je me demande seulement si… » Sa voix se perd.

« Quoi ? Qu'est-ce que tu te demandes ?

— Je ne sais pas. » Alex hausse les épaules. « Est-ce qu'il… bon, j'en sais rien. » Il tripote un fil qui pend d'un coussin. « Il te plaît vraiment ? »

Iris soupire, s'effondre en arrière, de sorte qu'elle se retrouve allongée contre les coussins, ferme les yeux en y appuyant les doigts, et, quand elle les rouvre, des couleurs violentes sautent dans la pièce. « Il dit qu'il va la quitter. » Elle s'adresse à l'abat-jour, au-dessus de sa tête.

« C'est vrai ? » Alex l'observe, elle le sait, mais elle ne croise pas son regard. « Hum, marmonne-t-il en reprenant la télécommande. Je parie que non. Mais quelle sera ta réaction s'il le fait ? »

Toujours allongée, Iris voit Esme entrer dans la pièce et se diriger vers eux. Elle a le don de se rendre presque invisible, Iris ne comprend pas comment elle s'y prend. Pendant qu'elle l'examine, elle s'aperçoit qu'Esme ne regarde pas de leur côté, ne tient pas compte de leur présence dans la pièce ; on dirait que, pour elle, ils sont invisibles.

« Quoi ? dit Iris sans lâcher Esme des yeux. Oh ! ça ne me plairait pas du tout. Je serais horrifiée. Tu le sais bien. »

Quelque chose a distrait Esme de son invisibilité. Elle s'immobilise, puis s'approche d'un bureau qu'Iris a installé contre le mur. Est-ce le meuble qui l'intéresse ? Non. C'est le panneau, au-dessus, où Iris a punaisé plusieurs cartes postales et photographies. En voyant Esme se pencher pour les regarder, Iris reporte les yeux sur le téléviseur qui prévoit des vents violents et de la pluie.

Puis elle se retourne, car Esme a parlé d'une voix aiguë, étrange.

« Pardon ? »

Esme montre quelque chose sur le panneau d'affichage. « C'est moi, dit-elle.

— Vous ?

— Oui, confirme-t-elle en tendant un doigt. Une photo de moi. »

Iris dégringole aussitôt du canapé et, ravie d'interrompre cette conversation avec Alex, traverse la pièce et vient se camper à côté d'Esme. « Vous êtes sûre ? » demande-t-elle d'un ton sceptique. Comment aurait-elle pu avoir une photo d'Esme accrochée au mur pendant toutes ces années sans s'en apercevoir ?

Esme lui montre une photographie jaunie aux bords gondolés qu'Iris a découverte dans les papiers de sa grand-mère. Comme elle lui a plu, elle l'a épinglée à côté des autres. Deux petites filles et une femme se tiennent devant une grosse voiture blanche. La femme porte une robe blanche et un chapeau rabattu sur les yeux. Un renard dont la queue rejoint la gueule lui couvre les épaules. La tête de la fillette la plus grande touche le bras de la femme. Elle a un ruban dans les cheveux, des socquettes, se tient pieds écartés, une main dans celle de la plus jeune. Cette dernière fixe quelque chose qui se trouve en dehors de l'objectif. Ses contours sont légèrement flous, elle a dû bouger au moment du déclic. Pour Iris, ça lui donne un aspect fantomatique, comme si elle n'était pas là. Sa robe ressemble à celle de l'autre petite fille, mais le ruban dans ses cheveux s'est détaché et une extrémité lui tombe sur l'épaule. Dans sa main libre, elle serre un petit objet carré qui pourrait être un hochet de bébé ou une sorte de lance-pierre.

« La photo a été prise dans l'allée de notre maison, en Inde, explique Esme. Nous allions partir faire un pique-nique. Kitty a eu une insolation.

— Je n'arrive pas à croire que c'est bien vous, dit Iris en fixant cette photo qu'elle a vue cent fois et, soudain, ne reconnaît plus. Je n'arrive pas à croire que vous étiez là, juste sous mes yeux pendant toutes ces années, alors que j'ignorais votre existence. Il y a tellement longtemps que cette photo est accrochée au-dessus de mon bureau que je ne me suis jamais demandé qui était la plus jeune des petites filles. C'est stupide, incroyablement stupide de ma part. D'autant plus que vous avez toutes les deux la même robe. » Iris fronce les sourcils. « J'aurais dû le remarquer. J'aurais dû m'en étonner. Ça saute aux yeux que vous êtes sœurs.

— Vous trouvez ? demande Esme en se tournant vers elle.

— Bon, vous ne vous ressemblez pas. Mais je ne comprends pas comment j'ai fait pour ne rien voir, pour ne pas me demander qui vous étiez. J'ai trouvé cette photo au moment où ma grand-mère allait très mal et où il a fallu qu'elle quitte cette maison. »

Esme la regarde toujours. « Elle est très malade ? »

Iris grignote un ongle qu'elle a accroché et fait la grimace. « C'est difficile de quantifier ce genre d'état. Physiquement, les médecins disent qu'elle est en forme. Mais mentalement rien n'est très clair. Il y a des choses qu'elle se rappelle très bien, et d'autres qui se sont évanouies. Le plus souvent, elle croit qu'on est encore il y a trente ans. Elle ne me reconnaît jamais, n'a aucune idée de qui je pourrais bien être. Dans son esprit, Iris est une petite fille en jolie robe.

— Mais elle se souvient de choses plus anciennes ? Avant cette période de trente ans ?

— Oui et non. Elle a ses bons et ses mauvais jours. Ça dépend du moment où vous la voyez et de ce que vous dites. » Iris se demande si elle doit aborder la question, puis, avant d'y avoir vraiment réfléchi, laisse les mots sortir d'eux-mêmes. « Je lui ai parlé de vous. Je suis allée la voir exprès pour ça. Au début, elle n'a fait aucun commentaire, mais au bout d'un moment, elle a dit… elle a dit une chose très curieuse. »

Esme la regarde pendant si longtemps qu'Iris se demande si elle l'a entendue.

« Kitty, précise-t-elle. Je suis allée voir Kitty pour l'interroger à votre sujet.

— Oui. » Esme incline la tête. « Je comprends.

— Voulez-vous savoir ce qu'elle a dit ? Ou non ? Je ne suis pas obligée de vous en parler. C'est à vous de…

— J'aimerais le savoir.

— Elle a dit : "Esme ne voulait pas lâcher le bébé." »

Aussitôt, Esme fait volte-face, comme si elle était montée sur pivot. Sa main s'élève au-dessus du bureau, des papiers, des enveloppes, des stylos, du courrier à traiter, et vient s'arrêter près du panneau. « C'est votre mère ? » demande-t-elle en montrant un instantané d'Iris, de sa mère et du chien sur une plage.

Iris tarde un peu à répondre. Elle pense encore au bébé – qui pouvait bien être ce bébé ? –, fonce sur cette voie mystérieuse, et il lui faut quelques secondes pour appuyer sur le frein. « Oui », dit-elle en essayant de se concentrer sur la photo. Tiens, tiens, on essaie de détourner l'attention, a-t-elle envie de dire. Tout en effleurant la photo suivante, elle jette un rapide coup d'œil à Esme. « Là, c'est ma cousine, le bébé de ma cousine. Et là, Alex et ma mère, en haut de l'Empire State Building. Ici, des amis avec lesquels je suis partie en Thaïlande. Ma filleule. Elle est habillée en ange pour jouer dans un mystère de la nativité. Me voilà avec Alex quand nous étions petits, ici même, dans le jardin. Et là, c'était au mariage d'une amie, il y a quelques mois. »

Esme les regarde tour à tour avec attention, comme si elle s'attendait à être interrogée plus tard à leur sujet. « Vous avez beaucoup de gens dans votre vie, murmure-t-elle. Et votre père ? » Elle se redresse et fixe sur Iris son regard perçant.

« Mon père ?

— Avez-vous une photographie de lui ?

— Oui. » Iris la montre du doigt. « C'est lui, là. »

Esme se penche pour mieux voir. Elle ôte la punaise et approche la photo de son visage.

« C'était juste avant sa mort », précise Iris.

… alors, en cachette de maman et de Duncan, j'ai pris un taxi. Je leur ai dit que j'allais en ville, mais, en fait, je suis partie dans la direction opposée. Pendant le trajet, j'imaginais comment se déroulerait cette visite, je me représentais une jolie chambre, elle en chemise de nuit, assise dans un fauteuil, une couverture sur les genoux, en train de regarder dehors, un jardin, peut-être. Je voyais son visage s'illuminer à ma vue, je me disais que je pourrais l'aider avec mes modestes moyens, arranger sa couverture, lui lire une ligne ou deux d'un livre si elle en avait envie. Je la voyais déjà exercer une pression sur ma main, en signe de gratitude. Quand le chauffeur m'a dit que nous étions arrivés, j'étais sidérée. C'était si près ! Même pas à dix minutes de chez nous. Alors que, dans mon esprit, c'était très loin, en dehors de la ville. Il ne devait pas y avoir plus de deux kilomètres, trois tout au plus. En avançant dans l'allée, j'ai cherché des yeux d'autres patients, mais il n'y en avait pas. Une infirmière m'attendait à la porte et m'a emmenée non pas à l'endroit où elle se trouvait, mais dans un bureau où un médecin tripotait un stylo à encre et m'a dit : c'est un plaisir de faire votre connaissance, mademoiselle… et j'ai rectifié : madame, madame Lockhart. Il m'a priée de l'excuser, a hoché la tête, et voulait savoir. Il voulait savoir. Il a dit : j'essaie de contacter vos parents. Il a dit…

… la sixième nuit après mon mariage, quand il est venu se coucher, j'ai tendu la main dans l'obscurité, j'ai pris la sienne et je l'ai tenue fermement. Duncan, ai-je dit, et j'étais surprise de mon ton autoritaire, tout va bien ? J'avais répété dans la journée, et même depuis plusieurs jours, j'avais décidé de ce que j'allais dire. Est-ce moi ? Est-ce quelque chose que je fais ou que je ne fais pas ? Explique-moi ce qu'il faut faire. Tu dois me le dire. Il a dégagé sa main et a tapoté la mienne. Ma chère, tu dois être fatiguée. La dix-neuvième nuit, il a soudain roulé sur moi dans le noir. J'étais en train de m'endormir. Ça m'a fait un choc, je ne pouvais plus respirer, mais je n'ai pas bougé. J'ai senti qu'il me malaxait l'épaule, un peu comme on vérifie une balle de tennis, que ses pieds rencontraient les miens, qu'il remontait ma chemise de nuit, puis il a fourragé quelque part, plus bas, a descendu l'autre main de mon épaule à mon sein, et tout ce que je pouvais penser, c'était : oh ! mon Dieu ! et brusquement il s'est arrêté. Net. Il a dégringolé pour regagner son côté du lit. Oh ! a-t-il dit d'une voix horrifiée, je croyais… je lui ai alors demandé : qu'est-ce que tu croyais ? Mais il n'a jamais…

… médecin m'a appelée madame Lockhart et m'a dit : quelles dispositions votre famille a-t-elle prises pour l'accueillir avec le bébé ?

Mme Stewart arrive un matin très tôt au chevet d'Esme. « Levez-vous et rassemblez vos affaires. »

Esme arrache ses couvertures. « Je rentre à la maison. Je rentre à la maison, c'est ça ? »

Mme Stewart approche son visage. « Je ne dis ni oui ni non. Allons, venez. Dépêchez-vous. »

Esme enfile sa robe et fourre ses affaires dans ses poches. « Je rentre à la maison, dit-elle à Maudie en traversant la salle sur les talons de Mme Stewart.

— Tant mieux pour vous, ma cocotte. Il faudra revenir nous voir. »

Mme Stewart descend deux étages, suit un long couloir percé de fenêtres, et Esme aperçoit un bout de ciel, des arbres, des gens qui marchent sur la route. Elle va sortir. Le monde l'attend. Elle a toutes les peines du monde à ne pas écarter Mme Stewart de son chemin pour se mettre à courir. Elle se demande qui est venu la chercher. Kitty ? Ou ses parents ? Kitty a dû venir, sûrement, après tout ce temps, et elle doit l'attendre dans le hall aux dalles noires et blanches, peut-être assise sur une chaise, son sac sur les genoux, comme toujours, les mains gantées et, quand Esme descendra l'escalier, elle tournera la tête, oui, elle tournera la tête et sourira.

Au moment où elle s'apprête à descendre le dernier étage menant au rez-de-chaussée et à Kitty, Esme s'aperçoit que Mme Stewart ouvre une porte et la lui tient. Elle la franchit. Ensuite, Mme Stewart s'adresse à une autre infirmière : c'est Euphemia, à toi de t'en occuper maintenant. Et l'infirmière dit : venez, par ici, voici votre lit.

Esme regarde fixement le lit. Il est en acier, avec un jeté grossier en coton, et une couverture pliée au pied. La pièce est vide, avec une fenêtre tellement haute qu'elle ne voit rien d'autre que des nuages gris. Elle se retourne. « Mais je rentre à la maison !

— Non », répond l'infirmière en essayant de lui prendre ses affaires.

Esme s'y oppose. Elle sent qu'elle est au bord des larmes, qu'elle va se mettre à pleurer, que, cette fois, elle ne pourra pas s'en empêcher. Elle frappe du pied. « Si ! Le Dr Naysmith a dit...

— Vous allez rester ici jusqu'à la naissance du bébé. »

Appuyée au mur, Mme Stewart l'observe avec un curieux sourire.

« Quel bébé ? » demande Esme.

Son visage est si proche de la tête de lit qu'elle voit des marques sur le métal. La peinture émaillée est éraflée, écaillée. Esme est toute tordue, contorsionnée, la tête enfoncée dans le matelas, le dos arqué. Ses doigts se referment sur les marques et elle voit les jointures devenir blanches. La douleur vient du plus profond d'elle-même, l'engloutit, déferle sur sa tête. Une telle souffrance est inimaginable. Aucun répit, l'étau ne se relâche jamais, Esme ne pense pas y survivre. La fin est proche. Imminente. Une telle douleur est forcément mortelle.

Elle serre plus fort les éraflures, entend quelqu'un hurler sans interruption, et il lui vient alors à l'esprit que ce sont des marques de dents. Quelqu'un, dans cette salle, dans ce lit, en est venu à mordre les barreaux du lit. Elle s'entend crier : « dents, dents. »

« Qu'est-ce qu'elle dit ? » demande l'une des infirmières, mais elle n'entend pas la réponse. Il y a deux autres infirmières avec elle, l'une assez âgée, l'autre plus jeune. La jeune est gentille. Comme sa collègue, elle la maintient sur le lit, mais sans peser autant, et, au début, elle lui a essuyé le visage pendant que l'autre avait la tête tournée.

Elles lui appuient sur les épaules et les jambes en lui disant de ne pas bouger. Mais elle n'y parvient pas. La douleur la tord, la soulève du lit, l'arque. Les infirmières la plaquent sans arrêt au matelas. Poussez, lui ordonnent-elles, poussez. Ne poussez pas. Maintenant, poussez. Arrêtez de pousser. Allons, mon enfant.

Esme n'a plus aucune sensation dans les bras ni dans les jambes. Un hurlement aigu lui parvient, puis un halètement rappelant celui d'un animal malade, et l'infirmière dit : voilà, c'est bien, ne vous arrêtez pas, et elle a l'impression d'avoir déjà entendu ces bruits quelque part, il y a longtemps, peut-être a-t-elle surpris sa mère en train d'accoucher – de Hugo, ou de l'un des autres bébés ? Elle se revoit vaguement avancer sur la pointe des pieds, s'approcher d'une porte, celle de la chambre de ses parents, en Inde, derrière laquelle elle entendait ce même halètement, ce hurlement aigu, et ces cris d'encouragement. Et l'odeur. Cette odeur chaude, humide, salée, elle l'a déjà sentie. Quand elle a poussé la porte, par l'entrebâillement, elle a aperçu ce tableau : la pièce sombre, le drap blanc, l'écarlate alarmant, les cheveux de la femme foncés par la sueur, sa tête penchée dans une attitude suppliante, médecin et aides rassemblés autour d'elle, une bassine lâchant de la vapeur. A-t-elle vraiment vu tout cela ? Elle penche la tête à son tour, lâche trois brefs halètements, et même l'apparition d'un petit être luisant comme un phoque possède l'irréalité d'un événement qui s'est déjà produit.

Esme se tourne sur le côté et remonte les genoux sur la poitrine. Une naufragée rejetée sur le rivage, voilà ce qu'elle est. Elle se surprend à examiner ses mains, crispées près de son visage. Le fait qu'elles n'aient pas changé, qu'elles soient exactement comme avant, lui semble curieux. L'infirmière tranche quelque chose d'enroulé comme une corde, et Esme la voit rincer avec du rouge le minuscule corps bleu, qu'elle frappe ensuite sur les fesses et retourne.

Au prix d'un immense effort, Esme se soulève sur un coude. Les yeux du bébé sont fermés, ses poings ramenés près des joues, et son expression est incertaine, anxieuse. Regardez, dit l'infirmière, un garçon, un robuste petit garçon. Esme hoche la tête. L'infirmière emmaillote le bébé dans une couverture verte. « Je peux l'avoir ? » demande Esme. L'infirmière, la plus jeune, jette un coup d'œil vers la porte, puis regarde Esme. « Bon, mais vite, alors », répond-elle en venant lui déposer le bébé dans les bras.

Ce poids ravive une sensation curieusement familière. Le bébé ouvre les yeux, considère Esme d'un air grave, calme, comme s'il l'attendait. Elle lui caresse la joue, le front, la main, et les petits doigts s'ouvrent pour serrer l'un des siens.

La plus âgée est revenue et parle de papiers, mais Esme ne l'écoute pas. L'infirmière s'approche alors pour reprendre le bébé.

« On ne pourrait pas le lui laisser juste cinq minutes ? demande la plus jeune d'un ton doux, suppliant.

— Non », lâche l'autre en soulevant le bébé.

Esme comprend alors ce qui est en train de se passer. Non, non, s'écrie-t-elle avant de soustraire le bébé à l'infirmière. Le petit corps serré contre sa poitrine, elle se lève et, sentant ses jambes se dérober, s'enfuit à quatre pattes. Allons, Euphemia, soyez raisonnable, donnez-moi le bébé, entend-elle dans son dos. Esme répond non, non, laissez-moi tranquille. L'infirmière lui empoigne le bras en se fâchant : maintenant vous allez m'écouter, mais Esme se retourne et lui donne un coup de poing dans l'œil. Espèce de petite..., marmonne l'infirmière en titubant. Esme rassemble ses forces, se redresse. L'espace d'un instant, étonnée de se trouver si légère après tant de mois, elle vacille, mais se force à courir, loin du lit, loin de la jeune infirmière qui se lance à sa poursuite. Elle se précipite vers la porte.

Ça y est, ça y est, elle l'a franchie, elle est dans le couloir, elle court vers l'escalier, le bébé est tiède et humide contre son épaule, elle se dit qu'elle est presque libre, elle va rentrer à la maison avec son bébé, ses parents ne la rejetteront pas, elle est capable de courir comme ça sans jamais s'arrêter, mais elle entend des pas derrière elle. Quelqu'un l'attrape par la taille.

Euphemia, arrêtez, arrêtez tout de suite. C'est l'infirmière, la vieille garce, rouge de colère. Elle se jette sur Esme pour lui arracher le bébé. D'une secousse, Esme se dégage. Une alarme retentit. La jeune infirmière referme les mains sur le bébé, son bébé, essaie de le lui enlever, et il se met à pleurer. Un petit euh, euh, euh à son oreille. C'est son bébé et elle s'y accroche, ils ne l'auront pas, mais voilà que l'autre infirmière lui tord le bras dans le dos. La douleur revient, Esme pense qu'elle parviendra à la supporter, pas question qu'on lui prenne son bébé. D'un coude refermé sur son cou, l'infirmière l'étrangle, Esme n'arrive plus à respirer, elle se débat et sent que, peu à peu, peu à peu son bébé lui échappe. Non, essaie-t-elle de dire, non, non, je vous en prie. L'infirmière le lui arrache, elle l'a attrapé, il est parti. Il est parti.

Esme ne voit plus que le fin tortillon de cheveux sur la petite tête lorsque l'infirmière se hâte de s'éloigner, sa main aux doigts écartés, telle une étoile de mer, posée sur le bébé qui lâche encore son euh, euh, euh. Des gens, des hommes, costauds, accourent avec des courroies, des seringues et des camisoles de force. On la plaque au sol, à plat ventre, marionnette qui aurait perdu ses fils, et elle s'aperçoit que la seule chose qu'il lui reste de lui, c'est la couverture, la couverture verte, qui s'est dépliée dans ses mains, vide à présent, alors elle se débat, elle hurle, elle relève la tête, et voit les pieds de l'infirmière qui lui a pris son bébé, elle voit ses chaussures, ses jambes, mais ne le voit pas, lui. Dans un ultime effort, elle essaie de lever davantage la tête, quelqu'un lui plaque le visage contre les dalles, si bien qu'elle doit se contenter de tendre l'oreille pour guetter, sous les hurlements, les interpellations et l'alarme, les bruits de pas qui s'éloignent dans le couloir et finissent par s'éteindre.

… n'en avais aucune idée. Nous en étions toutes là, me semble-t-il. Nous pensions que c'était à l'homme de savoir se débrouiller. Bien entendu, je n'avais jamais posé la moindre question à ma mère, et, de son côté, elle ne m'avait rien expliqué. Je me rappelle avoir éprouvé quelques inquiétudes à ce sujet avant le mariage, mais pour d'autres raisons. Il ne m'était jamais venu à l'esprit qu'il ne saurait pas comment…

… il y avait des fois où je la regardais en me demandant : pourquoi elle ? Elle avait les cheveux frisottés, des taches de rousseur parce qu'elle ne portait jamais de chapeau au soleil, des mains peu soignées, des vêtements froissés, enfilés sans y penser. Bien sûr, j'éprouvais un sentiment de culpabilité du fait que j'entretenais des pensées aussi peu charitables au sujet de ma sœur. N'empêche que je ne comprenais pas. Pourquoi elle ? Pourquoi elle et pas moi ? J'étais plus jolie, on me le disait souvent, j'étais l'aînée, j'avais presque le même âge que lui. En bien des domaines, j'étais plus adroite qu'elle ne le serait jamais. De temps à autre, je me dis encore que, s'il n'était pas parti, j'aurais peut-être réussi à…

… j'ai entendu. J'ai tout entendu. Je patientais dans une pièce qui donnait dans le couloir. Une infirmière est entrée, puis une autre, elles ont claqué la porte derrière elles. Elles semblaient agitées et haletaient toutes deux. Cette petite…, a commencé l'une avant de s'interrompre en m'apercevant. Nous avons écouté les hurlements. Il y avait un jour en haut de la porte, si bien que les bruits nous parvenaient distinctement. Alors, j'ai dit…

… le spécialiste m'a demandé de retirer tous les vêtements qui couvraient le bas de mon corps. J'en étais malade, mais j'ai obéi. Il a fallu que je fixe les yeux au plafond pendant qu'il tirait et poussait, et j'ai failli hurler avant qu'il finisse enfin par se redresser. Il avait l'air nerveux. Ma chère madame, m'a-t-il dit, vous êtes… euh… toujours intacte. Me comprenez-vous ? J'ai répondu oui, mais ce n'était pas la vérité. Vous n'avez donc pas encore eu de rapports avec votre mari ? a-t-il ajouté, le dos tourné, en se lavant ostensiblement les mains. Si, j'en ai eu. Du moins, c'est ce que je pensais. Ce n'était pas le cas ? Le médecin a baissé les yeux sur ses notes et a répondu : non, chère madame, non. Ce soir-là, je me suis assise au bord du lit, j'ai essayé de toutes mes forces de ne pas pleurer, et j'ai répété à Duncan les phrases qu'avait utilisées le médecin…

… cette femme croit que c'est l'heure du goûter. J'aimerais bien qu'elle s'en aille. J'aimerais bien qu'elles s'en aillent toutes. Comment peut-on se sentir seul quand on est sans cesse entouré de gens, voilà qui me dépasse. Comment puis-je exister si…

… essayé de rassembler des indices, c'était ce que faisaient les filles à l'époque, mais tout était tellement brumeux. Vous saviez que ça se passait au lit, la nuit, qu'il fallait s'attendre à avoir mal, mais un voile demeurait sur le reste. J'avais bien pensé à interroger ma grand-mère, mais…

… non, je ne veux pas de biscuit fourré. Il n'y a rien qui me fasse moins envie. Est-ce que tous ces gens ne vont jamais…

… les hurlements ont cessé d'une manière brutale. Ensuite, le silence a été écrasant. J'ai demandé ce qui se passait. L'infirmière la plus proche m'a répondu : rien. On lui a administré un sédatif. Ne vous inquiétez pas, elle va bien dormir et, au réveil, elle aura tout oublié. C'est alors que j'ai vu le bébé. Jusque-là, je ne l'avais pas remarqué. En s'apercevant que je le regardais, l'infirmière est venue me le mettre dans les bras. J'ai baissé les yeux sur lui, et j'ai été saisie. J'étais à deux doigts de changer d'avis, de dire, non, tout compte fait, je ne veux pas le prendre. Car il avait la même odeur qu'elle.

Il avait son odeur.

Je n'ai jamais pu surmonter ça.

Mais alors, je...

... croyais qu'il comprendrait certains mots. Je les lui ai dits : pénétration, et aussi éjaculation. Je les avais appris comme, bien longtemps plus tôt, j'avais appris à conjuguer les verbes en français. Je pensais que ça pourrait l'aider. Je pensais que ça réglerait le problème. J'avais revêtu ma chemise de nuit rose. Mais il s'est penché, a attrapé son oreiller et a traversé la chambre. Avant qu'il arrive à la porte, je ne croyais pas vraiment qu'il allait sortir. Je me disais qu'il faisait peut-être les cent pas, ou allait chercher quelque chose. Mais non. Il est arrivé devant la porte, l'a ouverte et, une fois sorti, l'a refermée derrière lui. Et, en moi aussi, quelque chose s'est refermé. Ce n'est que le lendemain, quand, sans lui en parler, et sans en parler à ma mère non plus, je suis allée à l'hôpital et que le médecin m'a arrêtée en disant...

... l'odeur de ce biscuit me donne la nausée. Je vais le fourrer sous ce coussin pour ne plus le sentir...

... j'ai baissé les yeux sur le bébé, parce que je pensais que j'en serais incapable, que j'allais être obligée de le rendre, et alors j'ai vu à qui il ressemblait. Je l'ai vu. Je crois que, jusqu'à cet instant, je n'avais pas pleinement pris conscience de ce qui s'était passé, de ce qu'elle avait fait. C'était donc avec lui qu'elle l'avait fait. La colère est montée en moi. Comment avait-elle su s'y prendre ? Elle était plus jeune que moi, moins jolie, et certainement moins accomplie, elle n'était même pas mariée et elle avait réussi à…

… rendue là-bas parce que, à vrai dire, je ne savais pas où aller. Ma mère ne m'aurait pas aidée, d'ailleurs, je n'aurais pas pu lui en parler, nous n'avions pas ce genre de conversation. La visite chez le spécialiste n'avait rien arrangé, bien au contraire. Et je désirais tellement un enfant. On aurait dit que j'avais une douleur dans la tête, une pierre dans mon soulier. C'est une chose terrible que de désirer quelque chose qu'on ne peut pas avoir. Ce désir ne vous lâche plus. Je n'arrivais plus à réfléchir correctement. Il n'y avait personne d'autre à qui je pouvais en parler, me disais-je. En outre, elle me manquait. Oui, elle me manquait. Il y avait plusieurs mois qu'elle était partie. J'ai donc pris un taxi. Pendant le trajet, j'étais surexcitée et je me demandais pourquoi je ne l'avais pas fait plus tôt. Au moment où je suis entrée, je revoyais son expression, elle me hantait. Mais le médecin m'a arrêtée au passage avant que je puisse arriver jusqu'à elle et, quand il m'a dit tout cela, sur elle, sur le bébé, j'ai…

… jamais revenu dans notre chambre. Il couchait dans une autre pièce, au bout du couloir. À la mort de ma mère, j'ai hérité de la maison, nous nous y sommes installés, il a pris la chambre qui avait été celle de ma grand-mère, et moi, celle que j'avais partagée avec…

Cette photographie, elle la prend, la tient entre ses mains, la regarde et, soudain, elle sait. Elle repense à ces chiffres, 2 et 8, qui donnent 82, et aussi 28. Alors, elle songe à ce qui lui est autrefois arrivé, le vingt-huitième jour d'un mois de fin d'été. Ou plutôt, elle n'y pense pas, elle n'en a pas besoin. L'événement est inscrit à jamais dans sa mémoire. Il ne la quitte jamais, elle l'entend, elle est cet événement.

Elle sait qui est l'homme photographié, ou plutôt qui il était. Tout lui apparaît, à présent. Du regard, elle balaie la pièce où, pendant l'hiver, on rangeait les vêtements d'été dans des coffres en cèdre – cotonnades et mousselines bien pliées, des robes qu'elles ne portaient presque jamais à cause du climat d'Édimbourg. En août, quand il faisait très beau, elles les avaient peut-être secouées, aérées avant de les enfiler. Combien de fois ? Elle ne s'en souvient plus. Aujourd'hui, à la place du chiffonnier aux nombreux tiroirs peu profonds, que sa mère trouvait si pratique pour y ranger ses chemisiers imprimés et ses châles légers, il y a un poste de télévision. Il jette un voile bleuté, crachotant, dans la pièce.

Une nouvelle fois, elle regarde la photographie. L'homme porte un enfant sur les épaules. Ils sont dehors. Des branches se glissent dans le cadre, en haut. Il lève un peu la tête pour s'adresser à la petite fille qui s'agrippe à ses cheveux. Quant à lui, il referme les mains sur ses chevilles, comme s'il craignait, en la lâchant, de la voir s'envoler vers les nuages.

Esme examine le visage de l'homme et, sur les méplats et les arêtes, elle lit ce qu'elle voulait savoir. Elle le voit, elle le sait : il était à moi. Tendant les bras pour accueillir cette information, elle s'en vêt comme on enfile un vieux manteau. Il était à moi.

Quand elle se tourne vers la fille plantée à son côté, elle constate une ressemblance frappante avec sa propre mère, au point qu'il pourrait vraiment s'agir d'elle, mais une mère qui porterait d'étranges habits superposés, et aurait une coupe de cheveux courte, asymétrique, avec une frange en biais, toutes choses tellement éloignées de ce qu'était la mère d'Esme qu'elle manque éclater de rire. Et elle voit bien que la fille, elle aussi, est à elle. C'est une pensée grisante. Esme a envie de prendre la main de la fille, de toucher cette chair qui est sa chair, de la retenir pour qu'elle ne s'envole pas dans les nuages, comme un cerf-volant ou un ballon. Au lieu de céder à cette impulsion elle s'approche d'un fauteuil, s'assied, garde la photographie sur les genoux.

Avant de perdre pleinement conscience quand on vous a administré un sédatif, on sent que le monde réel imprime encore sa marque sur le délire flou, teinté de poésie, qui va vous maintenir sous son emprise. Durant un bref instant, on flotte entre ces deux mondes. Esme se demande si les médecins le savent.

Bon, toujours est-il qu'on l'a relevée, telle une grande poupée de chiffons inerte. Déjà, des milliers de fourmis grouillaient au plafond, et, du coin de l'œil, elle apercevait un chien gris qui courait dans le couloir, museau rivé au sol.

Deux hommes la portaient, un de chaque côté, elle en est presque sûre. Chacun la tenait par un bras et une jambe. Sa tête ballottait, renversée en arrière, tout le sang, glacé, s'y accumulait, et ce qu'il lui restait de cheveux traînait par terre. Elle savait où on l'emmenait. Il y avait bien assez longtemps qu'elle se trouvait à Cauldstone. Le chien gris semblait la suivre, l'accompagner, puis, un instant plus tard, il se tapit dans le couloir et sauta par une fenêtre. Pouvait-il y avoir une fenêtre ouverte ? Était-ce possible ? Sans doute pas. Pourtant, elle eut l'impression de sentir une brise tiède, venue d'un endroit mystérieux, lui parcourir la peau et vit quelqu'un franchir une porte. Mais ça ne pouvait pas être réel, car cette personne était sa sœur et paraissait marcher à l'envers, au plafond. En outre, elle portait la veste d'Esme. Ou une veste qui lui avait appartenu. En belle laine rouge. Sa sœur l'avait toujours admirée. Elle lui tournait le dos et s'éloignait. Nostalgique, Esme l'observa. Sa sœur. Imaginez un peu. Ici. Elle voulut essayer de parler, de l'appeler, mais ses lèvres ne lui obéissaient pas, sa langue ne fonctionnait pas, et, de toute façon, ça ne pouvait pas être vrai. Sa sœur ne venait jamais. Dans un moment, sa sœur allait s'élancer par la fenêtre, comme le chien gris, comme les fourmis, dotées d'ailes, à présent, et qui, de leurs petites pattes crochues, lui fouissaient le visage.

... semblait une solution. Voilà tout. Je trouvais ça trop beau pour être vrai. Je désirais tellement, tellement un bébé. On aurait dit qu'un ange était descendu du ciel pour m'annoncer : celui-ci pourrait être à toi. Je suis donc allée trouver mon père, car, bien sûr, rien ne pouvait se faire sans lui. J'ai demandé à m'entretenir avec lui dans son bureau. Pendant que je lui parlais, il gardait les yeux baissés sur son sous-main. Lorsque j'ai eu terminé, il n'a rien dit. J'ai patienté, plantée là, dans mes plus beaux vêtements, car, pour une raison ou une autre, il m'avait semblé utile de bien m'habiller pour présenter ma requête, j'avais l'impression que ça m'aiderait. Je ne voyais aucun autre moyen de mettre un terme à mon tourment, vous comprenez. Je crois que je le lui ai dit, d'une voix tremblante. Brusquement, il a levé les yeux pour me jeter un regard glacial, parce qu'il avait une sainte horreur des femmes qui pleuraient. Il l'avait répété assez souvent. Il a lâché un soupir. Si tu le juges bon, m'a-t-il dit en me congédiant. Sidérée, je suis sortie dans le couloir, je me rendais compte que ça pouvait devenir réalité. Mais, soyons claire, je n'ai jamais voulu...

... tellement facile. Je disais aux gens : je vais partir dans le Sud pour quelques mois. Oui, je dois changer d'air. Dans mon état, les médecins pensent que la chaleur me fera du bien. Oui, j'attends un bébé. C'est merveilleux, en effet. Non, Duncan ne vient pas avec moi. Son travail, vous comprenez. Tout a été tellement facile. Le seul problème, quand on ment, c'est de se rappeler ce qu'on a dit à telle et telle personne. Et je n'ai eu aucune difficulté parce que j'ai raconté la même chose à tout le monde. C'était parfait. Parfait d'une manière magnifique, inexprimable. Personne n'en saurait rien. J'ai dit à Duncan : je vais avoir un bébé, je m'en vais. Je ne l'ai même pas regardé pour voir sa réaction. Parfois, je pense que ma mère s'est doutée de quelque chose. Mais je n'en suis pas sûre. Peut-être mon père lui en a-t-il touché deux mots, bien qu'il ait toujours affirmé qu'il valait mieux qu'elle n'en sache jamais rien. De toute façon, si elle a compris, elle n'a jamais…

… Jamie revenait de temps en temps à Édimbourg, tout d'abord avec son épouse française, puis avec une petite Anglaise, et enfin, beaucoup plus tard, avec une idiote qui avait la moitié de son âge. Un jour, il a pris le bébé dans ses bras. Il est arrivé à l'improviste, je me trouvais au salon avec Robert, qui s'amusait sur une couverture, par terre. Il ne marchait pas encore, je m'en souviens. Voilà donc Jamie qui arrive, seul, pour une fois ; Duncan était sorti, et le bébé était sur sa couverture, entre nous. Jamie a dit : ah ! voilà l'héritier. Pour ma part, j'étais incapable de prononcer un mot. Il s'est penché, a attrapé le bébé, l'a levé au-dessus de sa tête, pendant que j'étais toujours muette, et il a dit : c'est un beau garçon, très beau, et le bébé l'a regardé. Il lui jetait un regard perçant, comme le font parfois les bébés, puis sa lèvre inférieure s'est pincée, il a ouvert la bouche et s'est mis à hurler. Il ne s'arrêtait plus, gigotait, se débattait, et j'ai été obligée de le reprendre pour l'emmener à l'étage, bien loin. J'étais contente. Je le serrais contre moi en montant l'escalier et je lui murmurais la vérité à l'oreille. C'était la première fois que j'en parlais. Et la dernière. Je lui ai dit…

… des fois où ce n'était pas facile. Comment s'appelait-il, déjà, celui qui n'a pas pu garder un secret et a été forcé de le confier à la rivière ? Je ne m'en souviens plus. Il y avait des jours où c'était très dur. S'il j'avais eu au moins une personne à qui en parler, j'aurais pu m'épancher et les choses auraient été moins difficiles. Un jour, je suis retournée là-bas, ça me semblait le moins que je puisse faire. On m'a emmenée dans cet endroit terrible qui ressemble à un donjon, et on m'a dit de regarder par un petit trou percé dans la porte verrouillée. Et, dans cette chambre noire, j'ai vu une créature. Un être vivant. Enveloppé comme une momie, avec un visage nu, fendu, en sang. Il rampait, rampait, l'épaule collée au mur ramolli, et parlait tout seul. Alors, j'ai dit : non, ce n'est pas elle, et ils m'ont affirmé que si. J'ai mieux regardé, j'ai vu que c'était possible, et je…

… alors j'ai dit au médecin, oui, l'adoption, ce serait parfait. Je vais l'élever moi-même. Admirable, madame Lockhart, m'a-t-il dit. Après quoi, il a ajouté : nous allons garder un moment Euphemia, pour voir comment elle se comporte, et ensuite, peut-être… Oui, ai-je dit. Voilà. C'était aussi simple que ça. Mais je n'ai jamais voulu qu'elle…

Tout à coup, Iris reprend conscience et reste un moment allongée, sonnée, les yeux au plafond. Quelque chose l'a réveillée. Un bruit, une agitation inhabituelle dans la maison ? Il est tôt, l'aube ne pointe pas encore, une lumière grise délavée filtre derrière les stores, laissant la plus grande partie de la chambre dans l'obscurité.

Afin de trouver un endroit plus confortable, moins écrasé sur l'oreiller, elle se tourne sur le côté, puis remonte la couette jusqu'au cou. Elle songe à Esme, dans le petit lit de la pièce voisine, et à Alex, sur le canapé. Juste au moment où elle se dit que son appartement se remplit tous les jours un peu plus, ce qui l'a réveillée lui revient soudain à l'esprit.

C'était moins un rêve qu'un retour en arrière. Iris se promenait dans les étages inférieurs de la maison telle qu'elle était à l'époque de sa grand-mère, franchissait la lourde porte en chêne du petit salon, traversait le couloir, passait devant la porte d'entrée au verre coloré, dont les triangles rouges et les carrés bleus tordaient la lumière, montait l'escalier, l'ourlet de sa jupe battant ses mollets nus. Une fois sur le palier, elle allait atteindre le renfoncement où...

Furieuse, Iris se tourne de l'autre côté, pétrit son oreiller, tire dessus. Pour se rendormir, elle devrait lire. Aller aux W.-C. Ou boire dans la cuisine. Mais elle ne veut pas errer dans l'appartement en pleine nuit, au cas où...

Un détail la frappe, au point qu'elle se redresse presque sur son séant. Dans son rêve, elle portait la robe légère qu'elle avait mise la fois où... Brusquement, Iris se retourne sur le dos, se gratte le cuir chevelu avec frénésie, donne un coup de pied dans la couette, elle a chaud, trop chaud, comment ça se fait, pourquoi est-elle aussi mal dans ce fichu lit ? Lorsqu'elle ferme les yeux, sidérée, elle se rend compte que les larmes lui montent aux yeux. Pas question, mais alors pas question qu'elle repense à ça.

La robe qu'elle portait quand sa grand-mère les a surpris. Iris se cache le visage dans ses mains. Cette scène, elle l'avait enfouie si profondément, ne s'était pas autorisée à se la remémorer pendant si longtemps qu'on aurait dit qu'elle n'avait jamais eu lieu. Iris a presque réussi à récrire l'histoire de sa vie. En évacuant la fois où Kitty les a surpris.

Iris jette un bref coup d'œil à la cloison qui sépare sa chambre de la salle de séjour. L'envie la prend de cracher dessus, de lancer quelque chose, de hurler : « Tu as un sacré culot ! » Pour elle, il n'y a aucun doute, par sa simple présence, Alex a exercé une influence pernicieuse sur ses pensées nocturnes.

La fois où Kitty les a surpris. Iris était de retour à Édimbourg à la fin de sa première année d'université. Sadie et Alex étaient venus la chercher à la gare et lui avaient annoncé qu'ils iraient prendre le thé chez sa grand-mère. Iris et Alex ne s'étaient pas revus depuis une éternité. Dans la pièce sombre, aux lourdes tentures de brocart, que sa grand-mère appelait le petit salon, il leur avait fallu rester assis l'un à côté de l'autre devant un plateau de minuscules sandwichs, de *scones* beurrés, et boire du thé servi dans des tasses en porcelaine. Sa grand-mère parlait des voisins, des changements intervenus dans les sens uniques en ville, se renseignait sur les cours suivis par Iris, trouvait qu'elle avait l'air débraillée.

Iris s'efforçait de l'écouter, tâchait de faire descendre la deuxième bouchée de son *scone*, mais elle était tendue comme un ressort. À côté d'elle sur le canapé, Alex semblait suivre la conversation avec attention, pourtant il effleurait de la main la cuisse d'Iris, grattait de ses jointures le tissu fin de sa robe, touchait de sa manche son bras nu, heurtait son pied avec le sien. Iris sentait qu'elle devait quitter la pièce, monter à l'étage pour se calmer en respirant un bon coup dans la solitude de la salle de bains. En ressortant, elle éteignit la lumière derrière elle, traversa le palier et, quand elle arriva à la première marche, quelqu'un l'attrapa par sa robe et l'attira dans le renfoncement où trônait l'horloge de parquet. Aussitôt, Alex et elle s'agrippèrent avec frénésie, chacun referma les bras sur le corps de l'autre en cherchant à l'attirer le plus près possible. Le souffle d'Alex haletait à l'oreille d'Iris, elle mordait dans le muscle lisse de son épaule, et l'un des deux dit : nous ne pouvons pas faire ça, il faut retourner là-bas. C'était elle, pense Iris. Alex lâcha un petit gémissement désespéré et la poussa contre le mur. Ses mains tiraient sur sa robe et des coutures craquèrent. En même temps que ce bruit, Iris entendit des pas qui montaient l'escalier, se rapprochaient. Elle repoussa Alex juste au moment où sa grand-mère atteignait le palier. Kitty les aperçut, les regarda l'un après l'autre, porta une main à sa bouche, puis ferma les yeux. Durant ce bref laps de temps, personne ne bougea. Kitty rouvrit les yeux et se tordit les mains. Alex s'éclaircit la gorge pour prendre la parole, mais resta muet. Sa grand-mère regarda alors Iris. Un long regard dur. Déconcertant, si pénétrant qu'Iris dut se mordre la lèvre pour ne pas crier, pour ne pas dire : « S'il te plaît, grand-mère, s'il te plaît, ne le répète pas. »

Kitty se retourna et, avec une attention extrême descendit les marches une par une. Iris et Alex entendirent ses talons claquer dans le couloir, puis la porte du petit salon s'ouvrit et se referma. Ils restèrent plantés là dans la pénombre du palier, guettèrent un halètement, un hurlement, les pas courroucés de Sadie dans l'escalier. Ils patientèrent longtemps, écartés l'un de l'autre, sans se regarder. Rien ne se passa. Les jours suivants, ils attendirent un coup de téléphone, une visite, une phrase de Sadie : il faut que je vous parle à tous les deux. Mais rien ne vint. Sans prévenir, Iris ajouta le russe à son programme d'études, une décision qui nécessitait de passer un an à Moscou. Pendant qu'elle était là-bas, elle apprit qu'Alex était allé travailler à New York et s'était fiancé à une certaine Fran. Bref, Iris n'avait plus jamais touché Alex.

Les dents serrées, Iris fixe les motifs fantasques que dessinent les fêlures au plafond. D'un geste violent, elle tire sur la couette, la remonte pour la repousser aussitôt. Elle jette un regard noir sur la cloison. Espèce d'enfoiré ! a-t-elle envie de hurler, fous le camp de chez moi. Maintenant, elle ne parviendra pas à se rendormir.

Mais elle a dû pourtant s'assoupir car, quelques secondes plus tard, lui semble-t-il, quelque chose qui doit bien être un autre rêve – une séquence affolée, avec arrêt sur image, durant laquelle elle perd son chien dans une gare bondée – s'efface brusquement. Iris tourne la tête sur son oreiller, gémit, essaie de refaire surface. Soudain, au-delà de l'horizon que constitue la couette, elle aperçoit le bas d'un cardigan, trois boutons.

Bras croisés, les yeux fixés sur elle, Esme se tient à son chevet. La chambre baigne dans une lumière jaune éclatante. Iris lève la tête, repousse les cheveux qui lui tombent devant les yeux. L'espace d'un instant, elle est incapable de parler. Lorsqu'elle jette un coup d'œil à la coiffeuse, elle est soulagée de la trouver vide. La veille, elle a remis les couteaux en place.

« Esme, est-ce que… », commence-t-elle d'une voix rauque.

Mais Esme l'interrompt. « Pouvons-nous aller voir Kitty aujourd'hui ?

— Hum. » Avec effort, Iris se redresse. Quelle heure est-il ? Est-elle vêtue ? Elle baisse les yeux. Le haut de son corps, du moins, est décent… quelque chose de vert le couvre. Pour l'instant, elle ne sait plus quel est ce vêtement. « Bien sûr. » À tâtons, elle cherche sa montre sous l'oreiller. « Si… si c'est ce que vous voulez. »

Après un signe de tête, Esme pivote et sort. Iris retombe sur l'oreiller et remonte la couette jusqu'au cou.

Le soleil matinal radieux est rouge derrière ses paupières fermées. Il est bien trop tôt pour un dimanche matin.

Quand elle se lève, elle trouve Alex dans la cuisine avec Esme. Tous deux sont penchés sur une carte des États-Unis et Alex évoque un parcours qu'il a effectué avec Iris quinze ans plus tôt.

« Ça va ? » dit-il sans lever les yeux au moment où Iris passe devant lui pour s'approcher de l'évier.

Tout en allumant le gaz sous la bouilloire, elle émet un léger grognement qui signifie oui. Après quoi elle s'appuie à la cuisinière. Alex montre un parc national réputé pour ses cactus.

« Tu t'es levé tôt, fait-elle remarquer.

— Je n'arrivais pas à dormir. Je ne sais pas si tu es au courant, mais ton canapé est horriblement inconfortable. »

Alex s'étire et son T-shirt remonte en dénudant son nombril et la rangée de poils qui disparaît dans la taille basse de son jean. Iris détourne les yeux, les reporte sur Esme en se demandant si ce n'est pas un peu choquant pour elle. Mais Esme est toujours penchée sur la carte.

« Je me sens tout drôle, comme si j'étais fatigué par un décalage horaire, poursuit Alex. Mais, bien entendu, ce n'est pas le cas. Je ne sais pas comment appeler ça. C'est un décalage quelconque, en tout cas. Un décalage existentiel. Un décalage canapéen. »

Iris fronce les sourcils. Il est trop tôt pour ce genre de conversation.

Comme il reste environ une heure à tuer avant que les visites soient autorisées dans la résidence de Kitty, Iris emmène Alex et Esme à Blackford Hill. Tout en avançant, elle tourne la tête pour voir, au loin, le miroir gris de la mer, la ville étalée entre la colline et la côte, les ajoncs épars, Esme qui marche mains écartées, la robe flottant au vent tel un rideau à une fenêtre, Alex, un peu plus loin, qui jette des bâtons pour que le chien les rapporte, un cerf-volant rouge secoué par la brise, quelques voitures garées, une femme qui pousse un landau, un homme qui descend de son véhicule et qu'Iris trouve séduisant avant de reconnaître en lui quelque chose de familier, ses cheveux, la manière dont il se frotte la nuque, dont il prend la main d'une femme.

Brusquement, Iris s'immobilise. Puis pivote. Elle pourrait s'éloigner en courant. Il ne la verrait pas, personne ne la verrait, elle pourrait se faufiler jusqu'à sa voiture, et ils n'auraient pas besoin de se croiser. Mais voilà qu'il pivote, pose un bras sur les épaules de sa femme, et, ce faisant, aperçoit Iris. Elle attend, pétrifiée, transformée en statue de sel. Dès qu'il la voit, il laisse retomber son bras. Puis il hésite, se demande s'il ne vaudrait pas mieux remonter en voiture avec sa femme, fermer les portières et filer.

Mais l'épouse a vu Iris. Trop tard. Iris se rend compte qu'elle parle à son mari, lui demande quelque chose. Laissant les portières de la voiture ouvertes, prêtes à les accueillir, ils s'approchent d'elle. Il n'a pas le choix, elle le voit bien, mais l'envie de prendre ses jambes à son cou, de se sauver la gagne. Si elle s'enfuyait maintenant, cette rencontre n'aurait pas besoin d'avoir lieu. Mais Esme est à côté d'elle, Alex un peu plus loin. Comment les planter là ?

« Iris », dit Luke.

Sans conviction, elle feint d'apercevoir soudain une connaissance. « Oh ! bonjour. »

Luke et sa femme viennent s'arrêter devant eux. S'il a ôté le bras de ses épaules, elle ne lui a pas lâché la main. Pas folle, se dit Iris. Il y a un silence. Iris regarde Luke pour savoir comment il va s'en tirer. De quel côté va-t-il pencher ? Mais il se concentre sur un tiers, et Iris se rend compte qu'Alex s'est matérialisé près d'elle, le bâton du chien dans les mains.

« Salut, Luke, dit-il en lançant très haut le bâton pour obliger le chien à s'élancer en diagonale. Ça fait un moment qu'on ne s'est pas vus. Comment ça va ? »

Iris voit Luke tressaillir un peu. « Alexander, dit-il en toussant.

— Alex », rectifie Alex.

Luke réussit à acquiescer. « Ça fait plaisir de vous voir. »

La tête penchée d'une façon curieuse sur le côté, Alex envoie le message suivant : « Je me souviens de vous », et aussi « je ne vous aime pas ». « Le plaisir est réciproque », dit-il.

Luke se dresse sur la pointe des pieds, puis se met à hocher la tête. Iris s'aperçoit qu'elle l'imite. Tous trois se font des signes de tête pendant un moment. Luke est incapable de croiser le regard d'Iris et son visage est empourpré. Iris ne l'avait encore jamais vu rougir. Elle s'aperçoit que, pour sa part, elle ne parvient pas à regarder sa femme. Malgré ses efforts, chaque fois qu'elle essaie, quelque chose l'oblige à détourner les yeux, comme si cette femme irradiait un champ magnétique négatif trop puissant pour elle. Le silence augmente, voile l'air qui les sépare, et Iris se creuse la cervelle pour trouver une excuse, une raison de partir, quand, horrifiée, elle entend Alex dire d'un ton dangereusement badin :

« C'est sûrement votre femme, Luke. Vous ne voulez pas nous la présenter ? »

Luke se tourne vers sa femme en ayant l'air de l'avoir oubliée. « Gina, dit-il, les yeux rivés au sol. Voici… Iris. Elle… nous… euh… nous… », bredouille-t-il.

Suit un interminable silence et Iris est curieuse de savoir comment il va poursuivre. Que pourrait-il bien dire ? Nous baisons dès que nous en avons l'occasion ? Nous nous sommes connus à un mariage pendant que tu étais clouée au lit avec la grippe ? Elle ne m'a pas donné son numéro de téléphone, si bien que j'ai découvert où elle travaillait et j'y suis allé tous les jours jusqu'à ce qu'elle accepte de sortir avec moi ? C'est pour elle que j'ai l'intention de te quitter ?

« Elle… elle a un magasin », termine-t-il.

Alex lâche alors un son étranglé. Sachant qu'il réprime un rire, Iris, elle, se promet de le lui faire payer plus tard, et sacrément.

Mais Gina sourit, tend la main avec une expression dénuée de fourberie, de jalousie.

En la lui serrant, Iris pense : je pourrais gâcher ta vie. « Enchantée », marmonne-t-elle sans parvenir à la regarder, sans parvenir à se faire une idée de la femme qu'elle trahit, de la femme qui partage la maison, le lit, la vie de Luke. Elle voudrait bien, mais n'y arrive pas.

Pourtant, elle s'y oblige et constate que Gina est petite, avec des cheveux pâles retenus par un élastique, qu'elle tient une paire de jumelles, et, en regardant les jumelles, Iris voit autre chose. Gina est enceinte. On ne peut s'y tromper – son ventre est gonflé sous le pull en laine noire.

Le regard d'Iris s'attarde assez pour tout remarquer. Les mailles entrecroisées du pull, le fermoir argenté de l'étui des jumelles, les mains récemment manucurées, les ongles vernis à la française.

Iris a l'impression de s'enfoncer, elle sent que ses tempes cognent. Elle voudrait partir, elle voudrait se trouver ailleurs. Gina dit alors quelque chose à Luke, ils parlent du froid, se demandent s'ils tenteront de grimper au sommet de la colline, et, en plein milieu de cet échange, Esme se tourne soudain vers Iris, fronce les sourcils et l'attrape par le poignet.

« Nous devons partir, annonce-t-elle. Au revoir. » Elle entraîne Iris sur le sentier en jetant un regard noir à Luke.

Quand la voiture s'arrête devant l'institution, Iris s'aperçoit que ses mains tremblent toujours, que son cœur bat encore trop vite, à grands coups irréguliers. Pendant qu'Alex descend et aide Esme, elle ouvre et referme la boîte à gants, rabat le pare-soleil pour se regarder dans le miroir, se trouve l'air d'une folle, repousse ses cheveux de son visage, puis ouvre enfin sa portière et descend.

Ils traversent alors le parking, poussent les portes en verre de l'entrée. Iris évite de croiser le regard d'Alex. Mains dans les poches, il avance en sautillant. Après avoir passé un bras sous celui d'Esme, Iris se dirige avec elle vers l'accueil et signe le registre des visiteurs.

« Tu préfères venir avec nous ou nous attendre ici ? Ça m'est égal, c'est à toi de… » Elle s'adresse plus ou moins à l'épaule d'Alex.

« Je viens. »

Devant la chambre de Kitty, Iris annonce : « Nous y voilà. »

Esme s'arrête, regarde l'endroit où, à sa gauche, le mur du couloir rejoint le plafond. C'est le geste de quelqu'un qui vient de voir un oiseau passer au-dessus de sa tête, ou qui sent soudain une rafale de vent. Après quoi, elle baisse les yeux, s'étreint les mains, puis les laisse retomber le long des flancs. « C'est là ? »

La chambre est claire, le soleil s'y déverse par la porte-fenêtre. Assise dans un fauteuil, Kitty tourne le dos à la vue. Elle porte un twin-set taupe, une jupe en tweed, des chaussures de marche bien cirées. On dirait qu'elle s'est préparée pour entreprendre une randonnée. Iris constate que le coiffeur est venu récemment – ses cheveux argentés, crantés, coiffés en arrière, ont un reflet bleu.

Iris s'avance dans la pièce. « Grand-mère, c'est moi, Iris. »

Kitty tourne la tête pour la regarder. « Seulement le soir, réplique-t-elle. Dans la journée, c'est très rare. »

L'espace d'un instant, Iris est décontenancée, mais elle se ressaisit. « Je suis ta petite-fille, Iris...

— Oui, oui, qu'est-ce que vous voulez ? » rétorque Kitty d'un ton sec.

Iris s'assied sur un tabouret, près d'elle. Soudain, elle est gagnée par la nervosité. « Je t'ai amené des visiteurs. Enfin, surtout une personne. L'autre, l'homme, là-bas, c'est Alex. Je ne sais pas si tu te souviens de lui, mais... » Après une profonde inspiration, elle ajoute : « C'est Esme. » Elle se tourne alors pour regarder Esme, debout près de la porte, immobile, la tête penchée.

« Qu'est-ce que vous avez fait à vos cheveux ? » hurle Kitty.

Iris sursaute, se retourne et s'aperçoit que c'est à elle qu'elle s'adresse. « Rien, répond-elle, déstabilisée. Je les ai fait couper... Grand-mère, c'est Esme. Ta sœur. Tu te souviens de ta sœur ? Elle est venue te voir. »

Kitty ne lève pas les yeux. Avec obstination, elle les fixe sur son bracelet-montre qu'elle effleure de ses doigts, et Iris pense soudain qu'elle comprend parfois mieux qu'elle n'en a l'air. Quelque chose dans la pièce s'étire, s'agite, Kitty laisse glisser les maillons en or de son bracelet-montre entre ses doigts. Quelqu'un joue du piano au loin, et une voix fluette s'élève pour fredonner la mélodie.

« Bonjour, Kit », dit Esme.

La tête de Kitty pivote, et les mots se déversent de sa bouche sans temps d'arrêt ni réflexion, comme s'ils étaient prêts à s'échapper depuis longtemps : « … assise là avec tes jambes comme ça, sur le bras du fauteuil ? En train de lire quelque chose. Qu'est-ce que tu voulais que je fasse ? Toutes mes chances étaient gâchées. Tu n'as pas changé, pas du tout. Ce n'est pas moi, tu comprends. Je ne l'ai pas pris. Pourquoi est-ce que j'aurais voulu le prendre ? Quelle idée ! De toute façon, c'était la meilleure solution. Reconnais-le. Papa le pensait, et le médecin aussi. Je ne sais pas pourquoi tu es venue. Je ne sais pas pourquoi tu es là, à me regarder comme ça. Il était à moi, il était à moi depuis le début. Demande à qui tu veux. » Elle lâche son bracelet-montre. « Je ne l'ai pas pris, reprend-elle d'une voix très distincte. Je ne l'ai pas pris.

— Quoi donc ? » demande Iris avec sollicitude en se penchant en avant.

Au fond de la pièce, Esme ouvre les mains et les met sur les hanches. « Mais si, je sais que tu l'as pris », dit-elle.

Kitty baisse les yeux. Elle tire sur des fils de sa jupe, comme si elle voulait arracher une peluche coincée dans le tissu. Iris regarde une sœur, puis l'autre, et enfin Alex, debout à côté d'Esme, qui hausse les épaules et fait la grimace.

Esme s'avance, touche le lit et son jeté en patchwork, regarde par la fenêtre le vaste jardin et, plus loin, les toits de la ville. Après quoi elle s'approche du fauteuil, examine sa sœur un moment, lui touche les cheveux, peut-être veut-elle les remettre en place. Sa main s'arrête sur les crans bleutés de la tempe. Ce geste étrange ne dure qu'un instant. Lorsqu'elle y met fin, elle dit sans s'adresser à personne en particulier : « J'aimerais rester seule avec ma sœur, s'il vous plaît. »

Alex et Iris avancent à pas vifs dans le couloir. À un moment donné, l'un attrape la main de l'autre, Iris ne sait pas au juste qui. Bref, ils se tiennent par la main, entrelacent leurs doigts et, après des tours et des détours, émergent au soleil. Ils ne s'arrêtent qu'une fois arrivés à la voiture.

« Seigneur ! s'écrie Alex, et la façon dont il relâche son souffle donne l'impression qu'il l'a retenu jusqu'ici. Qu'est-ce qu'elles racontaient ? Tu le sais, toi ? »

Iris penche la tête pour le regarder. Avec le soleil derrière lui, il n'est qu'une silhouette en contre-jour, noire, floue. Elle libère sa main, se penche contre la carrosserie et appuie les deux paumes sur le métal chaud. « Je ne sais pas, mais je crois...

— Qu'est-ce que tu crois ? » Alex vient s'adosser à côté d'elle.

Iris s'écarte alors de la voiture. Ses bras ankylosés lui font mal. Elle essaie de mettre de l'ordre dans ses idées. Kitty et Esme. Esme et Kitty. Des chances gâchées. Ne voulait pas lâcher le bébé. À moi depuis le début, mais si je sais que tu l'as pris. « Je crois que je ne sais pas.

— Hein ? »

Elle ne répond pas. Elle ouvre sa portière, monte, s'installe au volant et, au bout d'un moment, Alex la rejoint. Tous deux observent un homme qui tond la pelouse en traçant des rangées bien régulières, puis un pensionnaire âgé qui descend une allée. Iris pense à Esme et à Kitty, mais se rend compte qu'elle doit confier autre chose à Alex.

« Je l'ignorais, dit-elle d'un ton distrait. J'ignorais que sa femme était enceinte. Jamais je n'aurais... »

La tête penchée en arrière sur le siège, Alex la regarde pendant un long moment. « Ah, l'amour, je sais bien », lâche-t-il.

Ils sont assis tous les deux dans la voiture. Alex lui prend la main gauche, et Iris le laisse faire. Elle repose sur son jean. Il lui déplie les doigts un à un, puis les referme sur eux-mêmes. À voix basse, il reprend : « Est-ce qu'il t'arrive de te demander ce que nous faisons ? »

Iris le dévisage. Les mots tournent et retournent encore dans sa tête. Je ne l'ai pas pris. Je sais que tu l'as pris. « Pardon ? »

Tout bas, si bien qu'Iris doit se pencher en avant pour l'entendre, il répète : « Est-ce qu'il t'arrive de te demander ce que nous faisons, toi et moi ? »

Iris se raidit, change de position, touche le volant. Le pensionnaire âgé est arrivé à l'ombre d'un arbre et examine les branches, cherchant peut-être un oiseau. Iris secoue un peu sa main, mais Alex la maintient fermement.

« Il n'y a jamais eu que toi, dit-il. Tu le sais. »

Soudain, Iris retire sa main et ouvre sa portière avec une telle force qu'elle se rabat contre la carrosserie en grinçant. Elle bondit hors du véhicule, s'y adosse et se bouche les oreilles.

Derrière elle, elle entend l'autre portière s'ouvrir et des pas avancer sur le gravier. Elle pivote. Prenant appui sur le toit, Alex sort une cigarette de son paquet. « De quoi as-tu peur, Iris ? » Il lui sourit en actionnant son briquet.

Esme tient le coussin à deux mains. Son tissu – damassé, bordeaux foncé – est tendu sur la mousse du rembourrage. Les bords sont garnis d'un passepoil doré. Elle le tourne, puis le retourne. Après avoir fait deux pas, elle le remet en place sur le canapé avec grand soin, en s'assurant qu'il est bien adossé à son jumeau, exactement comme tout à l'heure.

Deux femmes dans une pièce. L'une assise, l'autre debout.

Esme attend un moment, regarde par la fenêtre. Les arbres agitent leurs frondaisons pour la saluer. Le soleil apparaît derrière un nuage et l'ombre recule partout, la lumière gagne l'arbre, le cadran solaire, les rochers autour de la fontaine, la fille, Iris, à côté de sa voiture avec le garçon. Voilà qu'ils recommencent à se disputer, la fille est en colère, gesticule, pivote dans un sens, puis dans l'autre. Son ombre tourne avec elle.

Esme s'éloigne de la fenêtre sans perdre de vue la fille et le garçon, et s'arrange pour ne pas voir l'autre personne. À condition de faire très attention, elle ne sera pas obligée d'y penser tout de suite. Si elle maintient la tête dans cette position, elle peut presque imaginer qu'elle est seule dans la pièce, que rien ne s'est passé. Le bruit s'est arrêté, tout est tranquille, elle en est soulagée, elle en est contente. L'une assise, l'autre debout. Ses mains se sentent vides maintenant qu'elle a reposé le coussin, si bien qu'elle les presse l'une contre l'autre, le plus fort possible. Les yeux baissés, elle voit les jointures blanches, les ongles roses, les tendons qui saillent sous la peau. Elle garde le visage détourné.

Derrière elle, près du lit, un cordon rouge pend au plafond. Esme l'a vu en entrant et sait de quoi il s'agit. Elle sait que, si elle le tire, une sonnette se déclenchera quelque part. Dans un moment, elle se lèvera, traversera la pièce, avancera sur la moquette, le visage toujours détourné pour ne rien voir, parce qu'elle ne veut pas voir ça une nouvelle fois, ne veut pas que ça s'imprime dans son esprit encore davantage, et elle tirera le cordon rouge. Très fort. Mais, pour l'instant, elle va rester assise ici. Quelques minutes suffiront. Elle veut voir le soleil entrer une fois de plus dans la pièce, jusqu'au moment où le cadran solaire perdra sa marque, où le jardin s'enfoncera dans la douceur, dans l'ombre.

« Je n'ai peur de rien ! hurle Iris. Et sûrement pas de toi, si c'est ce que tu crois. »

Il tire une longue bouffée et semble réfléchir. « Je n'ai jamais dit ça. » Il hausse les épaules. « Il se trouve seulement que je me sens en droit d'intervenir dans ta vie. Surtout quand ta vie concerne la mienne. »

Pendant qu'elle lance des regards furieux autour d'elle, Iris envisage de s'enfuir à toutes jambes, de sauter dans sa voiture et de démarrer en trombe ; elle contemple les cailloux par terre et pense en jeter une poignée sur Alex. Au lieu de le faire, elle bredouille : « Arrête, arrête. C'était... c'était il y a longtemps, nous étions gosses et...

— Non, nous n'étions plus des gosses.

— Si.

— Non. Mais je ne vais pas argumenter sur ce point. De toute façon, maintenant, nous ne sommes plus des gosses. » Il lâche un nuage de fumée et adresse un grand sourire à Iris. « L'essentiel, c'est que tu saches que c'est la vérité. Il n'y a jamais eu que toi, et, pour toi, il n'y a jamais eu que moi. »

Iris le dévisage et ne voit pas ce qu'elle peut répondre. Elle a la tête vide, lisse, aucune solution ne se présente à son esprit. Soudain, derrière elle, des pas précipités crissent sur le gravier. Elle sursaute et se retourne. Deux hommes en blouse blanche, dont l'un a un bip à la main, se hâtent vers l'entrée. Iris scrute la façade de la résidence. Derrière une fenêtre, un mouvement vif cesse dès qu'elle le repère.

« En fait, je pense que..., dit Alex dans son dos.

— Chut, fait-elle en continuant à regarder le bâtiment. Esme…

— Hein ?

— Esme, répète-t-elle en montrant la résidence.

— Et alors ?

— Il faut que je…

— Quoi donc ?

— Il le faut. » Soudain quelque chose qui était coincé à la périphérie de son esprit semble s'avancer, comme un bateau se détacherait de ses amarres pour flotter librement. À moi depuis le début. Ne voulait pas le lâcher. Avez-vous une photographie de votre père. Iris porte la main à la bouche. « Oh ! mon Dieu ! »

Lentement tout d'abord, puis beaucoup plus vite, elle se dirige vers le bâtiment. Alex marche sur ses talons en l'appelant. Mais elle ne s'arrête pas. En arrivant devant l'entrée, elle ouvre la porte avec force, fonce dans le couloir et tourne le coin à une telle vitesse que son épaule bute sur le mur. Il faut qu'elle arrive la première, qu'elle voie Esme avant tout le monde, qu'elle lui dise, qu'elle lui dise : je vous en prie. Je vous en prie, dites-moi que vous n'avez pas fait ça.

Mais, devant la chambre de Kitty, le couloir est bondé : pensionnaires en robe de chambre et chaussons, et personnel médical qui franchit la porte. D'une pâleur fantomatique, les visages se tournent pour la regarder.

« S'il vous plaît, laissez-moi passer ! » Iris repousse ces visages, ces gens.

Une multitude s'agite dans la pièce. Corps, membres et voix pullulent. D'innombrables voix s'exclament, s'interpellent. Quelqu'un demande aux curieux de s'éloigner, de regagner immédiatement leur chambre. Un autre hurle dans un téléphone, et Iris ne comprend pas ce qu'il dit. Deux personnes sont prises de mouvements frénétiques en se penchant sur un fauteuil. Iris aperçoit des chaussures, des jambes. De bonnes chaussures de marche et d'épais collants en laine. Elle détourne la tête, ferme les yeux et, quand elle les rouvre, voit Esme, assise près de la fenêtre, les mains croisées sur ses genoux, les yeux fixés sur elle.

Iris va s'asseoir auprès d'elle, lui prend une main qu'elle doit arracher à l'autre, une main glacée. Elle a oublié ce qu'elle voulait lui dire. Alex est à côté d'elle à présent, elle sent la brève pression de sa main sur son épaule et entend sa voix annoncer que non, ils ne diront rien pour l'instant, ils seraient bien aimables de ne pas insister. Iris éprouve le besoin de le toucher, ne serait-ce que brièvement. De sentir l'épaisseur familière de sa chair, de s'assurer que c'est bien lui, qu'il est réellement là. Mais elle ne peut pas lâcher Esme.

« Le soleil n'est pas entré dans la pièce, dit Esme.

— Pardon ? » Iris doit se pencher pour l'entendre.

« Le soleil. Il n'est pas revenu. Alors j'ai tiré sur le cordon.

— Bon. » Iris serre la main d'Esme entre les siennes. « Esme, murmure-t-elle, écoutez... »

Mais les blouses leur arrivent dessus, marmonnent, s'exclament, et les enveloppent d'un grand brouillard blanc. Iris ne voit rien d'autre que du coton blanc amidonné. Il lui emprisonne les épaules, les cheveux, lui couvre la bouche. On emmène Esme, on l'arrache au canapé, on essaie de détacher sa main de celle d'Iris. Mais Iris ne lâche pas prise, serre plus fort au contraire. Car elle suivra cette main, l'accompagnera dans le blanc, la foule, le couloir et plus loin encore.

Remerciements

Merci à :

William Sutcliffe, Victoria Hobbs, Mary-Anne Harrington, Ruth Metzstein, Caroline Goldblatt, Catherine Towle, Alma Neradin, Daisy Donovan, Susan O'Farrell, Catherine O'Farrell, Bridget O'Farrell, Fen Bommer et Margaret Bolton Ridyard.

Un certain nombre d'ouvrages se sont révélés inestimables au cours de l'écriture de ce roman, notamment : *The Female Malady : Women, Madness and English Culture, 1830-1980*, d'Elaine Showalter (Virago, Londres, 1985), et *Sanity, Madness and the Family* , de R. D. Laing (Penguin, Londres, 1964).

Maggie O'Farrell

La distance entre nous

Quand la fuite est un renouveau ! Jake, marié par un malheureux concours de circonstances à une femme qu'il n'aime pas, et Stella, croyant reconnaître un homme qu'elle considère comme une menace pour elle, fuient leur vie. Et se retrouvent au même endroit. Deux cœurs perdus, deux vies à reconstruire dans un manoir écossais. Sauront-ils démêler les nœuds du passé pour profiter du hasard ? Sur fond d'Écosse ensorceleuse, une histoire dont le point de départ n'est pas la rencontre, mais l'abandon.

n° 4122 – 7,90 €

DOMAINE ÉTRANGER, DES ROMANS D'AILLEURS ET D'AUJOURD'HUI

Victoria Lancelotta

Loin

Insoumise depuis toujours, Martha, trente ans, décide de fuir le dicton « D'abord vient l'amour, ensuite le mariage » et ce de façon radicale ! Elle plaque tout ce qui a fait sa vie jusqu'ici, y compris son fiancé. Loin des codes et de l'uniformité ambiante, elle se retrouve peu à peu et se confronte aux questions qui l'ont toujours hantée, pour un bilan peu glorieux et une confession vitale. Une décision qui va changer sa vie mais pas seulement : ses proches, au loin, semblent eux aussi s'animer…

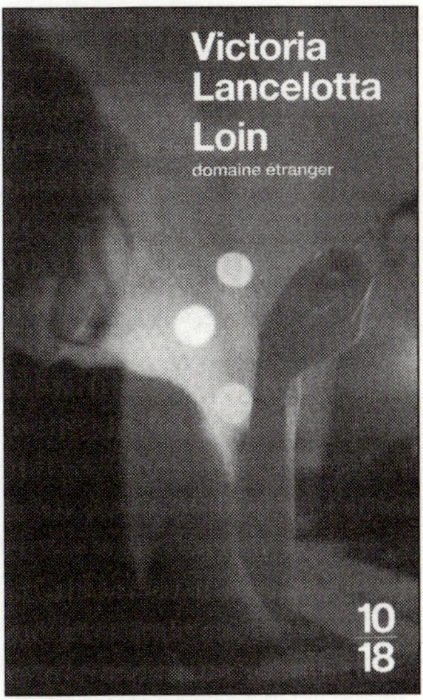

n° 4192 – 7,90 €

Margaret Mazzantini

Antenora

Succession d'anecdotes tendres et cruelles à la fois, *Antenora* retrace sur trois générations l'histoire d'une famille italienne rompue aux sacrifices et aux épreuves difficiles, aux temps troublés du fascisme et de l'après-guerre. La mort de la doyenne de cette famille est le point de départ du récit de la narratrice. Révélée en France avec *Écoute-moi*, Margaret Mazzantini signe un livre hommage à la grâce délicate et subtile, comme un dernier adieu à l'aïeule.

n° 4210 – 7 €

Impression réalisée par

BRODARD & TAUPIN

La Flèche (Sarthe), 57216
N° d'édition : 4210
Dépôt légal : novembre 2009
Nouveau tirage : mars 2010

Imprimé en France